ALEXANDRE DUMAS FILS

de l'Académie française

La Dame
aux camélias

PRÉFACE, COMMENTAIRES ET NOTES

D'ANTOINE LIVIO

CALMANN-LÉVY

PRÉFACE

La beauté a sa propre morale. C'est une affaire de cœur. Un corps à corps avec l'âme. Et puisque le goût du beau ne s'apprend pas, il faut donc le subir, quitte à le transcender dès l'instant où la beauté triomphe de nos propres forces, où elle excède nos possibilités, jusqu'à annihiler toute énergie.

Aussi seule la jeunesse est-elle de taille à affronter impunément la beauté. Mais la jeunesse n'ignorant jamais sa force, là réside sa faiblesse.

La beauté, elle, est fragile : c'est là sa force. Cocteau l'a sanctionné en une formule exemplaire : « Les privilèges de la beauté sont immenses. »

Or, Marie Duplessis était belle. Jules Janin le raconte : « ... On n'a parlé autour d'elle que de sa beauté, de ses triomphes, de son goût pour les beaux ajustements, des modes qu'elle savait trouver et de celles qu'elle imposait. »

Marie Duplessis avait vingt ans quand elle rencontra au théâtre des Variétés ce jeune homme de dix-neuf ans et six mois, fils du célèbre Alexandre

Dumas, vêtu à la dernière mode et lancé dans le monde, comme elle l'est dans le « demi-monde », un mot sans réplique qu'il inventera non pas pour elle, mais en songeant sans doute à elle. Ils se sont aimés une année à peine, jusqu'à l'été 1845 où elle reçut, en guise de rupture, un billet qui donne le ton de l'aventure...

Ma chère Marie,
   Je ne suis pas assez riche pour vous aimer comme je voudrais, ni assez pauvre pour être aimé comme vous voudriez. Oublions donc tous deux, vous un nom qui doit vous être indifférent, moi un bonheur qui me devient impossible.

Cette lettre, quarante ans plus tard, Alexandre Dumas fils l'offrira à Sarah Bernhardt, pour la remercier de son incarnation de Marguerite Gautier. D'un trait de plume, l'auteur de *La Dame aux camélias* reconnaîtra ce qu'il doit à la plus belle histoire d'amour de ses vingt ans : « Cette lettre est la seule preuve palpable qui soit de cette histoire. »

Or nul n'avait été dupe quand parut, en 1848, ce roman qui allait très vite s'imposer comme le best-seller du XIXᵉ siècle, et imposer du même coup son auteur, qui jusqu'alors n'avait fait figure que de fils à papa ! Marie Duplessis était morte le 3 février de l'année précédente, et pour toute une société parisienne *La Dame aux camélias* fut le roman à clef par excellence, mais dont on devinait aisément les modèles, le vieux comte de Stackelberg ou le comte de

Perrégaux qui épousa Marie à Londres, une année jour pour jour avant sa mort, solitaire, 11, boulevard de la Madeleine.

La musique était entrée dans sa vie, sous la figure de Franz Liszt qui prit en quelque sorte la relève d'Alexandre Dumas fils. Le compositeur hongrois a trente-quatre ans. Il est beau, racé, spirituel en diable et généreux : il plaît aux femmes. Mais Marie jouait par trop mal du piano pour que Liszt s'attarde. Sans compter que le prénom de Marie lui rappelle des heures douloureuses. Ne vient-il pas de rompre définitivement avec la comtesse d'Agoult !

Dans le roman, peu de place à la musique. Il y a évidemment un piano dans le fastueux appartement de la rue d'Antin, mais c'est pour y jouer *L'Invitation à la valse* de Weber, qu'Alexandre Dumas fils connaît suffisamment pour la solfier : « ré-do-mi-ré-do-fa-mi-ré... » et plus loin dans la bouche de Marguerite, mais n'est-ce pas plutôt Marie Duplessis qui s'écrie : « Comprend-on que je ne puisse pas faire huit dièses de suite ? »

Seulement le hasard voudra que ce 2 février 1852 (et non le 3 comme il eût convenu !), date de la « première » de *La Dame aux camélias* — après l'interdiction du ministre de l'Intérieur, Léon Faucher, qui l'estimait par trop immorale —, il y ait eu un compositeur dans la salle du Vaudeville. Giuseppe Verdi est en effet de retour à Paris avec son amie, la cantatrice Giuseppina Strepponi, dont la santé n'est guère brillante et pose de sérieux sujets d'inquiétude. Il est de surcroît certain que les heures qu'ils vien-

nent de passer à Busseto, pour préparer et assister à
l'enterrement de la mère du compositeur (décédée le
30 juin 1851) ne sont pas de celles qui rétablissent
une santé ébranlée. Etrangement, les habitants de
Busseto ne se sont pas conduits avec Verdi comme
avec le grand patriote et le musicien mondialement
connu qu'il est. Pour eux, il est resté l'enfant du pays
et il doit se conduire comme tel. On eût souhaité qu'il
vienne dans les familles, qu'il partage un repas, ou,
mieux, qu'il invite dans sa maison. Or, Verdi est resté
cloîtré chez lui, il n'a vu presque personne, passant
tout son temps avec son amie. Sur ce chapitre les
langues ont été bon train. Car, si l'on ne peut pas dire
que Giuseppina Strepponi soit une femme aux
mœurs légères, elle n'en a pas moins été la maîtresse
de l'imprésario Merelli qui dirigeait la Scala lors des
débuts de Verdi et on sait qu'elle a deux enfants d'un
précédent mariage.

De quels droits les habitants de Busseto osaient-ils
ainsi s'ériger en censeurs ? simplement parce qu'il est
des leurs, parce qu'ils l'ont « fait » ! « Mais pourquoi
n'en font-ils pas d'autres qui leur plairont
davantage ? » avait rétorqué avec amertume le compositeur qui, en réalité, n'est pas né à Busseto, mais à
quelques kilomètres, au hameau de Roncole, où ses
parents tenaient un modeste commerce, épicerie-
auberge. Il avait fallu l'intervention d'Antonio
Barezzi, riche marchand de liqueurs de Busseto, pour
que le jeune Giuseppe puisse venir y étudier d'abord
et ensuite se rendre à Milan. Plus tard, il reviendra à
Busseto, refusé d'abord comme organiste puis nommé

« maestro di musica ». Il épouse son ancienne élève, Margherita Barezzi, la fille de son protecteur. Le 26 mai 1857, elle lui donne une fille, Maria Luigia Virginia. Un an plus tard, un garçon — Icilio Romano Carlo Antonio — naissait, un mois avant que sa sœur ne meure. La douleur de Verdi est telle qu'il décide de tout quitter, avec sa femme et son fils, et de se rendre à Milan.

Il avait alors un projet d'opéra mais plutôt que de le soumettre à Merelli directement, dans sa malignité paysanne, Verdi préfère en parler d'abord à la jeune Giuseppina Strepponi, ravissante avec ses vingt-trois ans, en lui montrant le rôle qu'il a l'idée d'élaborer pour elle. Quelque temps après, Merelli reçoit Verdi et lui propose la collaboration d'un bon librettiste, Solera. Ainsi sera créé *Oberto, conte di san Bonifacio*, mais sans la Strepponi qui n'était pas libre. Durant les répétitions, Icilio Romano meurt, au même âge que sa sœur. Et huit mois plus tard, Margherita suit ses deux enfants dans la tombe.

Comme fou, Verdi refuse de vivre un jour de plus à Milan. Il demande à Merelli de casser son contrat (il devait fournir trois nouveaux opéras), ce que Merelli refuse, et rentre à Busseto. Ce triple coup du sort marque le compositeur à jamais et va resserrer les liens, déjà très étroits, entre son beau-père et lui. Mais bientôt, à ce drame personnel va s'ajouter un grave échec sur le plan professionnel, son second opéra est un four et il faudra toute la persuasion et l'amitié de Merelli pour l'obliger de s'intéresser au livret de *Nabucco*. Il aura même la Strepponi comme interprète. C'est pour elle qu'il compose le rôle écrasant d'Abigaïl, dans lequel elle obtient un triomphe. Mais le triomphe est surtout pour Verdi qui enflamme Milan, d'abord, puis tous les royaumes d'Italie, avec ses chœurs qui deviennent autant de chants patriotiques. Le voici un des héros du Risorgimento. Après l'Italie, c'est Paris et Londres qui consacrent son talent. Il se rend d'abord à Paris, Paris qu'il aime « parce qu'il ne voit plus d'imprésarii, ni d'éditeurs ». Il y retrouve Giuseppina Strepponi, retirée de la scène et qui y vit en donnant des leçons de chant. Elle a trente-quatre ans et a renoncé à toute vite sentimentale. C'est alors que Verdi lui offre sa présence, son affection, son amour. Il gagne Londres où Covent Garden affiche *Macbeth* et *Hernani*, pendant que le Her Majesty's Theatre crée *I Masnadieri*. Après la seconde représentation, Verdi quitte Londres. Il a hâte de retrouver à Paris la Strepponi, qu'il ne quittera plus désormais.

Jusqu'en 1852, Verdi compose encore cinq ouvrages, dans lesquels s'imposent, comme dans les précédents, deux constantes de son œuvre : le sens du sacrifice et le dialogue douloureux entre un père et sa fille. D'*Oberto* à *Aïda*, c'est une galerie de femmes qui renoncent à leur amour pour une noble cause. Puis, dans *Luisa Miller*, dans *Rigoletto*, on retrouve au cœur de l'action ce dialogue pathétique, lancinant, entre père et fille; ce dialogue, certains musicologues le commentent, en soulignant que Verdi attachait une importance toute particulière à la confrontation soprano-baryton, par le fait que ce dialogue il n'avait jamais pu le connaître avec sa propre fille, morte à seize mois.

Or, jusqu'à présent, il n'a jamais échappé aux grandes fresques historiques, si ce n'est modestement dans *Luisa Miller,* où sa partition recèle une certaine douceur élégiaque, dans le chant de personnages plus simples et plus humains. Mais pour l'heure, Verdi travaille avec Cammarano sur le drame espagnol de Guttierez, *El Trovador.*

Pourtant, il n'est pas content des premières esquisses de son librettiste. C'est dans cet état d'esprit qu'il se rend au théâtre du Vaudeville, en cette soirée du 2 février 1852, pour assister — personnage du Tout-Paris — à la création de *La Dame aux camélias.* C'est l'événement du siècle, l'événement dramatique en tout cas, le premier grand triomphe du Second Empire.

Sans doute Verdi n'a pu rester indifférent au succès de la pièce, à l'impact de cette sensibilité particulière sur la sensibilité du public. Il faut concevoir qu'avant même de songer à la possibilité d'en extraire la trame d'un opéra, Verdi est surtout marqué par certaines similitudes entre sa propre vie et l'histoire contée sur scène. L'égotisme de tout créateur ne peut qu'être titillé par certaines situations autant que par certaines répliques. Car, dès sa première réalisation théâtrale, Dumas fils s'impose tel un orfèvre, ciselant reparties et mots d'auteur.

Verdi pour sa part se sent à la fois Armand Duval et Marguerite Gautier. Certes, Giuseppina n'est pas une courtisane, ni une femme entretenue, mais que ne raconte-t-on pas sur son compte : Verdi ne l'épouse pas ! ce simple fait la condamne, avant même de le condamner lui-même.

Il y a douze jours, avant cette mémorable soirée au Vaudeville, Verdi n'a-t-il pas écrit une longue lettre à son beau-père, Antonio Barezzi, en réponse à une épître de ce dernier se faisant l'écho des potins et autres commérages courant à Busseto sur le compte du compositeur et de son amie.

La lettre est datée de Paris, 21 janvier 1852.

Mon cher beau-père,

[...] Si cette lettre n'avait pas été signée Antonio Barezzi, c'est-à-dire du nom de mon bienfaiteur, j'aurais répondu très brutalement ou je n'aurais pas répondu du tout : mais puisqu'elle est signée de ce nom que je considérerai toujours comme un devoir de respecter, j'essaierai de vous convaincre autant que possible de l'injustice de ces reproches...

Je ne pense pas que de vous-même vous m'auriez écrit une lettre qui ne peut seulement que me faire souffrir; mais vous vivez dans une ville dont la mauvaise habitude est de se mêler trop souvent des affaires des autres et de désapprouver tout ce qui n'est pas conforme à ses propres idées. Par principe, je ne me mêle jamais, à moins qu'on ne me le demande, des affaires d'autrui, précisément parce que je veux que personne ne s'occupe des miennes. De là naissent les commérages, les rumeurs, la désapprobation. Cette liberté d'action qui est respectée même dans les pays les moins civilisés est une chose que j'ai aussi le droit d'exiger pour moi-même. Voyez par vous-même et soyez un juge sévère mais sans passion et objectif : qu'y a-t-il de répréhen-

sible dans ma façon de vivre ?... Je ne porte préjudice à personne.

— [...]

... et puisque nous sommes en train de nous faire des confidences, je n'ai rien contre le fait [...] de vous parler de ma vie privée. Je n'ai rien à vous cacher. Dans ma maison, une femme vit d'une manière libre, indépendante et, comme moi, elle aime la vie solitaire et bénéficie de moyens financiers suffisants pour la protéger de tout besoin. Ni elle, ni moi n'avons de comptes à rendre. De plus, qui connaît le genre de relations entre nous ? Quel rapport financier ? Quels liens ? Quels droits ai-je sur elle, elle sur moi ? Qui sait si elle est ma femme ou non ? Et dans ce dernier cas, qui connaît les raisons spéciales, les motifs pour préserver ce secret ? Qui sait si c'est bien ou mal ? Pourquoi cela ne serait-il pas une bonne chose ? Et même si c'était une mauvaise chose, qui a le droit de crier au scandale ? A vous, cependant, je dirai que dans ma maison on lui doit le même respect qu'à moi — peut-être plus encore —, et personne n'est d'aucune manière autorisé à oublier son devoir envers elle; enfin elle le mérite entièrement à la fois par son comportement et par son esprit, et grâce au regard attentif qu'elle n'oublie jamais de poser sur les autres.

Après tout ce long discours, je voulais seulement vous dire que j'insiste sur ma liberté d'action car tous les hommes en ont le droit, parce que ma nature se rebelle contre le fait de vivre à la mode des autres, et que vous, qui êtes au fond si bon, si juste, et qui avez tant de cœur, vous ne devez pas vous laisser influencer et vous ne devez pas vous imprégner des idées d'une ville qui — il faut le dire — il y a quelque temps ne voulait pas de moi comme organiste, et qui maintenant se plaît à critiquer

*toutes mes actions et toutes mes affaires. Cela ne peut
pas durer**...

Ainsi pour la première fois — et l'unique fois —
de sa vie, Giuseppe Verdi s'apprête à composer un
ouvrage dans lequel il va investir une part de ses
souffrances et de ses joies : de son amour. Amour
présent et amour passé puisqu'il est de tradition d'expliquer la prédilection du compositeur pour les duo
entre soprano et baryton par son affection pour sa
propre fille. Tout semble donc se concentrer dans
l'affrontement entre Duval père et Marguerite, au
milieu du deuxième acte. Cette page, une des plus
poignantes de toute la littérature lyrique, a permis à
Verdi d'aborder à des rives jusqu'alors inconnues
dans l'opéra italien. Sa musique scrute et sonde l'âme
humaine, avec des touches d'une subtilité mélodique
et psychologique exceptionnelle.

Dans *La Traviata*, Verdi écoute la grande leçon de
Mozart : le « porgi amor » de la comtesse (IIᵉ acte) et
surtout son « dove sono » (IIIᵉ acte) nous permettent
de saisir toute la démarche du compositeur beaucoup
mieux que l'étude de ses ouvrages antérieurs. Violetta
n'a rien à voir — ni musicalement, ni spirituellement
— avec Abigaïl ou Lady Macbeth ! Elle ne vit que
d'aimer et mourra d'avoir trop aimé. Tout l'opéra est
un hymne à la marginalité de l'amour.

Car Verdi va composer presque simultanément *Il
Trovatore* et *La Traviata*. Piave devra adapter le

---

* Lettre citée par William Weaver dans *Verdi, d'après les documents d'époque*, Edition Van de Velde, Tours, p. 186.

drame d'Alexandre Dumas fils, puisque Cammarano
meurt subitement, durant l'été de 1852.

Nestor Roqueplan souhaite un ouvrage de Verdi
pour l'Opéra de Paris qu'il dirige. Pourquoi pas *La
Dame aux camélias*? Mais très vite, Verdi conçoit que
ce sujet « simple et passionné » (comme il l'a écrit à
Cammarano au lendemain de la création au Vaudeville), s'il a tout à fait sa place sur une scène parisienne, ne convient pas à cet Opéra, qu'il appelle « la
grande boutique », et qui se nourrit de vastes fresques historiques, avec déplacements de foules, chœurs
immenses et ballets. De ballet, à peine un divertisse-
ment de salon. Quant aux chœurs, ils sont réduits aux
invités d'une soirée mondaine. *La Traviata* est
un opéra de chambre! Cela se constate moins
aux dimensions de l'ouvrage qu'à la texture même
de la musique, à cette fluidité mélodique, dans les
registres les plus aigus des violons, comme pour
transcrire l'extrême acuité des débordements de la
passion.

Entre le roman et le drame, peu de différence, si ce
n'est que la maison de campagne, où Marguerite et
Armand abritent leurs amours, passe de Bougival
(« nom affreux » dira Armand) à Auteuil. Olympe
disparaît, comme maîtresse officielle d'Armand après
sa rupture avec Marguerite, et surtout, rappelé par
Nanine. Armand pardonné et pardonnant vient
recueillir le dernier soupir de son amie; en revanche,
dans le roman, Marguerite meurt alors qu'Armand
est en Orient avec un ami, tout comme Alexandre

Dumas partira pour l'Espagne avec son père, quand Marie Duplessis s'éteint.

Entre le drame et l'opéra, il y a d'abord modification du nom des personnages :

Marguerite Gautier devient Violetta Valéry,

Armand Duval devient Alfredo Germont,

Georges Duval devient Giorgio Germont,

Nanine devient Annina,

Olympe et Prudence Duvernoy deviennent Flora Bervoix.

Disparaissent Nichette, Esther, Anaïs, Adèle et quelques-uns de leurs soupirants. Tout est resserré, et le nombre des personnages, et l'action, puisque des cinq actes que comprend la pièce, Francesco Maria Piave a tout condensé en trois actes : deux préludes (avant les premier et troisième actes) et douze morceaux qui sont un des moments les plus importants de la grande mutation lyrique du XIXᵉ siècle.

S'il est de tradition de dire que le drame d'Alexandre Dumas fils marque l'entrée du réalisme sur la scène française et le coup d'envoi de « la comédie de mœurs », il est tout aussi important de constater que *La Traviata* est le premier pas vers ce que l'on appellera « naturalisme » en France et « vérisme » en Italie. Il ne s'agit pas seulement d'ouvrir le rideau du théâtre lyrique sur un intérieur bourgeois, avant de découvrir l'atelier du peintre Marcello et de toute cette « Bohème » chère à Murger ou l'atelier de couture de *Louise*. Il s'agit bien davantage de trouver un langage musical qui convienne au nouveau dialogue entre les personnages. L'alternance entre le récitatif et l'air à prouesses techniques ou le duo sophistiqué disparaît : Giuseppe Verdi fait fusionner les divers ingrédients de la composition lyrique pour obtenir ce nouveau discours harmonique qui permettra aux compositeurs à venir de cerner les dialogues, le récit (du livret) avec une fidélité de plus en plus grande à l'égard du texte et une liberté proportionnelle à l'égard des lois du bel canto. C'est l'époque où Richard Wagner, en Allemagne, marie ses deux théories de la mélodie continue et du jeu des leitmotive pour obtenir le drame musical. Verdi, sans vouloir viser à une révolution aussi grande, obtient un résultat qui amorce déjà le dialogue lyrique de Richard Strauss et prépare au bouleversement théâtral d'Alban Berg (*Wozzeck* et *Lulu*).

Etrangement, il existe une parenté à la fois sonore et stylistique entre *La Traviata* et ce *Lohengrin* de Wagner que Franz Liszt crée à Weimar, le 28 août 1850. L'ouverture, dans les deux ouvrages, est remplacée par un prélude (un double prélude chez Verdi, pour le premier et le troisième acte). Ces trois pages commencent dans le registre le plus aigu des cordes en un pianissimo révélateur, chez Wagner du domaine sacré et mystérieux du Graal, et chez Verdi du mystère de l'âme humaine et de la souffrance d'amour.

La plupart des historiens s'accordent à dire que Verdi n'avait eu aucune connaissance de l'œuvre de Wagner. Aucun texte ne confirme, ni n'infirme cette affirmation. Toutefois, il faut se souvenir que Verdi est à Paris quand Gérard de Nerval rentre de son voyage d'Allemagne, où il a découvert Wagner en assistant à la création de *Lohengrin*. Et tout Paris en parle...

Il ne me déplaît pas de songer qu'avec un certain sourire, Verdi l'agnostique ait voulu ainsi établir comme un contre-chant à l'amour impossible d'Elsa et de Lohengrin, avec l'impossible amour d'Armand et de Marguerite ! C'est remplacer la coupe du Graal par le camélia. Mais c'est aussi traduire de façon sonore les descriptions luxueuses de Dumas fils et toute la sensualité qu'évoque la moindre apparition de Marguerite Gautier. Chanter l'aura, le parfum, le charme... la beauté d'une femme, tel est le prodige auquel est arrivé Verdi grâce à la savante alchimie d'une orchestration subtile (malgré ou à cause des références) venant souligner la beauté diaphane de son invention mélodique.

La Traviata est l'opéra de la beauté, avec tout ce que cela comporte d'exigences dans la présentation et l'interprétation. Que l'on en fasse un ballet, comme John Neumeier, ou un film, comme Franco Zeffirelli, on s'achoppe d'abord à la pernicieuse réalité de la vision : Marguerite Gautier et Armand Duval sont beaux et jeunes. Mais leur voix doit être à l'image de cette beauté physique. Et il n'est pas surprenant que rares soient les interprètes qui aient marqué leur époque comme Maria Callas dans la mise en scène de Lucchino Visconti (direction : Carlo-Maria Giulini et décoration de Lila de Nobili) à la Scala de Milan (première, le 28 mai 1955) et Teresa Stratas dans le film de Franco Zeffirelli, qui fut l'assistant de Visconti et travailla durant de nombreuses années avec Maria Callas.

Il est des tributs que l'on se doit de payer à la beauté.

ANTOINE LIVIO.

I

Mon avis est qu'on ne peut créer des personnages que
lorsque l'on a beaucoup étudié les hommes, comme
on ne peut parler une langue qu'à la condition de
l'avoir sérieusement apprise.

N'ayant pas encore l'âge où l'on invente, je me
contente de raconter.

J'engage donc le lecteur à être convaincu de la
réalité de cette histoire dont tous les personnages,
à l'exception de l'héroïne, vivent encore.

D'ailleurs, il y a à Paris des témoins de la plupart
des faits que je recueille ici, et qui pourraient les
confirmer, si mon témoignage ne suffisait pas. Par
une circonstance particulière, seul je pouvais les écrire,
car seul j'ai été le confident des derniers détails sans
lesquels il eût été impossible de faire un récit intéressant et complet.

Or, voici comment ces détails sont parvenus à ma
connaissance. — Le 12 du mois de mars 1847, je lus,
dans la rue Laffitte, une grande affiche jaune annonçant une vente de meubles et de riches objets de
curiosité. Cette vente avait lieu après décès. L'affiche

ne nommait pas la personne morte, mais la vente devait se faire rue d'Antin, N º 9, le 16, de midi à cinq heures.

L'affiche portait en outre que l'on pourrait, le 13 et le 14, visiter l'appartement et les meubles.

J'ai toujours été amateur de curiosités. Je me promis de ne pas manquer cette occasion, sinon d'en acheter, du moins d'en voir.

Le lendemain, je me rendis rue d'Antin, nº 9.

Il était de bonne heure, et cependant il y avait déjà dans l'appartement des visiteurs et même des visiteuses, qui, quoique vêtues de velours, couvertes de cachemires et attendues à la porte par leurs élégants coupés, regardaient avec étonnement, avec admiration même, le luxe qui s'étalait sous leurs yeux.

Plus tard je compris cette admiration et cet étonnement, car m'étant mis aussi à examiner, je reconnus aisément que j'étais dans l'appartement d'une femme entretenue. Or, s'il y a une chose que les femmes du monde désirent voir, et il y avait là des femmes du monde, c'est l'intérieur de ces femmes, dont les équipages éclaboussent chaque jour le leur, qui ont, comme elles et à côté d'elles, leur loge à l'Opéra [1] et aux Italiens [2], et qui étalent, à Paris, l'insolente opulence de leur beauté, de leurs bijoux et de leurs scandales.

Celle chez qui je me trouvais était morte : les femmes les plus vertueuses pouvaient donc pénétrer jusque dans sa chambre. La mort avait purifié l'air de ce cloaque splendide, et d'ailleurs elles avaient pour excuse, s'il en était besoin, qu'elles venaient à une vente sans savoir chez qui elles venaient. Elles

avaient lu des affiches, elles voulaient visiter ce que
ces affiches promettaient et faire leur choix à l'avance;
rien de plus simple; ce qui ne les empêchait pas de
chercher, au milieu de toutes ces merveilles, les
traces de cette vie de courtisane dont on leur avait
fait, sans doute, de si étranges récits.

Malheureusement les mystères étaient morts avec
la déesse, et, malgré toute leur bonne volonté, ces
dames ne surprirent que ce qui était à vendre depuis
le décès, et rien de ce qui se vendait du vivant de la
locataire.

Du reste, il y avait de quoi faire des emplettes.
Le mobilier était superbe. Meubles de bois de rose
et de Boule, vases de Sèvres et de Chine, statuettes de
Saxe, satin, velours et dentelle, rien n'y manquait.

Je me promenai dans l'appartement et je suivis les
nobles curieuses qui m'y avaient précédé. Elles
entrèrent dans une chambre tendue d'étoffe perse, et
j'allais y entrer aussi, quand elles en sortirent presque
aussitôt en souriant et comme si elles eussent eu honte
de cette nouvelle curiosité. Je n'en désirai que plus
vivement pénétrer dans cette chambre. C'était le
cabinet de toilette, revêtu de ses plus minutieux
détails, dans lesquels paraissait s'être développée
au plus haut point la prodigalité de la morte.

Sur une grande table, adossée au mur, table de
trois pieds de large sur six de long, brillaient tous
les trésors d'Aucoc et d'Odiot[1]. C'était là une magnifique collection, et pas un de ces mille objets, si
nécessaires à la toilette d'une femme comme celle
chez qui nous étions, n'était en autre métal qu'or ou

argent. Cependant cette collection n'avait pu se faire que peu à peu, et ce n'était pas le même amour qui l'avait complétée.

Moi qui ne m'effarouchais pas à la vue du cabinet de toilette d'une femme entretenue, je m'amusais à en examiner les détails, quels qu'ils fussent, et je m'aperçus que tous ces ustensiles magnifiquement ciselés portaient des initiales variées et des couronnes différentes.

Je regardais toutes ces choses dont chacune me représentait une prostitution de la pauvre fille, et je me disais que Dieu avait été clément pour elle, puisqu'il n'avait pas permis qu'elle en arrivât au châtiment ordinaire, et qu'il l'avait laissée mourir dans son luxe et sa beauté, avant la vieillesse, cette première mort des courtisanes.

En effet, quoi de plus triste à voir que la vieillesse du vice, surtout chez la femme ? Elle ne renferme aucune dignité et n'inspire aucun intérêt. Ce repentir éternel, non pas de la mauvaise route suivie, mais des calculs mal faits et de l'argent mal employé, est une des plus attristantes choses que l'on puisse entendre. J'ai connu une ancienne femme galante à qui il ne restait plus de son passé qu'une fille presque aussi belle que, au dire de ses contemporains, avait été sa mère. Cette pauvre enfant à qui sa mère n'avait jamais dit : « Tu es ma fille », que pour lui ordonner de nourrir sa vieillesse comme elle-même avait nourri son enfance, cette pauvre créature se nommait Louise, et, obéissant à sa mère, elle se livrait sans volonté, sans passion, sans plaisir, comme elle eût fait un métier si l'on eût songé à lui en apprendre un.

La vue continuelle de la débauche, une débauche précoce, alimentée par l'état continuellement maladif de cette fille, avaient éteint en elle l'intelligence du mal et du bien que Dieu lui avait donnée peut-être, mais qu'il n'était venu à l'idée de personne de développer.

Je me rappellerai toujours cette jeune fille, qui passait sur les boulevards presque tous les jours à la même heure. Sa mère l'accompagnait sans cesse, aussi assidûment qu'une vraie mère eût accompagné sa vraie fille. J'étais bien jeune alors, et prêt à accepter pour moi la facile morale de mon siècle. Je me souviens cependant que la vue de cette surveillance scandaleuse m'inspirait le mépris et le dégoût.

Joignez à cela que jamais visage de vierge n'eut un pareil sentiment d'innocence, une pareille expression de souffrance mélancolique.

On eût dit une figure de la Résignation.

Un jour, le visage de cette fille s'éclaira. Au milieu des débauches dont sa mère tenait le programme, il sembla à la pécheresse que Dieu lui permettait un bonheur. Et pourquoi, après tout, Dieu qui l'avait faite sans force, l'aurait-il laissée sans consolation, sous le poids douloureux de sa vie ? Un jour donc, elle s'aperçut qu'elle était enceinte, et ce qu'il y avait en elle de chaste encore tressaillit de joie. L'âme a d'étranges refuges. Louise courut annoncer à sa mère cette nouvelle qui la rendait si joyeuse. C'est honteux à dire, cependant nous ne faisons pas ici de l'immora-

lité à plaisir, nous racontons un fait vrai, que nous
ferions peut-être mieux de taire, si nous ne croyions
qu'il faut de temps en temps révéler les martyres
de ces êtres, que l'on condamne sans les entendre, que
l'on méprise sans les juger; c'est honteux, disons-nous,
mais la mère répondit à sa fille qu'elles n'avaient
déjà pas trop pour deux et qu'elles n'auraient pas
assez pour trois; que de pareils enfants sont inutiles
et qu'une grossesse est du temps perdu.

Le lendemain, une sage-femme, que nous signalons
seulement comme l'amie de la mère, vint voir
Louise qui resta quelques jours au lit, et s'en releva
plus pâle et plus faible qu'autrefois.

Trois mois après, un homme se prit de pitié pour
elle et entreprit sa guérison morale et physique; mais
la dernière secousse avait été trop violente, et Louise
mourut des suites de la fausse couche qu'elle avait
faite.

La mère vit encore : comment ? Dieu le sait.

Cette histoire m'était revenue à l'esprit pendant
que je contemplais les nécessaires d'argent, et un
certain temps s'était écoulé, à ce qu'il paraît, dans ces
réflexions, car il n'y avait plus dans l'appartement
que moi et un gardien qui, de la porte, examinait
avec attention si je ne dérobais rien.

Je m'approchai de ce brave homme à qui j'inspirais
de si graves inquiétudes.

« Monsieur, lui dis-je, pourriez-vous me dire le
nom de la personne qui demeurait ici ?

— Mlle Marguerite Gautier. »

Je connaissais cette fille de nom et de vue.

« Comment ! dis-je au gardien, Marguerite Gautier est morte ?

— Oui, monsieur.

— Et quand cela ?

— Il y a trois semaines, je crois.

— Et pourquoi laisse-t-on visiter l'appartement ?

— Les créanciers ont pensé que cela ne pouvait que faire monter la vente. Les personnes peuvent voir d'avance l'effet que font les étoffes et les meubles; vous comprenez, cela encourage à acheter.

— Elle avait donc des dettes ?

— Oh ! monsieur, en quantité.

— Mais la vente les couvrira sans doute ?

— Et au-delà.

— A qui reviendra le surplus, alors ?

— A sa famille.

— Elle a donc une famille ?

— A ce qu'il paraît.

— Merci, monsieur. »

Le gardien, rassuré sur mes intentions, me salua, et je sortis.

« Pauvre fille ! » me disais-je en rentrant chez moi, elle a dû mourir bien tristement, car, dans son monde, on n'a d'amis qu'à la condition qu'on se portera bien. Et malgré moi je m'apitoyais sur le sort de Marguerite Gautier.

Cela paraîtra peut-être ridicule à bien des gens, mais j'ai une indulgence inépuisable pour les courtisanes, et je ne me donne même pas la peine de discuter cette indulgence.

Un jour, en allant prendre un passeport à la préfecture, je vis dans une des rues adjacentes une fille que deux gendarmes emmenaient. J'ignore ce qu'avait fait cette fille, tout ce que je puis dire, c'est qu'elle pleurait à chaudes larmes en embrassant un enfant de quelques mois dont son arrestation la séparait. Depuis ce jour, je n'ai plus su mépriser une femme à première vue.

II

La vente était pour le 16.

Un jour d'intervalle avait été laissé entre les visites et la vente pour donner aux tapissiers le temps de déclouer les tentures, rideaux, etc.

A cette époque, je revenais de voyage. Il était assez naturel que l'on ne m'eût pas appris la mort de Marguerite comme une de ces grandes nouvelles que ses amis apprennent toujours à celui qui revient dans la capitale des nouvelles. Marguerite était jolie, mais autant la vie recherchée de ces femmes fait de bruit, autant leur mort en fait peu. Ce sont de ces soleils qui se couchent comme ils se sont levés, sans éclat. Leur mort, quand elles meurent jeunes, est apprise de tous leurs amants en même temps, car à Paris presque tous les amants d'une fille connue vivent en intimité. Quelques souvenirs s'échangent à son sujet, et la vie des uns et des autres continue sans que cet incident la trouble même d'une larme.

Aujourd'hui quand on a vingt-cinq ans, les larmes deviennent une chose si rare qu'on ne peut les donner à la première venue. C'est tout au plus si les parents qui

paient pour être pleurés le sont en raison du prix qu'ils
y mettent.

Quant à moi, quoique mon chiffre ne se retrouvât
sur aucun des nécessaires de Marguerite, cette indulgence instinctive, cette pitié naturelle que je viens
d'avouer tout à l'heure me faisaient songer à sa mort
plus longtemps qu'elle ne méritait peut-être que
j'y songeasse.

Je me rappelais avoir rencontré Marguerite très souvent aux Champs-Elysées, où elle venait assidûment,
tous les jours, dans un petit coupé bleu attelé de deux
magnifiques chevaux bais, et avoir alors remarqué en
elle une distinction peu commune à ses semblables,
distinction que rehaussait encore une beauté vraiment
exceptionnelle.

Ces malheureuses créatures sont toujours, quand elles
sortent, accompagnées on ne sait de qui.

Comme aucun homme ne consent à afficher publiquement l'amour nocturne qu'il a pour elles, comme
elles ont horreur de la solitude, elles emmènent ou celles
qui, moins heureuses, n'ont pas de voiture, ou quelques-
unes de ces vieilles élégantes dont rien ne motive l'élégance, et à qui l'on peut s'adresser sans crainte, quand
on veut avoir quelques détails que ce soient sur la
femme qu'elles accompagnent.

Il n'en était pas ainsi pour Marguerite. Elle arrivait
aux Champs-Elysées toujours seule, dans sa voiture, où
elle s'effaçait le plus possible, l'hiver enveloppée d'un
grand cachemire, l'été vêtue de robes fort simples; et
quoiqu'il y eût sur sa promenade favorite bien des gens
qu'elle connût, quand par hasard elle leur souriait, le

sourire était visible pour eux seuls, et une duchesse eût pu sourire ainsi.

Elle ne se promenait pas du rond-point à l'entrée des Champs-Elysées, comme le font et le faisaient toutes ses collègues. Ses deux chevaux l'emportaient rapidement au Bois. Là, elle descendait de voiture, marchait pendant une heure, remontait dans son coupé, et rentrait chez elle au grand trot de son attelage.

Toutes ces circonstances, dont j'avais quelquefois été le témoin, repassaient devant moi et je regrettais la mort de cette fille comme on regrette la destruction totale d'une belle œuvre.

Or, il était impossible de voir une plus charmante beauté que celle de Marguerite.

Grande et mince jusqu'à l'exagération, elle possédait au suprême degré l'art de faire disparaître cet oubli de la nature par le simple arrangement des choses qu'elle revêtait. Son cachemire, dont la pointe touchait à terre, laissait échapper de chaque côté les larges volants d'une robe de soie, et l'épais manchon, qui cachait ses mains et qu'elle appuyait contre sa poitrine, était entouré de plis si habilement ménagés, que l'œil n'avait rien à redire, si exigeant qu'il fût, au contour des lignes.

La tête, une merveille, était l'objet d'une coquetterie particulière. Elle était toute petite, et sa mère, comme dirait de Musset, semblait l'avoir faite ainsi pour la faire avec soin.

Dans un ovale d'une grâce indescriptible, mettez des yeux noirs surmontés de sourcils d'un arc si pur

qu'il semblait peint; voilez ces yeux de grands cils
qui, lorsqu'ils s'abaissaient, jetaient de l'ombre sur
la teinte rose des joues; tracez un nez fin, droit, spirituel, aux narines un peu ouvertes par une aspiration ardente vers la vie sensuelle; dessinez une bouche régulière, dont les lèvres s'ouvraient gracieusement
sur des dents blanches comme du lait; colorez
la peau de ce velouté qui couvre les pêches qu'aucune main n'a touchées, et vous aurez l'ensemble de
cette charmante tête.

Les cheveux noirs comme du jais, ondés naturellement ou non, s'ouvraient sur le front en deux larges
bandeaux, et se perdaient derrière la tête, en laissant
voir un bout des oreilles, auxquelles brillaient deux
diamants d'une valeur de quatre à cinq mille francs
chacun.

Comment sa vie ardente laissait-elle au visage de
Marguerite l'expression virginale, enfantine même qui
le caractérisait, c'est ce que nous sommes forcé de constater sans le comprendre.

Marguerite avait d'elle un merveilleux portrait fait
par Vidal[1], le seul homme dont le crayon pouvait la
reproduire. J'ai eu depuis sa mort ce portrait pendant quelques jours à ma disposition, et il était d'une
si étonnante ressemblance qu'il m'a servi à donner
les renseignements pour lesquels ma mémoire ne
m'eût peut-être pas suffi.

Parmi les détails de ce chapitre, quelques-uns ne me
sont parvenus que plus tard, mais je les écris tout de
suite pour n'avoir pas à y revenir, lorsque commencera
l'histoire anecdotique de cette femme.

Marguerite assistait à toutes les premières représentations et passait toutes ses soirées au spectacle ou au bal. Chaque fois que l'on jouait une pièce nouvelle, on était sûr de l'y voir, avec trois choses qui ne la quittaient jamais, et qui occupaient toujours le devant de sa loge de rez-de-chaussée : sa lorgnette, un sac de bonbons et un bouquet de camélias.

Pendant vingt-cinq jours du mois, les camélias étaient blancs, et pendant cinq ils étaient rouges; on n'a jamais su la raison de cette variété de couleurs, que je signale sans pouvoir l'expliquer, et que les habitués des théâtres où elle allait le plus fréquemment et ses amis avaient remarquée comme moi.

On n'avait jamais vu à Marguerite d'autres fleurs que des camélias. Aussi chez Mme Barjon, sa fleuriste, avait-on fini par la surnommer la Dame aux Camélias, et ce surnom lui était resté.

Je savais en outre, comme tous ceux qui vivent dans un certain monde, à Paris, que Marguerite avait été la maîtresse des jeunes gens les plus élégants, qu'elle le disait hautement, et qu'eux-mêmes s'en vantaient, ce qui prouvait qu'amants et maîtresse étaient contents l'un de l'autre.

Cependant, depuis trois ans environ, depuis un voyage à Bagnères¹, elle ne vivait plus, disait-on, qu'avec un vieux duc étranger, énormément riche et qui avait essayé de la détacher le plus possible de sa vie passée, ce que du reste elle avait paru se laisser faire d'assez bonne grâce.

Voici ce qu'on m'a raconté à ce sujet.

Au printemps de 1842, Marguerite était si faible, si

changée que les médecins lui ordonnèrent les eaux, et qu'elle partit pour Bagnères.

Là, parmi les malades, se trouvait la fille de ce duc, laquelle avait non seulement la même maladie, mais encore le même visage que Marguerite, au point qu'on eût pu les prendre pour les deux sœurs. Seulement la jeune duchesse était au troisième degré de la phtisie, et peu de jours après l'arrivée de Marguerite, elle succombait.

Un matin le duc, resté à Bagnères comme on reste sur le sol qui ensevelit une partie du cœur, aperçut Marguerite au détour d'une allée.

Il lui sembla voir passer l'ombre de son enfant et, marchant vers elle, il lui prit les mains, l'embrassa en pleurant, et, sans lui demander qui elle était, implora la permission de la voir et d'aimer en elle l'image vivante de sa fille morte.

Marguerite, seule à Bagnères avec sa femme de chambre, et d'ailleurs n'ayant aucune crainte de se compromettre, accorda au duc ce qu'il lui demandait.

Il se trouvait à Bagnères des gens qui la connaissaient, et qui vinrent officiellement avertir le duc de la véritable position de mademoiselle Gautier. Ce fut un coup pour le vieillard, car là cessait la ressemblance avec sa fille, mais il était trop tard. La jeune femme était devenue un besoin de son cœur et son seul prétexte, sa seule excuse de vivre encore.

Il ne lui fit aucun reproche, il n'avait pas le droit de lui en faire, mais il lui demanda si elle se sentait capable de changer sa vie, lui offrant en échange de ce sacri-

fice toutes les compensations qu'elle pourrait désirer.
Elle promit.

Il faut dire qu'à cette époque, Marguerite, nature
enthousiaste, était malade. Le passé lui apparaissait
comme une des causes principales de sa maladie, et une
sorte de superstition lui fit espérer que Dieu lui laisse-
rait la beauté et la santé, en échange de son repentir et
de sa conversion.

En effet, les eaux, les promenades, la fatigue naturelle et le sommeil l'avaient à peu près rétablie quand
vint la fin de l'été.

Le duc accompagna Marguerite à Paris, où il continua de venir la voir comme à Bagnères.

Cette liaison, dont on ne connaissait ni la véritable
origine, ni le véritable motif, causa une grande sensa-
tion ici, car le duc, connu par sa grande fortune, se faisait connaître maintenant par sa prodigalité.

On attribua au libertinage, fréquent chez les vieillards riches, ce rapprochement du vieux duc et de la
jeune femme. On supposa tout, excepté ce qui était.

Cependant le sentiment de ce père pour Marguerite
avait une cause si chaste, que tout autre rapport que des
rapports de cœur avec elle lui eût semblé un inceste, et
jamais il ne lui avait dit un mot que sa fille n'eût pu
entendre.

Loin de nous la pensée de faire de notre héroïne autre
chose que ce qu'elle était. Nous dirons donc que tant
qu'elle était restée à Bagnères, la promesse faite au duc
n'avait pas été difficile à tenir, et qu'elle avait été tenue;
mais une fois de retour à Paris, il avait semblé à cette
fille habituée à la vie dissipée, aux bals, aux orgies

même, que sa solitude, troublée seulement par les visites
périodiques du duc, la ferait mourir d'ennui, et les souffles brûlants de sa vie d'autrefois passaient à la fois sur
sa tête et sur son cœur.

Ajoutez que Marguerite était revenue de ce voyage
plus belle qu'elle n'avait jamais été, qu'elle avait vingt
ans, et que la maladie endormie, mais non vaincue,
continuait à lui donner ces désirs fiévreux qui sont presque toujours le résultat des affections de poitrine.

Le duc eut donc une grande douleur le jour où ses
amis, sans cesse aux aguets pour surprendre un scandale
de la part de la jeune femme avec laquelle il se compro-
mettait, disaient-ils, vinrent lui dire et lui prouver qu'à
l'heure où elle était sûre de ne pas le voir venir, elle
recevait des visites, et que ces visites se prolongeaient
souvent jusqu'au lendemain.

Interrogée, Marguerite avoua tout au duc, lui conseil-
lant, sans arrière-pensée, de cesser de s'occuper d'elle,
car elle ne se sentait pas la force de tenir les engagements pris, et ne voulait pas recevoir plus longtemps les
bienfaits d'un homme qu'elle trompait.

Le duc resta huit jours sans paraître, ce fut tout ce
qu'il put faire, et, le huitième jour, il vint supplier Marguerite de l'admettre encore, lui promettant de l'accepter telle qu'elle serait, pourvu qu'il la vît, et lui jurant
que, dût-il mourir, il ne lui ferait jamais un reproche.

Voilà où en étaient les choses trois mois après le retour
de Marguerite, c'est-à-dire en novembre ou décembre 1842.

III

Le 16, à une heure, je me rendis rue d'Antin.

De la porte cochère on entendait crier les commis-saires priseurs.

L'appartement était plein de curieux.

Il y avait là toutes les célébrités du vice élégant, sour-noisement examinées par quelques grandes dames qui avaient pris encore une fois le prétexte de la vente, pour avoir le droit de voir de près des femmes avec qui elles n'auraient jamais eu occasion de se retrouver, et dont elles enviaient peut-être en secret les faciles plaisirs.

Mme la duchesse de F... coudoyait Mlle A..., une des plus tristes épreuves de nos courtisanes modernes; Mme la marquise de T... hésitait pour acheter un meu-ble sur lequel enchérissait Mme D..., la femme adul-tère la plus élégante et la plus connue de notre épo-que; le duc d'Y..., qui passe à Madrid pour se ruiner à Paris, à Paris pour se ruiner à Madrid, et qui, somme toute, ne dépense même pas son revenu, tout en cau-sant avec Mme M..., une de nos plus spirituelles conteuses qui veut bien de temps en temps écrire ce qu'elle dit et signer ce qu'elle écrit, échangeait des

regards confidentiels avec Mme de N..., cette belle
promeneuse des Champs-Elysées, presque toujours
vêtue de rose ou de bleu et qui fait traîner sa voiture par deux grands chevaux noirs, que Tony[1] lui a
vendus dix mille francs et... qu'elle lui a payés; enfin
Mlle R... qui se fait avec son seul talent le double
de ce que les femmes du monde se font avec leur dot, et
le triple de ce que les autres se font avec leurs amours,
était, malgré le froid, venue faire quelques emplettes,
et ce n'était pas elle qu'on regardait le moins.

Nous pourrions citer encore les initiales de bien des
gens réunis dans ce salon, et bien étonnés de se trouver
ensemble; mais nous craindrions de lasser le lecteur.

Disons seulement que tout le monde était d'une
gaieté folle, et que parmi toutes celles qui se trouvaient
là, beaucoup avaient connu la morte, et ne paraissaient
pas s'en souvenir.

On riait fort; les commissaires criaient à tue-tête; les
marchands qui avaient envahi les bancs disposés devant
les tables de vente essayaient en vain d'imposer silence,
pour faire leurs affaires tranquillement. Jamais réunion
ne fut plus variée, plus bruyante.

Je me glissai humblement au milieu de ce tumulte
attristant quand je songeais qu'il avait lieu près de la
chambre où avait expiré la pauvre créature dont on
vendait les meubles pour payer les dettes. Venu pour
examiner plus que pour acheter, je regardais les figures
des fournisseurs qui faisaient vendre, et dont les traits
s'épanouissaient chaque fois qu'un objet arrivait à un
prix qu'ils n'eussent pas espéré.

Honnêtes gens qui avaient spéculé sur la prostitution

de cette femme, qui avaient gagné cent pour cent sur elle, qui avaient poursuivi de papiers timbrés les derniers moments de sa vie, et qui venaient après sa mort recueillir les fruits de leurs honorables calculs en même temps que les intérêts de leur honteux crédit.

Combien avaient raison les anciens qui n'avaient qu'un même Dieu pour les marchands et pour les voleurs !

Robes, cachemires, bijoux se vendaient avec une rapidité incroyable. Rien de tout cela ne me convenait, et j'attendais toujours.

Tout à coup j'entendis crier :

« Un volume, parfaitement relié, doré sur tranche, intitulé : « Manon Lescaut ». *Il y a quelque chose d'écrit sur la première page :* Dix francs.

— Douze, dit une voix après un silence assez long.

— Quinze », dis-je.

Pourquoi ? Je n'en sais rien. Sans doute pour ce *quelque chose d'écrit.*

« Quinze, répéta le commissaire priseur.

— Trente », fit le premier enchérisseur d'un ton qui semblait défier qu'on mît davantage.

Cela devenait une lutte.

« Trente-cinq ! criai-je alors du même ton.

— Quarante.

— Cinquante.

— Soixante.

— Cent. »

J'avoue que si j'avais voulu faire de l'effet, j'aurais complètement réussi, car à cette enchère un grand silence se fit, et l'on me regarda pour savoir quel était

ce monsieur qui paraissait si résolu à posséder ce
volume.

Il paraît que l'accent donné à mon dernier mot avait
convaincu mon antagoniste : il préféra donc abandonner un combat qui n'eût servi qu'à me faire payer ce
volume dix fois sa valeur, et, s'inclinant, il me dit fort
gracieusement, quoique un peu tard :

« Je cède, monsieur. »

Personne n'ayant plus rien dit, le livre me fut adjugé.

Comme je redoutais un nouvel entêtement que mon
amour-propre eût peut-être soutenu, mais dont ma
bourse se fût certainement trouvée très mal, je fis inscrire mon nom, mettre de côté le volume, et je descendis. Je dus donner beaucoup à penser aux gens qui,
témoins de cette scène, se demandèrent sans doute dans
quel but j'étais venu payer cent francs un livre que je
pouvais avoir partout pour dix ou quinze francs au plus.

Une heure après j'avais envoyé chercher mon achat.

Sur la première page était écrite à la plume, et d'une
écriture élégante, la dédicace du donataire de ce livre.
Cette dédicace portait ces seuls mots :

> *Manon à Marguerite,*
> *Humilité.*

Elle était signée : Armand Duval.

Que voulait dire ce mot : Humilité ?

Manon reconnaissait-elle dans Marguerite, par l'opinion de ce M. Armand Duval, une supériorité de débauche ou de cœur ?

La seconde interprétation était la plus vraisemblable, car la première n'eût été qu'une impertinente franchise que n'eût pas acceptée Marguerite, malgré son opinion sur elle-même.

Je sortis de nouveau et je ne m'occupai plus de ce livre que le soir lorsque je me couchai.

Certes, *Manon Lescaut* est une touchante histoire dont pas un détail ne m'est inconnu, et cependant lorsque je trouve ce volume sous ma main, ma sympathie pour lui m'attire toujours, je l'ouvre et pour la centième fois je revis avec l'héroïne de l'abbé Prévost. Or, cette héroïne est tellement vraie, qu'il me semble l'avoir connue. Dans ces circonstances nouvelles, l'espèce de comparaison faite entre elle et Marguerite donnait pour moi un attrait inattendu à cette lecture, et mon indulgence s'augmenta de pitié, presque d'amour pour la pauvre fille à l'héritage de laquelle je devais ce volume. Manon était morte dans un désert, il est vrai, mais dans les bras de l'homme qui l'aimait avec toutes les énergies de l'âme, qui, morte, lui creusa une fosse, l'arrosa de ses larmes et y ensevelit son cœur; tandis que Marguerite, pécheresse comme Manon, et peut-être convertie comme elle, était morte au sein d'un luxe somptueux, s'il fallait en croire ce que j'avais vu, dans le lit de son passé, mais aussi au milieu de ce désert du cœur, bien plus aride, bien plus vaste, bien plus impitoyable que celui dans lequel avait été enterrée Manon.

Marguerite, en effet, comme je l'avais appris de quelques amis informés des dernières circonstances de sa vie, n'avait pas vu s'asseoir une réelle consolation à son chevet, pendant les deux mois qu'avait duré sa lente et douloureuse agonie.

Puis de Manon et de Marguerite ma pensée se reportait sur celles que je connaissais et que je voyais s'acheminer en chantant vers une mort presque toujours invariable.

Pauvres créatures ! Si c'est un tort de les aimer, c'est bien le moins qu'on les plaigne. Vous plaignez l'aveugle qui n'a jamais vu les rayons du jour, le sourd qui n'a jamais entendu les accords de la nature, le muet qui n'a jamais pu rendre la voix de son âme, et, sous un faux prétexte de pudeur, vous ne voulez pas plaindre cette cécité du cœur, cette surdité de l'âme, ce mutisme de la conscience qui rendent folle la malheureuse affligée et qui la font malgré elle incapable de voir le bien, d'entendre le Seigneur et de parler la langue pure de l'amour et de la foi.

Hugo a fait *Marion Delorme,* Musset a fait *Bernerette,* Alexandre Dumas a fait *Fernande,* les penseurs et les poètes de tous les temps ont apporté à la courtisane l'offrande de leur miséricorde, et quelquefois un grand homme les a réhabilitées de son amour et même de son nom. Si j'insiste ainsi sur ce point, c'est que parmi ceux qui vont me lire, beaucoup peut-être sont déjà prêts à rejeter ce livre, dans lequel ils craignent de ne voir qu'une apologie du vice et de la prostitution, et l'âge de l'auteur contribue sans doute encore à motiver cette crainte. Que ceux qui penseraient ainsi se détrompent, et qu'ils continuent, si cette crainte seule les retenait.

Je suis tout simplement convaincu d'un principe qui

est que : Pour la femme à qui l'éducation n'a pas ensei-
gné le bien, Dieu ouvre presque toujours deux sentiers
qui l'y ramènent; ces sentiers sont la douleur et l'amour.
Ils sont difficiles; celles qui s'y engagent s'y ensanglan-
tent les pieds, s'y déchirent les mains, mais elles laissent
en même temps aux ronces de la route les parures du
vice et arrivent au but avec cette nudité dont on ne rougit pas devant le Seigneur.

Ceux qui rencontrent ces voyageuses hardies doivent
les soutenir et dire à tous qu'ils les ont rencontrées, car
en le publiant ils montrent la voie.

Il ne s'agit pas de mettre tout bonnement à l'entrée
de la vie deux poteaux, portant l'un cette inscription :
Route du bien, l'autre cet avertissement : *Route du mal,*
et de dire à ceux qui se présentent : « Choisissez »; il
faut, comme le Christ, montrer des chemins qui ramènent de la seconde route à la première ceux qui s'étaient
laissé tenter par les abords; et il ne faut pas surtout que
le commencement de ces chemins soit trop douloureux,
ni paraisse trop impénétrable.

Le christianisme est là avec sa merveilleuse parabole
de l'enfant prodigue pour nous conseiller l'indulgence
et le pardon. Jésus était plein d'amour pour ces âmes
blessées par les passions des hommes, et dont il aimait
à panser les plaies en tirant le baume qui devait les guérir des plaies elles-mêmes. Ainsi, il disait à Madeleine :
« Il te sera beaucoup remis parce que tu as beaucoup
aimé », sublime pardon qui devait éveiller une foi
sublime.

Pourquoi nous ferions-nous plus rigides que le
Christ ? Pourquoi, nous en tenant obstinément aux opi-

nions de ce monde qui se fait dur pour qu'on le croie
fort, rejetterions-nous avec lui des âmes saignantes
souvent de blessures par où, comme le mauvais sang
d'un malade, s'épanche le mal de leur passé, et n'attendant qu'une main amie qui les panse et leur rende la
convalescence du cœur ?

C'est à ma génération que je m'adresse, à ceux
pour qui les théories de M. de Voltaire n'existent
heureusement plus, à ceux qui, comme moi, comprennent que l'humanité est depuis quinze ans dans
un de ses plus audacieux élans. La science du bien
et du mal est à jamais acquise; la foi se reconstruit,
le respect des choses saintes nous est rendu, et si le
monde ne se fait pas tout à fait bon, il se fait du
moins meilleur. Les efforts de tous les hommes intelligents tendent au même but, et toutes les grandes
volontés s'attellent au même principe : soyons
bons, soyons jeunes, soyons vrais ! Le mal n'est
qu'une vanité, ayons l'orgueil du bien, et surtout
ne désespérons pas. Ne méprisons pas la femme qui
n'est ni mère, ni fille, ni épouse. Ne réduisons pas
l'estime à la famille, l'indulgence à l'égoïsme. Puisque le ciel est plus en joie pour le repentir d'un pé-
cheur que pour cent justes qui n'ont jamais péché,
essayons de réjouir le ciel. Il peut nous le rendre avec
usure. Laissons sur notre chemin l'aumône de
notre pardon à ceux que les désirs terrestres ont
perdus, que sauvera peut-être une espérance divi-
ne, et, comme disent les bonnes vieilles femmes
quand elles conseillent un remède de leur façon, si
cela ne fait pas de bien, cela ne peut pas faire de mal.

Certes, il doit paraître bien hardi à moi de vouloir faire sortir ces grands résultats du mince sujet que je traite; mais je suis de ceux qui croient que tout est dans peu. L'enfant est petit, et il renferme l'homme; le cerveau est étroit, et il abrite la pensée; l'œil n'est qu'un point, et il embrasse des lieues.

IV

Deux jours après, la vente était complètement termi-
née. Elle avait produit cent cinquante mille francs.

Les créanciers s'en étaient partagé les deux tiers, et
la famille, composée d'une sœur et d'un petit neveu,
avait hérité du reste.

Cette sœur avait ouvert de grands yeux quand
l'homme d'affaires lui avait écrit qu'elle héritait de
cinquante mille francs.

Il y avait six ou sept ans que cette jeune fille n'avait
vu sa sœur, laquelle avait disparu un jour sans que l'on
sût, ni par elle ni par d'autres, le moindre détail sur sa
vie depuis le moment de sa disparition.

Elle était donc arrivée en toute hâte à Paris et l'étonnement de ceux qui connaissaient Marguerite avait été
grand quand ils avaient vu que son unique héritière
était une grosse et belle fille de campagne qui jusqu'a-
lors n'avait jamais quitté son village.

Sa fortune se trouva faite d'un seul coup, sans qu'elle
sût même de quelle source lui venait cette fortune ines-
pérée.

Elle retourna, m'a-t-on dit depuis, à sa campagne,

emportant de la mort de sa sœur une grande tristesse que compensait néanmoins le placement à quatre et demi qu'elle venait de faire.

Toutes ces circonstances répétées dans Paris, la ville mère du scandale, commençaient à être oubliées et j'oubliais même à peu près en quoi j'avais pris part à ces événements, quand un nouvel incident me fit connaître toute la vie de Marguerite et m'apprit des détails si touchants, que l'envie me prit d'écrire cette histoire et que je l'écris.

Depuis trois ou quatre jours l'appartement, vide de tous ses meubles vendus, était à louer, quand on sonna un matin chez moi.

Mon domestique, ou plutôt mon portier qui me servait de domestique, alla ouvrir et me rapporta une carte, en me disant que la personne qui la lui avait remise désirait me parler.

Je jetai les yeux sur cette carte et j'y lus ces deux mots : *Armand Duval.*

Je cherchai où j'avais déjà vu ce nom, et je me rappelai la première feuille du volume de *Manon Lescaut.*

Que pouvait me vouloir la personne qui avait donné ce livre à Marguerite ? Je dis de faire entrer tout de suite celui qui attendait.

Je vis alors un jeune homme blond, grand, pâle, vêtu d'un costume de voyage qu'il semblait ne pas avoir quitté depuis quelques jours et ne s'être même pas donné la peine de brosser en arrivant à Paris, car il était couvert de poussière.

M. Duval, fortement ému, ne fit aucun effort pour

cacher son émotion, et ce fut des larmes dans les yeux et un tremblement dans la voix qu'il me dit :

« Monsieur, vous excuserez, je vous prie, ma visite et mon costume; mais outre qu'entre jeunes gens on ne se gêne pas beaucoup, je désirais tant vous voir aujourd'hui, que je n'ai même pris le temps de descendre à l'hôtel où j'ai envoyé mes malles et je suis accouru chez vous craignant encore, quoiqu'il soit de bonne heure, de ne pas vous rencontrer. »

Je priai M. Duval de s'asseoir auprès du feu, ce qu'il fit tout en tirant de sa poche un mouchoir avec lequel il cacha un moment sa figure.

« Vous ne devez pas comprendre, reprit-il en soupirant tristement, ce que vous veut ce visiteur inconnu, à pareille heure, dans une pareille tenue et pleurant comme il le fait.

« Je viens tout simplement, monsieur, vous demander un grand service.

— Parlez, monsieur, je suis tout à votre disposition.

— Vous avez assisté à la vente de Marguerite Gautier ? »

A ce mot, l'émotion dont ce jeune homme avait triomphé un instant fut plus forte que lui, et il fut forcé de porter les mains à ses yeux.

« Je dois vous paraître bien ridicule, ajouta-t-il, excusez-moi encore pour cela, et croyez que je n'oublierai jamais la patience avec laquelle vous voulez bien m'écouter.

— Monsieur, répliquai-je, si le service que je parais pouvoir vous rendre doit calmer un peu le chagrin que vous éprouvez, dites-moi vite à quoi je puis vous être bon, et vous trouverez en moi un homme heureux de vous obliger. »

La douleur de M. Duval était sympathique, et malgré moi j'aurais voulu lui être agréable.

Il me dit alors :

« Vous avez acheté quelque chose à la vente de Marguerite ?

— Oui, monsieur, un livre.

— *Manon Lescaut* ?

— Justement.

— Avez-vous encore ce livre ?

— Il est dans ma chambre à coucher. »

Armand Duval, à cette nouvelle, parut soulagé d'un grand poids et me remercia comme si j'avais déjà commencé à lui rendre un service en gardant ce volume.

Je me levai alors, j'allai dans ma chambre prendre le livre et je le lui remis.

« C'est bien cela, fit-il en regardant la dédicace de la première page et en feuilletant, c'est bien cela. »

Et deux grosses larmes tombèrent sur les pages.

« Eh bien, monsieur, dit-il en relevant la tête sur moi, en n'essayant même plus de me cacher qu'il avait pleuré et qu'il était près de pleurer encore, tenez-vous beaucoup à ce livre ?

— Pourquoi, monsieur ?

— Parce que je viens vous demander de me le céder.

— Pardonnez-moi ma curiosité, dis-je alors; mais c'est donc vous qui l'avez donné à Marguerite Gautier ?

— C'est moi-même.

— Ce livre est à vous, monsieur, reprenez-le, je suis heureux de pouvoir vous le rendre.

— Mais, reprit M. Duval avec embarras, c'est bien le moins que je vous en donne le prix que vous l'avez payé.

— Permettez-moi de vous l'offrir. Le prix d'un seul volume dans une vente pareille est une bagatelle, et je ne me rappelle plus combien j'ai payé celui-ci.

— Vous l'avez payé cent francs.

— C'est vrai, fis-je, embarrassé à mon tour, comment le savez-vous ?

— C'est bien simple, j'espérais arriver à Paris à temps pour la vente de Marguerite, et je ne suis arrivé que ce matin. Je voulais absolument avoir un objet qui vînt d'elle et je courus chez le commissaire priseur lui demander la permission de visiter la liste des objets vendus et les noms des acheteurs. Je vis que ce volume avait été acheté par vous, je me résolus à vous prier de me le céder, quoique le prix que vous y aviez mis me fît craindre que vous n'eussiez attaché vous-même un souvenir quelconque à la possession de ce volume. »

En parlant ainsi, Armand paraissait évidemment craindre que je n'eusse connu Marguerite comme lui l'avait connue.

Je m'empressai de le rassurer.

« Je n'ai connu Mlle Gautier que de vue, lui dis-je; sa mort m'a fait l'impression que fait toujours sur un jeune homme la mort d'une jolie femme qu'il avait du plaisir à rencontrer. J'ai voulu acheter quelque chose à sa vente et je me suis entêté à renchérir sur ce volume, je ne sais pourquoi, pour le plaisir de faire enrager un monsieur qui s'acharnait dessus et semblait me défier de l'avoir. Je vous le répète donc, monsieur, ce livre est à votre disposition et je vous prie de nouveau de l'accepter pour que vous ne le teniez pas de moi comme je le tiens d'un commissaire priseur, et pour qu'il soit entre nous l'engagement d'une connaissance plus longue et de relations plus intimes.

— C'est bien, monsieur, me dit Armand en me tendant la main et en serrant la mienne, j'accepte et je vous serai reconnaissant toute ma vie. »

J'avais bien envie de questionner Armand sur Marguerite, car la dédicace du livre, le voyage du jeune homme, son désir de posséder ce volume piquaient ma curiosité; mais je craignais en questionnant mon visiteur de paraître n'avoir refusé son argent que pour avoir le droit de me mêler de ses affaires.

On eût dit qu'il devinait mon désir, car il me dit :
« Vous avez lu ce volume ?

— En entier.

— Qu'avez-vous pensé des deux lignes que j'ai écrites ?

— J'ai compris tout de suite qu'à vos yeux la pauvre fille à qui vous aviez donné ce volume sortait de la catégorie ordinaire, car je ne voulais pas ne voir dans ces lignes qu'un compliment banal.

— Et vous aviez raison, monsieur. Cette fille était un ange. Tenez, me dit-il, lisez cette lettre. »

Et il me tendit un papier qui paraissait avoir été relu bien des fois.

Je l'ouvris, voici ce qu'il contenait :

« Mon cher Armand, j'ai reçu votre lettre, vous êtes resté bon et j'en remercie Dieu. Oui, mon ami, je suis malade, et d'une de ces maladies qui ne pardonnent pas; mais l'intérêt que vous voulez bien prendre encore à moi diminue beaucoup ce que je souffre. Je ne vivrai sans doute pas assez longtemps pour avoir le bonheur de serrer la main qui a écrit la bonne lettre que je viens de recevoir et dont les paroles me guériraient, si quelque chose pouvait me guérir. Je ne vous verrai pas, car je suis tout près de la mort, et des centaines de lieues vous séparent de moi. Pauvre ami ! votre Marguerite d'autrefois est bien changée, et il vaut peut-être mieux que vous ne la revoyiez plus que de la voir telle qu'elle est. Vous me demandez si je vous pardonne; oh ! de grand cœur, ami, car le mal que vous avez voulu me faire n'était qu'une preuve de l'amour que vous aviez pour moi. Il y a un mois que je suis au lit, et je tiens tant à votre estime que chaque jour j'écris le journal de ma vie, depuis le moment où nous nous sommes quittés jusqu'au moment où je n'aurai plus la force d'écrire.

« Si l'intérêt que vous prenez à moi est réel, Armand, à votre retour, allez chez Julie Duprat. Elle vous remettra ce journal. Vous y trouverez la raison et l'excuse de ce qui s'est passé entre nous. Julie est bien bonne pour moi; nous causons souvent de vous ensemble. Elle était là quand votre lettre est arrivée, nous avons pleuré en la lisant.

« Dans le cas où vous ne m'auriez pas donné de vos nouvelles, elle était chargée de vous remettre ces papiers

à votre arrivée en France. Ne m'en soyez pas reconnaissant. Ce retour quotidien sur les seuls moments
heureux de ma vie me fait un bien énorme, et si vous
devez trouver dans cette lecture l'excuse du passé, j'y
trouve, moi, un continuel soulagement.

« Je voudrais vous laisser quelque chose qui me rap-
pelât toujours à votre esprit, mais tout est saisi chez
moi, et rien ne m'appartient.

« Comprenez-vous, mon ami ? je vais mourir, et de
ma chambre à coucher j'entends marcher dans le salon
le gardien que mes créanciers ont mis là pour qu'on
n'emporte rien et qu'il ne me reste rien dans le cas où
je ne mourrais pas. Il faut espérer qu'ils attendront la
fin pour vendre.

« Oh ! les hommes sont impitoyables ! ou plutôt, je
me trompe, c'est Dieu qui est juste et inflexible.

« Eh bien, cher aimé, vous viendrez à ma vente, et
vous achèterez quelque chose, car si je mettais de côté
le moindre objet pour vous et qu'on l'apprît, on serait
capable de vous attaquer en détournement d'objets
saisis.

« Triste vie que celle que je quitte !

« Que Dieu serait bon, s'il permettait que je vous
revisse avant de mourir ! Selon toutes probabilités,
adieu, mon ami; pardonnez-moi si je ne vous en écris
pas plus long, mais ceux qui disent qu'ils me guériront
m'épuisent de saignées, et ma main se refuse à écrire
davantage.

« MARGUERITE GAUTIER. »

En effet, les derniers mots étaient à peine lisibles.

Je rendis cette lettre à Armand qui venait de la relire sans doute dans sa pensée comme moi je l'avais lue sur le papier, car il me dit en le reprenant :

« Qui croirait jamais que c'est une fille entretenue qui a écrit cela ! » Et tout ému de ses souvenirs, il considéra quelque temps l'écriture de cette lettre qu'il finit par porter à ses lèvres.

« Et quand je pense, reprit-il, que celle-ci est morte sans que j'aie pu la revoir et que je ne la reverrai jamais; quand je pense qu'elle a fait pour moi ce qu'une sœur n'eût pas fait, je ne me pardonne pas de l'avoir laissée mourir ainsi.

« Morte ! morte ! en pensant à moi, en écrivant et en disant mon nom, pauvre chère Marguerite ! »

Et Armand, donnant un libre cours à ses pensées et à ses larmes, me tendait la main et continuait :

« On me trouverait bien enfant, si l'on me voyait me lamenter ainsi sur une pareille morte; c'est que l'on ne saurait pas ce que je lui ai fait souffrir à cette femme, combien j'ai été cruel, combien elle a été bonne et résignée. Je croyais qu'il m'appartenait de lui pardonner, et aujourd'hui, je me trouve indigne du pardon qu'elle m'accorde. Oh ! je donnerais dix ans de ma vie pour pleurer une heure à ses pieds. »

Il est toujours difficile de consoler une douleur que l'on ne connaît pas, et cependant j'étais pris d'une si vive sympathie pour ce jeune homme, il me faisait avec tant de franchise le confident de son chagrin, que je crus que ma parole ne lui serait pas indifférente, et je lui dis :

« N'avez-vous pas des parents, des amis ? espérez, voyez-les, et ils vous consoleront, car moi, je ne puis que vous plaindre.

— C'est juste, dit-il en se levant et en se promenant à grands pas dans ma chambre, je vous ennuie. Excusez-moi, je ne réfléchissais pas que ma douleur doit vous importer peu, et que je vous importune d'une chose qui ne peut et ne doit vous intéresser en rien.

— Vous vous trompez au sens de mes paroles, je suis tout à votre service; seulement je regrette mon insuffisance à calmer votre chagrin. Si ma société et celle de mes amis peuvent vous distraire, si enfin vous avez besoin de moi en quoi que ce soit, je veux que vous sachiez bien tout le plaisir que j'aurai à vous être agréable.

— Pardon, pardon, me dit-il, la douleur exagère les sensations. Laissez-moi rester quelques minutes encore, le temps de m'essuyer les yeux, pour que les badauds de la rue ne regardent pas comme une curiosité ce grand garçon qui pleure. Vous venez de me rendre bien heureux en me donnant ce livre; je ne saurai jamais comment reconnaître ce que je vous dois.

— En m'accordant un peu de votre amitié, dis-je à Armand, et en me disant la cause de votre chagrin. On se console, en racontant ce qu'on souffre.

— Vous avez raison; mais aujourd'hui j'ai trop besoin de pleurer, et je ne vous dirais que des paroles sans suite. Un jour, je vous ferai part de cette histoire, et vous verrez si j'ai raison de regretter la pauvre fille. Et

maintenant, ajouta-t-il en se frottant une dernière fois
les yeux et en se regardant dans la glace, dites-moi que
vous ne me trouvez pas trop niais, et permettez-moi de
revenir vous voir. »

Le regard de ce jeune homme était bon et doux; je
fus au moment de l'embrasser.

Quant à lui, ses yeux commençaient de nouveau à se
voiler de larmes; il vit que je m'en apercevais, et il
détourna son regard de moi.

« Voyons, lui dis-je, du courage.

— Adieu », me dit-il alors.

Et faisant un effort inouï pour ne pas pleurer, il se
sauva de chez moi plutôt qu'il n'en sortit.

Je soulevai le rideau de ma fenêtre, et je le vis remon-
ter dans le cabriolet qui l'attendait à la porte; mais à
peine y était-il qu'il fondit en larmes et cacha son
visage dans son mouchoir.

V

Un assez long temps s'écoula sans que j'entendisse parler d'Armand, mais en revanche il avait souvent été question de Marguerite.

Je ne sais pas si vous l'avez remarqué, il suffit que le nom d'une personne qui paraissait devoir vous rester inconnue ou tout au moins indifférente soit prononcé une fois devant vous, pour que des détails viennent peu à peu se grouper autour de ce nom, et pour que vous entendiez alors tous vos amis vous parler d'une chose dont ils ne vous avaient jamais entretenu auparavant. Vous découvrez alors que cette personne vous touchait presque, vous vous apercevez qu'elle a passé bien des fois dans votre vie sans être remarquée; vous trouvez dans les événements que l'on vous raconte une coïncidence, une affinité réelles avec certains événements de votre propre existence. Je n'en étais pas positivement là avec Marguerite, puisque je l'avais vue, rencontrée, et que je la connaissais de visage et d'habitudes; cependant, depuis cette vente, son nom était revenu fréquemment à mes oreilles, et dans la circonstance que j'ai dite au dernier chapitre, ce nom s'était trouvé mêlé à un chagrin si profond, que mon étonnement en avait grandi, en augmentant ma curiosité.

Il en était résulté que je n'abordais plus mes amis auxquels je n'avais jamais parlé de Marguerite, qu'en disant :

« Avez-vous connu une nommée Marguerite Gautier ?

— La Dame aux Camélias ?

— Justement.

— Beaucoup ! »

Ces : Beaucoup ! étaient quelquefois accompagnés de sourires incapables de laisser aucun doute sur leur signification.

« Eh bien, qu'est-ce que c'était que cette fille-là ? continuais-je.

— Une bonne fille.

— Voilà tout ?

— Mon Dieu ! oui, plus d'esprit et peut-être un peu plus de cœur que les autres.

— Et vous ne savez rien de particulier sur elle ?

— Elle a ruiné le baron de G...

— Seulement ?

— Elle a été la maîtresse du vieux duc de...

— Etait-elle bien sa maîtresse ?

— On le dit : en tout cas, il lui donnait beaucoup d'argent. »

Toujours les mêmes détails généraux.

Cependant j'aurais été curieux d'apprendre quelque chose sur la liaison de Marguerite et d'Armand.

Je rencontrai un jour un de ceux qui vivent conti-

nuellement dans l'intimité des femmes connues. Je le
questionnai.

« Avez-vous connu Marguerite Gautier ? »

Le même *beaucoup* me fut répondu.

« Quelle fille était-ce ?

— Belle et bonne fille. Sa mort m'a fait une grande
peine.

— N'a-t-elle pas eu un amant nommé Armand
Duval ?

— Un grand blond ?

— Oui.

— C'est vrai.

— Qu'est-ce que c'était que cet Armand ?

— Un garçon qui a mangé avec elle le peu qu'il
avait, je crois, et qui a été forcé de la quitter. On dit
qu'il en a été fou.

— Et elle ?

— Elle l'aimait beaucoup aussi, dit-on toujours, mais
comme ces filles-là aiment. Il ne faut pas leur demander plus qu'elles ne peuvent donner.

— Qu'est devenu Armand ?

— Je l'ignore. Nous l'avons très peu connu. Il est
resté cinq ou six mois avec Marguerite, mais à la campagne. Quand elle est revenue, il est parti.

— Et vous ne l'avez pas revu depuis ?

— Jamais. »

Moi non plus je n'avais pas revu Armand. J'en étais
arrivé à me demander si, lorsqu'il s'était présenté chez
moi, la nouvelle récente de la mort de Marguerite
n'avait pas exagéré son amour d'autrefois et par conséquent sa douleur, et je me disais que peut-être il avait

déjà oublié avec la morte la promesse faite de revenir me voir.

Cette supposition eût été assez vraisemblable à l'égard d'un autre, mais il y avait eu dans le désespoir d'Armand des accents sincères, et passant d'un extrême à l'autre, je me figurai que le chagrin s'était changé en maladie, et que si je n'avais pas de ses nouvelles, c'est qu'il était malade et peut-être bien mort.

Je m'intéressais malgré moi à ce jeune homme. Peut-être dans cet intérêt y avait-il de l'égoïsme; peut-être avais-je entrevu sous cette douleur une touchante histoire de cœur, peut-être enfin mon désir de la connaître était-il pour beaucoup dans le souci que je prenais du silence d'Armand.

Puisque M. Duval ne revenait pas chez moi, je résolus d'aller chez lui. Le prétexte n'était pas difficile à trouver; malheureusement je ne savais pas son adresse, et parmi tous ceux que j'avais questionnés, personne n'avait pu me la dire.

Je me rendis rue d'Antin. Le portier de Marguerite savait peut-être où demeurait Armand. C'était un nouveau portier. Il l'ignorait comme moi. Je m'informai alors du cimetière où avait été enterrée mademoiselle Gautier. C'était le cimetière Montmartre.

Avril avait reparu, le temps était beau, les tombes ne devaient plus avoir cet aspect douloureux et désolé que leur donne l'hiver; enfin, il faisait déjà assez chaud pour que les vivants se souvinssent des morts et les visitassent. Je me rendis au cimetière, en me disant : A la seule inspection de la tombe de Marguerite, je verrai bien si la douleur d'Armand existe encore, et j'apprendrai peut-être ce qu'il est devenu.

J'entrai dans la loge du gardien, et je lui demandai si le 22 du mois de février une femme nommée Marguerite Gautier n'avait pas été enterrée au cimetière Montmartre[1].

Cet homme feuilleta un gros livre où sont inscrits et numérotés tous ceux qui entrent dans ce dernier asile, et me répondit qu'en effet le 22 février, à midi, une femme de ce nom avait été inhumée.

Je le priai de me faire conduire à la tombe, car il n'y a pas moyen de se reconnaître, sans cicerone, dans cette ville des morts qui a ses rues comme la ville des vivants. Le gardien appela un jardinier à qui il donna les indications nécessaires et qui l'interrompit en disant : « Je sais, je sais... Oh ! la tombe est bien facile à reconnaître, continua-t-il en se tournant vers moi.

— Pourquoi ? lui dis-je.

— Parce qu'elle a des fleurs bien différentes des autres.

— C'est vous qui en prenez soin ?

— Oui, monsieur, et je voudrais que tous les parents eussent soin des décédés comme le jeune homme qui m'a recommandé celle-là. »

Après quelques détours, le jardinier s'arrêta et me dit :

« Nous y voici. »

En effet, j'avais sous les yeux un carré de fleurs qu'on n'eût jamais pris pour une tombe, si un marbre blanc portant un nom ne l'eût constaté.

Ce marbre était posé droit, un treillage de fer limitait le terrain acheté, et ce terrain était couvert de camélias blancs.

« Que dites-vous de cela ? me dit le jardinier.

— C'est très beau.

— Et chaque fois qu'un camélia se fane, j'ai ordre de le renouveler.

— Et qui vous a donné cet ordre ?

— Un jeune homme qui a bien pleuré, la première fois qu'il est venu; un ancien à la morte, sans doute, car il paraît que c'était une gaillarde, celle-là. On dit qu'elle était très jolie. Monsieur l'a-t-il connue ?

— Oui.

— Comme l'autre, me dit le jardinier avec un sourire malin.

— Non, je ne lui ai jamais parlé.

— Et vous venez la voir ici; c'est bien gentil de votre part, car ceux qui viennent voir la pauvre fille n'encombrent pas le cimetière.

— Personne ne vient donc ?

— Personne, excepté ce jeune monsieur qui est venu une fois.

— Une seule fois ?

— Oui, monsieur.

— Et il n'est pas revenu depuis ?

— Non, mais il reviendra à son retour.

— Il est donc en voyage ?

— Oui.

— Et vous savez où il est ?

— Il est, je crois, chez la sœur de Mlle Gautier.

— Et que fait-il là ?

— Il va lui demander l'autorisation de faire exhumer la morte, pour la faire mettre autre part.

— Pourquoi ne la laisserait-il pas ici ?

— Vous savez, monsieur, que pour les morts on a des idées. Nous voyons cela tous les jours, nous autres. Ce terrain n'est acheté que pour cinq ans, et ce jeune homme veut une concession à perpétuité et un terrain plus grand; dans le quartier neuf ce sera mieux.

— Qu'appelez-vous le quartier neuf ?

— Les terrains nouveaux que l'on vend maintenant, à gauche. Si le cimetière avait toujours été tenu comme maintenant, il n'y en aurait pas un pareil au monde; mais il y a encore bien à faire avant que ce soit tout à fait comme ce doit être. Et puis les gens sont si drôles.

— Que voulez-vous dire ?

— Je veux dire qu'il y a des gens qui sont fiers jusqu'ici. Ainsi, cette demoiselle Gautier, il paraît qu'elle a fait un peu la vie, passez-moi l'expression. Maintenant, la pauvre demoiselle, elle est morte; et il en reste autant que de celles dont on n'a rien à dire et que nous arrosons tous les jours; eh bien, quand les parents des personnes qui sont enterrées à côté d'elle ont appris qui elle était, ne se sont-ils pas imaginé de dire qu'ils s'opposeraient à ce qu'on la mît ici, et qu'il devrait y avoir des terrains à part pour ces sortes de femmes comme pour les pauvres. A-t-on jamais vu cela ? Je les ai joliment relevés, moi; des gros rentiers qui ne viennent pas quatre fois l'an visiter leurs défunts, qui apportent leurs fleurs eux-mêmes, et voyez quelles fleurs ! qui regardent à un entretien pour ceux qu'ils disent pleurer, qui écrivent sur leurs tombes des larmes qu'ils n'ont jamais versées, et qui viennent faire les difficiles pour le voisinage. Vous me croirez si vous voulez, monsieur, je ne connaissais pas cette demoiselle, je ne sais pas ce qu'elle a fait; eh bien, je l'aime, cette pauvre petite, et j'ai soin d'elle, et je lui passe les camélias au plus juste prix. C'est ma morte de prédilection. Nous autres, monsieur, nous sommes bien forcés d'aimer les morts, car nous sommes si occupés que nous n'avons presque pas le temps d'aimer autre chose. »

Je regardais cet homme, et quelques-uns de mes lecteurs comprendront, sans que j'aie besoin de le leur expliquer, l'émotion que j'éprouvais à l'entendre.

Il s'en aperçut sans doute, car il continua :

« On dit qu'il y avait des gens qui se ruinaient pour cette fille-là, et qu'elle avait des amants qui l'adoraient; eh bien, quand je pense qu'il n'y en a pas un qui vienne lui acheter une fleur seulement, c'est cela qui est curieux et triste. Et encore, celle-ci n'a pas à se plaindre, car elle a sa tombe, et s'il n'y en a qu'un qui se souvienne d'elle, il fait les choses pour les autres. Mais nous avons ici de pauvres filles du même genre et du même âge qu'on jette dans la fosse commune, et cela me fend le cœur quand j'entends tomber leurs pauvres corps dans la terre. Et pas un être ne s'occupe d'elles, une fois qu'elles sont mortes ! Ce n'est pas toujours gai, le métier que nous faisons, surtout tant qu'il nous reste un peu de cœur. Que voulez-vous ? c'est plus fort que moi. J'ai une belle grande fille de vingt ans et, quand on apporte ici une morte de son âge je pense à elle, et, que ce soit une grande dame ou une vagabonde, je ne peux pas m'empêcher d'être ému.

« Mais je vous ennuie sans doute avec mes histoires et ce n'est pas pour les écouter que vous voilà ici. On m'a dit de vous amener à la tombe de Mlle Gautier, vous y voilà, puis-je vous être bon encore à quelque chose ?

— Savez-vous l'adresse de M. Armand Duval ? demandai-je à cet homme.

— Oui, il demeure rue de... c'est là du moins que je suis allé toucher le prix de toutes les fleurs que vous voyez.

— Merci, mon ami. »

Je jetai un dernier regard sur cette tombe fleurie, dont malgré moi j'eusse voulu sonder les profondeurs pour voir ce que la terre avait fait de la belle créature qu'on lui avait jetée, et je m'éloignai tout triste.

« Est-ce que monsieur veut voir M. Duval ? reprit le jardinier qui marchait à côté de moi.

— Oui.

— C'est que je suis bien sûr qu'il n'est pas encore de retour, sans quoi je l'aurais déjà vu ici.

— Vous êtes donc convaincu qu'il n'a pas oublié Marguerite ?

— Non seulement j'en suis convaincu, mais je parierais que son désir de la changer de tombe n'est que le désir de la revoir.

— Comment cela ?

— Le premier mot qu'il m'a dit en venant au cimetière a été : « Comment faire pour la voir encore ? » Cela ne pouvait avoir lieu que par le changement de tombe, et je l'ai renseigné sur toutes les formalités à remplir pour obtenir ce changement, car vous savez que pour transférer les morts d'un tombeau dans un autre, il faut les reconnaître, et la famille seule peut autoriser cette opération à laquelle doit présider un commissaire de police. C'est pour avoir cette autorisation que M. Duval est allé chez la sœur de Mlle Gautier et sa première visite sera évidemment pour nous. »

Nous étions arrivés à la porte du cimetière; je remerciai de nouveau le jardinier en lui mettant quelques pièces de monnaie dans la main et je me rendis à l'adresse qu'il m'avait donnée.

Armand n'était pas de retour.

Je laissai un mot chez lui, le priant de me venir voir dès son arrivée, ou de me faire dire où je pourrais le trouver.

Le lendemain, au matin, je reçus une lettre de Duval, qui m'informait de son retour, et me priait de passer chez lui, ajoutant qu'épuisé de fatigue, il lui était impossible de sortir.

VI

Je trouvai Armand dans son lit.

En me voyant il me tendit sa main brûlante.

« Vous avez la fièvre, lui dis-je.

— Ce ne sera rien, la fatigue d'un voyage rapide, voilà tout.

— Vous venez de chez la sœur de Marguerite ?

— Oui, qui vous l'a dit ?

— Je le sais, et vous avez obtenu ce que vous vouliez ?

— Oui encore; mais qui vous a informé du voyage et du but que j'avais en le faisant ?

— Le jardinier du cimetière.

— Vous avez vu la tombe ? »

C'est à peine si j'osais répondre, car le ton de cette phrase me prouvait que celui qui me l'avait dite était toujours en proie à l'émotion dont j'avais été le témoin, et que chaque fois que sa pensée ou la parole d'un autre le reporterait sur ce douloureux sujet, pendant long-temps encore cette émotion trahirait sa volonté.

Je me contentai donc de répondre par un signe de tête.

« Il en a eu bien soin ? » continua Armand.

Deux grosses larmes roulèrent sur les joues du malade qui détourna la tête pour me les cacher. J'eus l'air de ne pas les voir et j'essayai de changer la conversation.

« Voilà trois semaines que vous êtes parti », lui dis-je.

Armand passa la main sur ses yeux et me répondit :

« Trois semaines juste.

— Votre voyage a été long.

— Oh ! je n'ai pas toujours voyagé, j'ai été malade quinze jours, sans quoi je fusse revenu depuis longtemps ; mais à peine arrivé là-bas, la fièvre m'a pris et j'ai été forcé de garder la chambre.

— Et vous êtes reparti sans être guéri.

— Si j'étais resté huit jours de plus dans ce pays, j'y serais mort.

— Mais maintenant que vous voilà de retour, il faut vous soigner ; vos amis viendront vous voir. Moi, tout le premier, si vous me le permettez.

— Dans deux heures, je me lèverai.

— Quelle imprudence !

— Il le faut.

— Qu'avez-vous donc à faire de si pressé ?

— Il faut que j'aille chez le commissaire de police.

— Pourquoi ne chargez-vous pas quelqu'un de cette mission qui peut vous rendre plus malade encore ?

— C'est la seule chose qui puisse me guérir. Il faut que je la voie. Depuis que j'ai appris sa mort, et surtout depuis que j'ai vu sa tombe, je ne dors plus. Je ne peux pas me figurer que cette femme que j'ai quittée si jeune et si belle est morte. Il faut que je m'en assure par moi-même. Il faut que je voie ce que Dieu a fait de cet être que j'ai tant aimé, et peut-être le dégoût du spectacle remplacera-t-il le désespoir du souvenir; vous m'accompagnerez, n'est-ce pas... si cela ne vous ennuie pas trop ?

— Que vous a dit sa sœur ?

— Rien. Elle a paru fort étonnée qu'un étranger voulût acheter un terrain et faire faire une tombe à Marguerite, et elle m'a signé tout de suite l'autorisation que je lui demandais.

— Croyez-moi, attendez pour cette translation que vous soyez bien guéri.

— Oh ! je serai fort, soyez tranquille. D'ailleurs je deviendrais fou, si je n'en finissais au plus vite avec cette résolution dont l'accomplissement est devenu un besoin de ma douleur. Je vous jure que je ne puis être calme que lorsque j'aurai vu Marguerite. C'est peut-être une soif de la fièvre qui me brûle, un rêve de mes insomnies, un résultat de mon délire; mais dussé-je me faire trappiste, comme M. de Rancé, après avoir vu, je verrai.

— Je comprends cela, dis-je à Armand, et je suis tout à vous; avez-vous vu Julie Duprat ?

— Oui. Oh ! je l'ai vue le jour même de mon premier retour.

— Vous a-t-elle remis les papiers que Marguerite lui avait laissés pour vous ?

— Les voici. »

Armand tira un rouleau de dessous son oreiller, et l'y replaça immédiatement.

« Je sais par cœur ce que ces papiers renferment, me dit-il. Depuis trois semaines je les ai relus dix fois par jour. Vous les lirez aussi, mais plus tard, quand je serai

plus calme et quand je pourrai vous faire comprendre
tout ce que cette confession révèle de cœur et d'amour.

« Pour le moment, j'ai un service à réclamer de vous.

— Lequel ?

— Vous avez une voiture en bas ?

— Oui.

— Eh bien, voulez-vous prendre mon passeport et
aller demander à la poste restante s'il y a des lettres
pour moi ? Mon père et ma sœur ont dû m'écrire à Paris,
et je suis parti avec une telle précipitation que je n'ai
pas pris le temps de m'en informer avant mon départ.
Lorsque vous reviendrez, nous irons ensemble prévenir
le commissaire de police de la cérémonie de demain. »

Armand me remit son passeport, et je me rendis rue
Jean-Jacques-Rousseau.

Il y avait deux lettres au nom de Duval, je les pris et
je revins.

Quand je reparus, Armand était tout habillé et prêt
à sortir.

« Merci, me dit-il en prenant ses lettres. Oui, ajouta-t-il après avoir regardé les adresses, oui, c'est de mon
père et de ma sœur. Ils ont dû ne rien comprendre à
mon silence. »

Il ouvrit les lettres, et les devina plutôt qu'il ne les
lut, car elles étaient de quatre pages chacune, et au bout
d'un instant il les avait repliées.

« Partons, me dit-il, je répondrai demain. »

Nous allâmes chez le commissaire de police, à
qui Armand remit la procuration de la sœur de Marguerite.

Le commissaire lui donna en échange une lettre

d'avis pour le gardien du cimetière; il fut convenu que la translation aurait lieu le lendemain, à dix heures du matin, que je viendrais le prendre une heure auparavant, et que nous nous rendrions ensemble au cimetière.

Moi aussi, j'étais curieux d'assister à ce spectacle, et j'avoue que la nuit je ne dormis pas.

A en juger par les pensées qui m'assaillirent, ce dut être une longue nuit pour Armand.

Quand le lendemain à neuf heures j'entrai chez lui, il était horriblement pâle, mais il paraissait calme.

Il me sourit et me tendit la main.

Ses bougies étaient brûlées jusqu'au bout, et, avant de sortir, Armand prit une lettre fort épaisse, adressée à son père, et confidente sans doute de ses impressions de la nuit.

Une demi-heure après nous arrivions à Montmartre.

Le commissaire nous attendait déjà.

On s'achemina lentement dans la direction de la tombe de Marguerite. Le commissaire marchait le premier, Armand et moi nous le suivions à quelques pas.

De temps en temps je sentais tressaillir convulsivement le bras de mon compagnon, comme si des frissons l'eussent parcouru tout à coup. Alors, je le regardais; il comprenait mon regard et me souriait, mais depuis que nous étions sortis de chez lui, nous n'avions pas échangé une parole.

Un peu avant la tombe, Armand s'arrêta pour essuyer son visage qu'inondaient de grosses gouttes de sueur.

Je profitai de cette halte pour respirer, car moi-même j'avais le cœur comprimé comme dans un étau.

D'où vient le douloureux plaisir qu'on prend à ces sortes de spectacles ! Quand nous arrivâmes à la tombe, le jardinier avait retiré tous les pots de fleurs, le treillage de fer avait été enlevé, et deux hommes piochaient la terre.

Armand s'appuya contre un arbre et regarda.

Toute sa vie semblait être passée dans ses yeux.

Tout à coup une des deux pioches grinça contre une pierre.

A ce bruit Armand recula comme à une commotion électrique, et me serra la main avec une telle force qu'il me fit mal.

Un fossoyeur prit une large pelle et vida peu à peu la fosse; puis, quand il n'y eut plus que les pierres dont on couvre la bière, il les jeta dehors une à une.

J'observais Armand, car je craignais à chaque minute que ses sensations qu'il concentrait visiblement ne le brisassent; mais il regardait toujours; les yeux fixes et ouverts comme dans la folie, et un léger tremblement des joues et des lèvres prouvait seul qu'il était en proie à une violente crise nerveuse.

Quant à moi, je ne puis dire qu'une chose, c'est que je regrettais d'être venu.

Quand la bière fut tout à fait découverte, le commissaire dit aux fossoyeurs :

« Ouvrez. »

Ces hommes obéirent, comme si c'eût été la chose du monde la plus simple.

La bière était en chêne, et ils se mirent à dévisser la paroi supérieure qui faisait couvercle. L'humidité de la terre avait rouillé les vis et ce ne fut pas sans efforts que la bière s'ouvrit. Une odeur infecte s'en exhala, malgré les plantes aromatiques dont elle était semée.

« O mon Dieu ! mon Dieu ! » murmura Armand, et il pâlit encore.

Les fossoyeurs eux-mêmes se reculèrent.

Un grand linceul blanc couvrait le cadavre dont il dessinait quelques sinuosités. Ce linceul était presque complètement mangé à l'un des bouts, et laissait passer un pied de la morte.

J'étais bien près de me trouver mal, et à l'heure où j'écris ces lignes, le souvenir de cette scène m'apparaît encore dans son imposante réalité.

« Hâtons-nous », dit le commissaire.

Alors un des deux hommes étendit la main, se mit à découdre le linceul, et, le prenant par le bout, découvrit brusquement le visage de Marguerite.

C'était terrible à voir, c'est horrible à raconter.

Les yeux ne faisaient plus que deux trous, les lèvres avaient disparu, et les dents blanches étaient serrées les unes contre les autres. Les longs cheveux noirs et secs étaient collés sur les tempes et voilaient un peu les cavités vertes des joues, et cependant je reconnaissais dans ce visage le visage blanc, rose et joyeux que j'avais vu si souvent.

Armand, sans pouvoir détourner son regard de cette figure, avait porté son mouchoir à sa bouche et le mordait.

Pour moi, il me sembla qu'un cercle de fer m'étreignait la tête, un voile couvrit mes yeux, des bourdonnements m'emplirent les oreilles, et tout ce que je pus faire fut d'ouvrir un flacon que j'avais apporté à tout

hasard et de respirer fortement les sels qu'il renfermait.

Au milieu de cet éblouissement, j'entendis le commissaire dire à M. Duval :

« Reconnaissez-vous ?

— Oui, répondit sourdement le jeune homme.

— Alors fermez et emportez », dit le commissaire.

Les fossoyeurs rejetèrent le linceul sur le visage de la
morte, fermèrent la bière, la prirent chacun par un bout
et se dirigèrent vers l'endroit qui leur avait été désigné.

Armand ne bougeait pas. Ses yeux étaient rivés à cette
fosse vide; il était pâle comme le cadavre que nous
venions de voir... On l'eût dit pétrifié.

Je compris ce qui allait arriver lorsque la douleur
diminuerait par l'absence du spectacle, et par conséquent ne le soutiendrait plus.

Je m'approchai du commissaire.

« La présence de monsieur, lui dis-je en montrant
Armand, est-elle nécessaire encore ?

— Non, me dit-il, et même je vous conseille de l'emmener, car il paraît malade.

— Venez, dis-je alors à Armand en lui prenant le
bras.

— Quoi ? fit-il en me regardant comme s'il ne m'eût
pas reconnu.

— C'est fini, ajoutai-je, il faut vous en aller, mon
ami, vous êtes pâle, vous avez froid, vous vous tuerez
avec ces émotions-là.

— Vous avez raison, allons-nous-en », répondit-il
machinalement, mais sans faire un pas.

Alors je le saisis par le bras et je l'entraînai.

Il se laissait conduire comme un enfant, murmurant seulement de temps à autre :

« Avez-vous vu les yeux ? »

Et il se retournait comme si cette vision l'eût rappelé.

Cependant sa marche devint saccadée; il semblait ne plus avancer que par secousses; ses dents claquaient, ses mains étaient froides, une violente agitation nerveuse s'emparait de toute sa personne.

Je lui parlai, il ne me répondit pas.

Tout ce qu'il pouvait faire, c'était de se laisser conduire.

A la porte nous retrouvâmes une voiture. Il était temps.

A peine y eut-il pris place, que le frisson augmenta et qu'il eut une véritable attaque de nerfs, au milieu de laquelle la crainte de m'effrayer lui faisait murmurer en me pressant la main :

« Ce n'est rien, ce n'est rien, je voudrais pleurer. »

Et j'entendais sa poitrine se gonfler, et le sang se portait à ses yeux, mais les larmes n'y venaient pas.

Je lui fis respirer le flacon qui m'avait servi, et quand nous arrivâmes chez lui, le frisson seul se manifestait encore.

Avec l'aide du domestique, je le couchai, je fis allumer un grand feu dans sa chambre, et je courus chercher mon médecin à qui je racontai ce qui venait de se passer.

Il accourut.

Armand était pourpre, il avait le délire, et bégayait

des mots sans suite, à travers lesquels le nom seul de Marguerite se faisait entendre distinctement.

« Eh bien ? dis-je au docteur quand il eut examiné le malade.

— Eh bien, il a une fièvre cérébrale ni plus ni moins, et c'est bien heureux, car je crois, Dieu me pardonne, qu'il serait devenu fou. Heureusement la maladie physique tuera la maladie morale, et dans un mois il sera sauvé de l'une et de l'autre peut-être. »

VII

Les maladies comme celle dont Armand avait été atteint ont cela d'agréable qu'elles tuent sur le coup ou se laissent vaincre très vite.

Quinze jours après les événements que je viens de raconter, Armand était en pleine convalescence, et nous étions liés d'une étroite amitié. A peine si j'avais quitté sa chambre tout le temps qu'avait duré sa maladie.

Le printemps avait semé à profusion ses fleurs, ses feuilles, ses oiseaux, ses chansons, et la fenêtre de mon ami s'ouvrait gaiement sur son jardin dont les saines exhalaisons montaient jusqu'à lui.

Le médecin avait permis qu'il se levât, et nous restions souvent à causer, assis auprès de la fenêtre ouverte à l'heure où le soleil est le plus chaud, de midi à deux heures.

Je me gardais bien de l'entretenir de Marguerite, craignant toujours que ce nom ne réveillât un triste souvenir endormi sous le calme apparent du malade; mais Armand, au contraire, semblait prendre plaisir à parler d'elle, non plus comme autrefois, avec des lar-

mes dans les yeux, mais avec un doux sourire qui me
rassurait sur l'état de son âme.

J'avais remarqué que, depuis sa dernière visite au
cimetière, depuis le spectacle qui avait déterminé en
lui cette crise violente, la mesure de la douleur morale
semblait avoir été comblée par la maladie, et que la
mort de Marguerite ne lui apparaissait plus sous l'aspect
du passé. Une sorte de consolation était résultée de la
certitude acquise, et pour chasser l'image sombre qui
se représentait souvent à lui, il s'enfonçait dans les souvenirs heureux de sa liaison avec Marguerite, et ne semblait plus vouloir accepter que ceux-là.

Le corps était trop épuisé par l'atteinte et même par
la guérison de la fièvre pour permettre à l'esprit une
émotion violente, et la joie printanière et universelle
dont Armand était entouré reportait malgré lui sa pensée aux images riantes.

Il s'était toujours obstinément refusé à informer sa
famille du danger qu'il courait et, lorsqu'il avait été
sauvé, son père ignorait encore sa maladie.

Un soir, nous étions restés à la fenêtre plus tard que
de coutume; le temps avait été magnifique et le soleil
s'endormait dans un crépuscule éclatant d'azur et d'or.
Quoique nous fussions dans Paris, la verdure qui nous
entourait semblait nous isoler du monde, et à peine si
de temps en temps le bruit d'une voiture troublait notre
conversation.

« C'est à peu près à cette époque de l'année et le soir
d'un jour comme celui-ci que je connus Marguerite »,
me dit Armand, écoutant ses propres pensées et non ce
que je lui disais.

Je ne répondis rien.

Alors, il se retourna vers moi, et me dit :

« Il faut pourtant que je vous raconte cette histoire; vous en ferez un livre auquel on ne croira pas, mais qui sera peut-être intéressant à faire.

— Vous me conterez cela plus tard, mon ami, lui dis-je, vous n'êtes pas encore assez bien rétabli.

— La soirée est chaude, j'ai mangé mon blanc de poulet, me dit-il en souriant; je n'ai pas de fièvre, nous n'avons rien à faire, je vais tout vous dire.

— Puisque vous le voulez absolument, j'écoute.

— C'est une bien simple histoire, ajouta-t-il alors, et que je vous raconterai en suivant l'ordre des événements. Si vous en faites quelque chose plus tard, libre à vous de la conter autrement. »

Voici ce qu'il me raconta, et c'est à peine si j'ai changé quelques mots à ce touchant récit.

Oui, reprit Armand, en laissant retomber sa tête sur le dos de son fauteuil, oui, c'était par une soirée comme celle-ci ! J'avais passé ma journée à la campagne avec un de mes amis, Gaston R... Le soir nous étions revenus à Paris, et ne sachant que faire, nous étions entrés au théâtre des Variétés.

Pendant un entracte nous sortîmes, et, dans le corridor, nous vîmes passer une grande femme que mon ami salua.

« Qui saluez-vous donc là ? lui demandai-je.

— Marguerite Gautier, me dit-il.

— Il me semble qu'elle est bien changée, car je ne

l'ai pas reconnue, dis-je avec une émotion que vous comprendrez tout à l'heure.

— Elle a été malade; la pauvre fille n'ira pas loin. »

Je me rappelle ces paroles comme si elles m'avaient été dites hier.

Il faut que vous sachiez, mon ami, que depuis deux ans la vue de cette fille, lorsque je la rencontrais, me causait une impression étrange.

Sans que je susse pourquoi, je devenais pâle et mon cœur battait violemment. J'ai un de mes amis qui s'occupe de sciences occultes, et qui appellerait ce que j'éprouvais l'affinité des fluides; moi, je crois tout simplement que j'étais destiné à devenir amoureux de Marguerite, et que je le pressentais.

Toujours est-il qu'elle me causait une impression réelle, que plusieurs de mes amis en avaient été témoins, et qu'ils avaient beaucoup ri en reconnaissant de qui cette impression me venait.

La première fois que je l'avais vue, c'était place de la Bourse, à la porte de Susse [1]. Une calèche découverte y stationnait, et une femme vêtue de blanc en était descendue. Un murmure d'admiration avait accueilli son entrée dans le magasin. Quant à moi, je restai cloué à ma place, depuis le moment où elle entra jusqu'au moment où elle sortit. A travers les vitres, je la regardai choisir dans la boutique ce qu'elle venait y acheter. J'aurais pu entrer, mais je n'osais. Je ne savais quelle était cette femme, et je craignais qu'elle ne devinât la cause de mon entrée dans le magasin et ne s'en offensât. Cependant je ne me croyais pas appelé à la revoir.

Elle était élégamment vêtue; elle portait une robe de mousseline tout entourée de volants, un châle de l'Inde carré aux coins brodés d'or et de fleurs de soie, un chapeau de paille d'Italie et un unique bracelet, grosse chaîne d'or dont la mode commençait à cette époque.

Elle remonta dans sa calèche et partit.

Un des garçons du magasin resta sur la porte, suivant des yeux la voiture de l'élégante acheteuse. Je m'approchai de lui et le priai de me dire le nom de cette femme.

« C'est Mlle Marguerite Gautier », me répondit-il.

Je n'osai pas lui demander l'adresse, et je m'éloignai.

Le souvenir de cette vision, car c'en était une véritable, ne me sortit pas de l'esprit comme bien des visions que j'avais eues déjà et je cherchais partout cette femme blanche si royalement belle.

A quelques jours de là, une grande représentation eut lieu à l'Opéra-Comique. J'y allai. La première personne que j'aperçus dans une loge d'avant-scène de la galerie fut Marguerite Gautier.

Le jeune homme avec qui j'étais la reconnut aussi, car il me dit, en me la nommant :

« Voyez donc cette jolie fille. »

En ce moment, Marguerite lorgnait de notre côté, elle aperçut mon ami, lui sourit et lui fit signe de venir lui faire visite.

« Je vais lui dire bonsoir, me dit-il, et je reviens dans un instant. »

Je ne pus m'empêcher de lui dire : « Vous êtes bien heureux !

— De quoi ?

— D'aller voir cette femme.

— Est-ce que vous en êtes amoureux ?

— Non, dis-je en rougissant, car je ne savais vraiment pas à quoi m'en tenir là-dessus; mais je voudrais bien la connaître.

— Venez avec moi, je vous présenterai.

— Demandez-lui-en d'abord la permission.

— Ah ! pardieu, il n'y a pas besoin de se gêner avec elle; venez. »

Ce qu'il disait là me faisait peine. Je tremblais d'acquérir la certitude que Marguerite ne méritait pas ce que j'éprouvais pour elle.

Il y a dans un livre d'Alphonse Karr[1], intitulé : *Am Rauchen*, un homme qui suit, le soir, une femme très élégante, et dont, à la première vue, il est devenu amoureux, tant elle est belle. Pour baiser la main de cette femme, il se sent la force de tout entreprendre, la volonté de tout conquérir, le courage de tout faire. A peine s'il ose regarder le bas de jambe coquet qu'elle dévoile pour ne pas souiller sa robe au contact de la terre. Pendant qu'il rêve à tout ce qu'il ferait pour posséder cette femme, elle l'arrête au coin d'une rue et lui demande s'il veut monter chez elle.

Il détourne la tête, traverse la rue et rentre tout triste chez lui.

Je me rappelais cette étude, et moi qui aurais voulu souffrir pour cette femme, je craignais qu'elle ne m'acceptât trop vite et ne me donnât trop promptement un amour que j'eusse voulu payer d'une longue attente ou d'un grand sacrifice. Nous sommes ainsi, nous autres hommes; et il est bien heureux que l'imagination laisse cette poésie aux sens, et que les désirs du corps fassent cette concession aux rêves de l'âme.

Enfin, on m'eût dit : « Vous aurez cette femme ce soir, et vous serez tué demain », j'eusse accepté. On m'eût dit : « Donnez dix louis, et vous serez son amant », j'eusse refusé et pleuré, comme un enfant qui voit s'évanouir au réveil le château entrevu la nuit.

Cependant, je voulais la connaître ; c'était un moyen, et même le seul, de savoir à quoi m'en tenir sur son compte.

Je dis donc à mon ami que je tenais à ce qu'elle lui accordât la permission de me présenter, et je rôdai dans les corridors, me figurant qu'à partir de ce moment elle allait me voir, et que je ne saurais quelle contenance prendre sous son regard.

Je tâchai de lier à l'avance les paroles que j'allais lui dire.

Quel sublime enfantillage que l'amour !

Un instant après mon ami redescendit.

« Elle nous attend, me dit-il.

— Est-elle seule ? demandai-je.

— Avec une autre femme.

— Il n'y a pas d'hommes ?

— Non.

— Allons. »

Mon ami se dirigea vers la porte du théâtre.

« Eh bien, ce n'est pas par là, lui dis-je.

— Nous allons chercher des bonbons. Elle m'en a demandé. »

Nous entrâmes chez un confiseur du passage de l'Opéra.

J'aurais voulu acheter toute la boutique, et je regardais même de quoi l'on pouvait composer le sac, quand
mon ami demanda :

« Une livre de raisins glacés.

— Savez-vous si elle les aime ?

— Elle ne mange jamais d'autres bonbons, c'est
connu.

« Ah ! continua-t-il quand nous fûmes sortis, savez-
vous à quelle femme je vous présente ? Ne vous figurez
pas que c'est à une duchesse, c'est tout simplement à
une femme entretenue, tout ce qu'il y a de plus entretenue, mon cher; ne vous gênez donc pas, et dites tout
ce qui vous passera par la tête.

— Bien, bien », balbutiai-je, et je le suivis, en me
disant que j'allais me guérir de ma passion.

Quand j'entrai dans la loge, Marguerite riait aux
éclats.

J'aurais voulu qu'elle fût triste.

Mon ami me présenta. Marguerite me fit une légère
inclination de tête, et dit :

« Et mes bonbons ?

— Les voici. »

En les prenant elle me regarda. Je baissai les yeux, je
rougis.

Elle se pencha à l'oreille de sa voisine, lui dit quelques mots tout bas, et toutes deux éclatèrent de rire.

Bien certainement j'étais la cause de cette hilarité;
mon embarras en redoubla. A cette époque, j'avais pour
maîtresse une petite bourgeoise fort tendre et fort sentimentale, dont le sentiment et les lettres mélancoliques
me faisaient rire. Je compris le mal que j'avais dû lui

faire par celui que j'éprouvais, et pendant cinq minutes je l'aimai comme jamais on n'aima une femme.

Marguerite mangeait ses raisins sans plus s'occuper de moi.

Mon introducteur ne voulut pas me laisser dans cette position ridicule.

« Marguerite, fit-il, il ne faut pas vous étonner si M. Duval ne vous dit rien, vous le bouleversez tellement qu'il ne trouve pas un mot.

— Je crois plutôt que monsieur vous a accompagné ici parce que cela vous ennuyait d'y venir seul.

— Si cela était vrai, dis-je à mon tour, je n'aurais pas prié Ernest de vous demander la permission de me présenter.

— Ce n'était peut-être qu'un moyen de retarder le moment fatal. »

Pour peu que l'on ait vécu avec les filles du genre de Marguerite, on sait le plaisir qu'elles prennent à faire de l'esprit à faux et à taquiner les gens qu'elles voient pour la première fois. C'est sans doute une revanche des humiliations qu'elles sont souvent forcées de subir de la part de ceux qu'elles voient tous les jours.

Aussi faut-il pour leur répondre une certaine habitude de leur monde, habitude que je n'avais pas; puis, l'idée que je m'étais faite de Marguerite m'exagéra sa plaisanterie. Rien ne m'était indifférent de la part de cette femme. Aussi je me levai en lui disant, avec une altération de voix qu'il me fut impossible de cacher complètement :

« Si c'est là ce que vous pensez de moi, madame, il ne me reste plus qu'à vous demander pardon de mon indiscrétion, et à prendre congé de vous en vous assurant qu'elle ne se renouvellera pas. »

Là-dessus, je saluai et je sortis.

A peine eus-je fermé la porte, que j'entendis un troisième éclat de rire. J'aurais bien voulu que quelqu'un me coudoyât en ce moment.

Je retournai à ma stalle.

On frappa le lever de la toile.

Ernest revint auprès de moi.

« Comme vous y allez ! me dit-il en s'asseyant; elles vous croient fou.

— Qu'a dit Marguerite, quand j'ai été parti ?

— Elle a ri, et m'a assuré qu'elle n'avait jamais rien vu d'aussi drôle que vous. Mais il ne faut pas vous tenir pour battu; seulement ne faites pas à ces filles-là l'honneur de les prendre au sérieux. Elles ne savent pas ce que c'est que l'élégance et la politesse; c'est comme les chiens auxquels on met des parfums, ils trouvent que cela sent mauvais et vont se rouler dans le ruisseau.

— Après tout, que m'importe ? dis-je en essayant de prendre un ton dégagé, je ne reverrai jamais cette femme, et si elle me plaisait avant que je la connusse, c'est bien changé maintenant que je la connais.

— Bah ! je ne désespère pas de vous voir un jour dans le fond de sa loge, et d'entendre dire que vous vous ruinez pour elle. Du reste, vous aurez raison, elle est mal élevée, mais c'est une jolie maîtresse à avoir. »

Heureusement, on leva le rideau et mon ami se tut. Vous dire ce que l'on jouait me serait impossible. Tout ce que je me rappelle, c'est que de temps en temps je levais les yeux sur la loge que j'avais si brusquement quittée, et que des figures de visiteurs nouveaux s'y succédaient à chaque instant.

Cependant, j'étais loin de ne plus penser à Marguerite. Un autre sentiment s'emparait de moi. Il me semblait que j'avais son insulte et mon ridicule à faire oublier; je me disais que, dussé-je y dépenser ce que je possédais, j'aurais cette fille et prendrais de droit la place que j'avais abandonnée si vite.

Avant que le spectacle fût terminé, Marguerite et son amie quittèrent leur loge.

Malgré moi, je quittai ma stalle.

« Vous vous en allez ? me dit Ernest.

— Oui.

— Pourquoi ? »

En ce moment, il s'aperçut que la loge était vide.

« Allez, allez, dit-il, et bonne chance, ou plutôt meilleure chance. »

Je sortis.

J'entendis dans l'escalier des frôlements de robes et des bruits de voix. Je me mis à l'écart et je vis passer, sans être vu, les deux femmes et les deux jeunes gens qui les accompagnaient.

Sous le péristyle du théâtre se présenta à elles un petit domestique.

« Va dire au cocher d'attendre à la porte du café Anglais¹, dit Marguerite, nous irons à pied jusque-là. »

Quelques minutes après, en rôdant sur le boulevard, je vis à une fenêtre d'un des grands cabinets du restaurant, Marguerite, appuyée sur le balcon, effeuillant un à un les camélias de son bouquet.

Un des deux hommes était penché sur son épaule et lui parlait tout bas.

J'allai m'installer à la Maison-d'Or[1], dans les salons du premier étage, et je ne perdis pas de vue la fenêtre en question.

A une heure du matin, Marguerite remontait dans sa voiture avec ses trois amis.

Je pris un cabriolet et je la suivis.

La voiture s'arrêta rue d'Antin, n° 9.

Marguerite en descendit et entra seule chez elle.

C'était sans doute un hasard, mais ce hasard me rendit bien heureux.

A partir de ce jour, je rencontrai souvent Marguerite au spectacle, aux Champs-Elysées. Toujours même gaieté chez elle, toujours même émotion chez moi.

Quinze jours se passèrent cependant sans que je la revisse nulle part. Je me trouvai avec Gaston à qui je demandai de ses nouvelles.

« La pauvre fille est bien malade, me répondit-il.

— Qu'a-t-elle donc ?

— Elle a qu'elle est poitrinaire, et que, comme elle a fait une vie qui n'est pas destinée à la guérir, elle est dans son lit et qu'elle se meurt. »

Le cœur est étrange; je fus presque content de cette maladie.

J'allai tous les jours savoir des nouvelles de la malade, sans cependant m'inscrire, ni laisser ma carte. J'appris ainsi sa convalescence et son départ pour Bagnères.

Puis le temps s'écoula, l'impression, sinon le souvenir, parut s'effacer peu à peu de mon esprit. Je voyageai; des liaisons, des habitudes, des travaux prirent la place de cette pensée, et lorsque je songeais à cette première aventure, je ne voulais voir ici qu'une de ces passions comme on en a lorsque l'on est tout jeune, et dont on rit peu de temps après.

Du reste, il n'y aurait pas eu de mérite à triompher de ce souvenir, car j'avais perdu Marguerite de vue depuis son départ, et, comme je vous l'ai dit, quand elle passa près de moi, dans le corridor des Variétés, je ne la reconnus pas.

Elle était voilée, il est vrai; mais si voilée qu'elle eût été, deux ans plus tôt, je n'aurais pas eu besoin de la voir pour la reconnaître : je l'aurais devinée.

Ce qui n'empêcha pas mon cœur de battre quand je sus que c'était elle; et les deux années passées sans la voir et les résultats que cette séparation avait paru amener s'évanouirent dans la même fumée au seul toucher de sa robe.

VIII

CEPENDANT, continua Armand après une pause, tout en comprenant que j'étais encore amoureux, je me sentais plus fort qu'autrefois, et dans mon désir de me retrouver avec Marguerite, il y avait aussi la volonté de lui faire voir que je lui étais devenu supérieur.

Que de routes prend et que de raisons se donne le cœur pour en arriver à ce qu'il veut !

Aussi, je ne pus rester longtemps dans les corridors, et je retournai prendre ma place à l'orchestre, en jetant un coup d'œil rapide dans la salle, pour voir dans quelle loge elle était.

Elle était dans l'avant-scène du rez-de-chaussée, et toute seule. Elle était changée comme je vous l'ai dit, je ne retrouvais plus sur sa bouche son sourire indifférent. Elle avait souffert, elle souffrait encore.

Quoiqu'on fût déjà en avril, elle était encore vêtue comme en hiver et toute couverte de velours.

Je la regardais si obstinément que mon regard attira le sien.

Elle me considéra quelques instants, prit sa lorgnette pour mieux me voir, et crut sans doute me reconnaître, sans pouvoir positivement dire qui j'étais, car lorsqu'elle reposa sa lorgnette, un sourire, ce charmant salut des femmes, erra sur ses lèvres, pour répondre au salut qu'elle avait l'air d'attendre de moi; mais je n'y répondis point, comme pour prendre barres sur elle et paraître avoir oublié quand elle se souvenait.

Elle crut s'être trompée et détourna la tête.

On leva le rideau.

J'ai vu bien des fois Marguerite au spectacle, je ne l'ai jamais vue prêter la moindre attention à ce qu'on jouait.

Quant à moi, le spectacle m'intéressait aussi fort peu, et je ne m'occupais que d'elle, mais en faisant tous mes efforts pour qu'elle ne s'en aperçût pas.

Je la vis ainsi échanger des regards avec la personne occupant la loge en face de la sienne; je portai mes yeux sur cette loge, et je reconnus dedans une femme avec qui j'étais assez familier.

Cette femme était une ancienne femme entretenue, qui avait essayé d'entrer au théâtre, qui n'y avait pas réussi, et qui, comptant sur ses relations avec les élégantes de Paris, s'était mise dans le commerce et avait pris un magasin de modes.

Je vis en elle un moyen de me rencontrer avec Marguerite, et je profitai d'un moment où elle regardait de mon côté pour lui dire bonsoir de la main et des yeux.

Ce que j'avais prévu arriva, elle m'appela dans sa loge.

Prudence Duvernoy, c'était l'heureux nom de la

modiste, était une de ces grosses femmes de quarante
ans avec lesquelles il n'y a pas besoin d'une grande
diplomatie pour leur faire dire ce que l'on veut savoir,
surtout quand ce que l'on veut savoir est aussi simple
que ce que j'avais à lui demander.

Je profitai d'un moment où elle recommençait ses
correspondances avec Marguerite pour lui dire :

« Qui regardez-vous ainsi ?

— Marguerite Gautier.

— Vous la connaissez ?

— Oui; je suis sa modiste, et elle est ma voisine.

— Vous demeurez donc rue d'Antin ?

— N° 7. La fenêtre de son cabinet de toilette donne
sur la fenêtre du mien.

— On dit que c'est une charmante fille.

— Vous ne la connaissez pas ?

— Non, mais je voudrais bien la connaître.

— Voulez-vous que je lui dise de venir dans notre
loge ?

— Non, j'aime mieux que vous me présentiez à elle.

— Chez elle ?

— Oui.

— C'est plus difficile.

— Pourquoi ?

— Parce qu'elle est protégée par un vieux duc très
jaloux.

— *Protégée* est charmant.

— Oui, protégée, reprit Prudence. Le pauvre vieux,
il serait bien embarrassé d'être son amant. »

Prudence me raconta alors comment Marguerite
avait fait connaissance du duc à Bagnères.

« C'est pour cela, continuai-je, qu'elle est seule ici ?

— Justement.

— Mais qui la conduira ?

— Lui.

— Il va donc venir la prendre ?

— Dans un instant.

— Et vous, qui vous reconduit ?

— Personne.

— Je m'offre.

— Mais vous êtes avec un ami, je crois.

— Nous nous offrons alors.

— Qu'est-ce que c'est que votre ami ?

— C'est un charmant garçon, fort spirituel, et qui sera enchanté de faire votre connaissance.

— Eh bien, c'est convenu, nous partirons tous les quatre après cette pièce, car je connais la dernière.

— Volontiers, je vais prévenir mon ami.

— Allez.

— Ah ! me dit Prudence au moment où j'allais sortir, voilà le duc qui entre dans la loge de Marguerite. »

Je regardai.

Un homme de soixante-dix ans, en effet, venait de s'asseoir derrière la jeune femme et lui remettait un sac de bonbons dans lequel elle puisa aussitôt en souriant, puis elle l'avança sur le devant de sa loge en faisant à Prudence un signe qui pouvait se traduire par :

« En voulez-vous ?

— Non », fit Prudence.

Marguerite reprit le sac et, se retournant, se mit à causer avec le duc.

Le récit de tous ces détails ressemble à de l'enfantillage, mais tout ce qui avait rapport à cette fille est si présent à ma mémoire, que je ne puis m'empêcher de le rappeler aujourd'hui.

Je descendis prévenir Gaston de ce que je venais d'arranger pour lui et pour moi.

Il accepta.

Nous quittâmes nos stalles pour monter dans la loge de Mme Duvernoy.

A peine avions-nous ouvert la porte des orchestres que nous fûmes forcés de nous arrêter pour laisser passer Marguerite et le duc qui s'en allaient.

J'aurais donné dix ans de ma vie pour être à la place de ce vieux bonhomme.

Arrivé sur le boulevard, il lui fit prendre place dans un phaéton qu'il conduisait lui-même, et ils disparurent, emportés au trot de deux superbes chevaux.

Nous entrâmes dans la loge de Prudence.

Quand la pièce fut finie, nous descendîmes prendre un simple fiacre qui nous conduisit rue d'Antin, n° 7. A la porte de sa maison, Prudence nous offrit de monter chez elle pour nous faire voir ses magasins que nous ne connaissions pas et dont elle paraissait être très fière. Vous jugez avec quel empressement j'acceptai.

Il me semblait que je me rapprochais peu à peu de Marguerite. J'eus bientôt fait retomber la conversation sur elle.

« Le vieux duc est chez votre voisine ? dis-je à Prudence.

— Non pas; elle doit être seule.

— Mais elle va s'ennuyer horriblement, dit Gaston.

— Nous passons presque toutes nos soirées en-

semble, ou, lorsqu'elle rentre, elle m'appelle. Elle ne
se couche jamais avant deux heures du matin. Elle ne
peut pas dormir plus tôt.

— Pourquoi ?

— Parce qu'elle est malade de la poitrine et qu'elle
a presque toujours la fièvre.

— Elle n'a pas d'amants ? demandai-je.

— Je ne vois jamais personne rester quand je m'en
vais; mais je ne réponds pas qu'il ne vient personne
quand je suis partie; souvent je rencontre chez elle, le
soir, un certain comte de N... qui croit avancer ses
affaires en faisant ses visites à onze heures, en lui
envoyant des bijoux tant qu'elle en veut; mais elle ne
peut pas le voir en peinture. Elle a tort, c'est un garçon très riche. J'ai beau lui dire de temps en temps :
« Ma chère enfant, c'est l'homme qu'il vous faut ! »
Elle qui m'écoute assez ordinairement, elle me tourne
le dos et me répond qu'il est trop bête. Qu'il soit
bête, j'en conviens; mais ce serait pour elle une position, tandis que ce vieux duc peut mourir d'un jour à
l'autre. Les vieillards sont égoïstes; sa famille lui
reproche sans cesse son affection pour Marguerite :
voilà deux raisons pour qu'il ne lui laisse rien. Je lui
fais de la morale, à laquelle elle répond qu'il sera
toujours temps de prendre le comte à la mort du duc.

« Cela n'est pas toujours drôle, continua Prudence,
de vivre comme elle vit. Je sais bien, moi, que cela ne
m'irait pas et que j'enverrais bien vite promener le
bonhomme. Il est insipide, ce vieux; il l'appelle sa fille,
il a soin d'elle comme d'un enfant, il est toujours sur
son dos. Je suis sûre qu'à cette heure un de ses domes-

tiques rôde dans la rue pour voir qui sort, et surtout qui entre.

— Ah ! cette pauvre Marguerite ! dit Gaston en se mettant au piano et en jouant une valse, je ne savais pas cela, moi. Cependant je lui trouvais l'air moins gai depuis quelque temps.

— Chut ! » dit Prudence en prêtant l'oreille.

Gaston s'arrêta.

« Elle m'appelle, je crois. »

Nous écoutâmes.

En effet, une voix appelait Prudence.

« Allons, messieurs, allez-vous-en, nous dit Mme Duvernoy.

— Ah ! c'est comme cela que vous entendez l'hospitalité, dit Gaston en riant, nous nous en irons quand bon nous semblera.

— Pourquoi nous en irions-nous ?

— Je vais chez Marguerite.

— Nous attendrons ici.

— Cela ne se peut pas.

— Alors, nous irons avec vous.

— Encore moins.

— Je connais Marguerite, moi, fit Gaston, je puis bien aller lui faire une visite.

— Mais Armand ne la connaît pas.

— Je le présenterai.

— C'est impossible. »

Nous entendîmes de nouveau la voix de Marguerite appelant toujours Prudence.

Celle-ci courut à son cabinet de toilette. Je l'y suivis avec Gaston. Elle ouvrit la fenêtre.

Nous nous cachâmes de façon à ne pas être vus du dehors.

« Il y a dix minutes que je vous appelle, dit Marguerite de sa fenêtre et d'un ton presque impérieux.

— Que me voulez-vous ?

— Je veux que vous veniez tout de suite.

— Pourquoi ?

— Parce que le comte de N... est encore là et qu'il m'ennuie à périr.

— Je ne peux pas maintenant.

— Qui vous en empêche ?

— J'ai chez moi deux jeunes gens qui ne veulent pas s'en aller.

— Dites-leur qu'il faut que vous sortiez.

— Je le leur ai dit.

— Eh bien, laissez-les chez vous; quand ils vous verront sortie, ils s'en iront.

— Après avoir mis tout sens dessus dessous !

— Mais qu'est-ce qu'ils veulent ?

— Ils veulent vous voir.

— Comment se nomment-ils ?

— Vous en connaissez un, M. Gaston R...

— Ah ! oui, je le connais; et l'autre ?

— M. Armand Duval. Vous ne le connaissez pas ?

— Non; mais amenez-les toujours, j'aime mieux tout que le comte. Je vous attends, venez vite. »

Marguerite referma sa fenêtre, Prudence la sienne.

Marguerite, qui s'était un instant rappelé mon visage, ne se rappelait pas mon nom. J'aurais mieux aimé un souvenir à mon désavantage que cet oubli.

« Je savais bien, dit Gaston, qu'elle serait enchantée de nous voir.

— Enchantée n'est pas le mot, répondit Prudence en mettant son châle et son chapeau, elle vous reçoit pour faire partir le comte. Tâchez d'être plus aimables que lui, ou, je connais Marguerite, elle se brouillera avec moi. »

Nous suivîmes Prudence qui descendait.

Je tremblais; il me semblait que cette visite allait avoir une grande influence sur ma vie.

J'étais encore plus ému que le soir de ma présentation dans la loge de l'Opéra-Comique.

En arrivant à la porte de l'appartement que vous connaissez, le cœur me battait si fort que la pensée m'échappait.

Quelques accords de piano arrivaient jusqu'à nous.

Prudence sonna.

Le piano se tut.

Une femme qui avait plutôt l'air d'une dame de compagnie que d'une femme de chambre vint nous ouvrir.

Nous passâmes dans le salon, du salon dans le boudoir qui était à cette époque ce que vous l'avez vu depuis.

Un jeune homme était appuyé contre la cheminée.

Marguerite, assise devant son piano, laissait courir ses doigts sur les touches, et commençait des morceaux qu'elle n'achevait pas.

L'aspect de cette scène était l'ennui, résultant pour

l'homme de l'embarras de sa nullité, pour la femme de la visite de ce lugubre personnage.

A la voix de Prudence, Marguerite se leva, et venant à nous après avoir échangé un regard de remerciements avec Mme Duvernoy, elle nous dit :

« Entrez, messieurs, et soyez les bienvenus. »

IX

« Bonsoir, mon cher Gaston, dit Marguerite à mon compagnon, je suis bien aise de vous voir. Pourquoi n'êtes-vous pas entré dans ma loge aux Variétés ?

— Je craignais d'être indiscret.

— Les amis », et Marguerite appuya sur ce mot, comme si elle eût voulu faire comprendre à ceux qui étaient là que, malgré la façon familière dont elle l'accueillait, Gaston n'était et n'avait toujours été qu'un ami, « les amis ne sont jamais indiscrets.

— Alors, vous me permettez de vous présenter M. Armand Duval !

— J'avais déjà autorisé Prudence à le faire.

— Du reste, madame, dis-je alors en m'inclinant et en parvenant à rendre des sons à peu près intelligibles, j'ai déjà eu l'honneur de vous être présenté. »

L'œil charmant de Marguerite sembla chercher dans son souvenir, mais elle ne se souvint point, ou parut ne point se souvenir.

« Madame, repris-je alors, je vous suis reconnaissant d'avoir oublié cette première présentation, car j'y fus très ridicule et dus vous paraître très ennuyeux. C'était, il y a deux ans, à l'Opéra-Comique; j'étais avec Ernest de ***.

— Ah ! je me rappelle ! reprit Marguerite avec un sourire. Ce n'est pas vous qui étiez ridicule, c'est moi qui étais taquine, comme je le suis encore un peu, mais moins cependant. Vous m'avez pardonné, monsieur ? »

Et elle me tendit sa main que je baisai.

« C'est vrai, reprit-elle. Figurez-vous que j'ai la mauvaise habitude de vouloir embarrasser les gens que je vois pour la première fois. C'est très sot. Mon médecin dit que c'est parce que je suis nerveuse et toujours souffrante : croyez mon médecin.

— Mais vous paraissez très bien portante.

— Oh ! j'ai été bien malade.

— Je le sais.

— Qui vous l'a dit ?

— Tout le monde le savait; je suis venu souvent savoir de vos nouvelles, et j'ai appris avec plaisir votre convalescence.

— On ne m'a jamais remis votre carte.

— Je ne l'ai jamais laissée.

— Serait-ce vous ce jeune homme qui venait tous les jours s'informer de moi pendant ma maladie, et qui n'a jamais voulu dire son nom ?

— C'est moi.

— Alors, vous êtes plus qu'indulgent, vous êtes généreux. Ce n'est pas vous, comte, qui auriez fait cela, ajouta-t-elle en se tournant vers M. de N..., et après avoir jeté sur moi un de ces regards par lesquels les femmes complètent leur opinion sur un homme.

— Je ne vous connais que depuis deux mois, répliqua le comte.

— Et monsieur qui ne me connaît que depuis cinq minutes. Vous répondez toujours des niaiseries. »

Les femmes sont impitoyables avec les gens qu'elles n'aiment pas.

Le comte rougit et se mordit les lèvres.

J'eus pitié de lui, car il paraissait être amoureux comme moi, et la dure franchise de Marguerite devait le rendre bien malheureux, surtout en présence de deux étrangers.

« Vous faisiez de la musique quand nous sommes entrés, dis-je alors pour changer la conversation, ne me ferez-vous pas le plaisir de me traiter en vieille connaissance, et ne continuerez-vous pas ?

— Oh ! fit-elle en se jetant sur le canapé et en nous faisant signe de nous y asseoir, Gaston sait bien quel genre de musique je fais. C'est bon quand je suis seule avec le comte, mais je ne voudrais pas vous faire endurer pareil supplice.

— Vous avez cette préférence pour moi ? répliqua M. de N... avec un sourire qu'il essaya de rendre fin et ironique.

— Vous avez tort de me la reprocher; c'est la seule. »

Il était décidé que ce pauvre garçon ne dirait pas un mot. Il jeta sur la jeune femme un regard vraiment suppliant.

« Dites donc, Prudence, continua-t-elle, avez-vous fait ce que je vous avais priée de faire ?

— Oui.

— C'est bien, vous me conterez cela plus tard. Nous avons à causer, vous ne vous en irez pas sans que je vous parle.

— Nous sommes sans doute indiscrets, dis-je alors, et maintenant que nous avons ou plutôt que j'ai obtenu une seconde présentation pour faire oublier la première, nous allons nous retirer, Gaston et moi.

— Pas le moins du monde; ce n'est pas pour vous que je dis cela. Je veux au contraire que vous restiez. »

Le comte tira une montre fort élégante, à laquelle il regarda l'heure :

« Il est temps que j'aille au club », dit-il.

Marguerite ne répondit rien.

Le comte quitta alors la cheminée, et venant à elle :

« Adieu, madame. »

Marguerite se leva.

« Adieu, mon cher comte, vous vous en allez déjà ?

— Oui, je crains de vous ennuyer.

— Vous ne m'ennuyez pas plus aujourd'hui que les autres jours. Quand vous verra-t-on ?

— Quand vous le permettrez.

— Adieu, alors ! »

C'était cruel, vous l'avouerez.

Le comte avait heureusement une fort bonne éducation et un excellent caractère. Il se contenta de baiser la main que Marguerite lui tendait assez nonchalamment, et de sortir après nous avoir salués.

Au moment où il franchissait la porte, il regarda Prudence.

Celle-ci leva les épaules d'un air qui signifiait : « Que voulez-vous, j'ai fait tout ce que j'ai pu. »

« Nanine ! cria Marguerite, éclaire M. le comte. » Nous entendîmes ouvrir et fermer la porte.

« Enfin ! s'écria Marguerite en reparaissant, le voilà parti; ce garçon-là me porte horriblement sur les nerfs.

— Ma chère enfant, dit Prudence, vous êtes vraiment trop méchante avec lui, lui qui est si bon et si prévenant pour vous. Voilà encore sur votre cheminée une montre qu'il vous a donnée, et qui lui a coûté au moins mille écus, j'en suis sûre. »

Et Mme Duvernoy, qui s'était approchée de la cheminée, jouait avec le bijou dont elle parlait, et jetait dessus des regards de convoitise.

« Ma chère, dit Marguerite en s'asseyant à son piano, quand je pèse d'un côté ce qu'il me donne et de l'autre ce qu'il me dit, je trouve que je lui passe ses visites bon marché.

— Ce pauvre garçon est amoureux de vous.

— S'il fallait que j'écoutasse tous ceux qui sont amoureux de moi, je n'aurais seulement pas le temps de dîner. »

Et elle fit courir ses doigts sur le piano, après quoi se retournant elle nous dit :

« Voulez-vous prendre quelque chose ? moi, je boirais bien un peu de punch.

— Et moi, je mangerais bien un peu de poulet, dit Prudence; si nous soupions ?

— C'est cela, allons souper, dit Gaston.

— Non, nous allons souper ici. »

Elle sonna. Nanine parut.

« Envoie chercher à souper.

— Que faut-il prendre ?

— Ce que tu voudras, mais tout de suite, tout de suite. »

Nanine sortit.

« C'est cela, dit Marguerite en sautant comme une enfant, nous allons souper. Que cet imbécile de comte est ennuyeux ! »

Plus je voyais cette femme, plus elle m'enchantait. Elle était belle à ravir. Sa maigreur même était une grâce.

J'étais en contemplation.

Ce qui se passait en moi, j'aurais peine à l'expliquer. J'étais plein d'indulgence pour sa vie, plein d'admiration pour sa beauté. Cette preuve de désintéressement qu'elle donnait en n'acceptant pas un homme jeune, élégant et riche, tout prêt à se ruiner pour elle, excusait à mes yeux toutes ses fautes passées.

Il y avait dans cette femme quelque chose comme de la candeur.

On voyait qu'elle en était encore à la virginité du vice. Sa marche assurée, sa taille souple, ses narines roses et ouvertes, ses grands yeux légèrement cerclés de bleu, dénotaient une de ces natures ardentes qui répandent autour d'elles un parfum de volupté, comme ces flacons d'Orient qui, si bien fermés qu'ils soient, laissent échapper le parfum de la liqueur qu'ils renferment.

Enfin, soit nature, soit conséquence de son état maladif, il passait de temps en temps dans les yeux de cette femme des éclairs de désirs dont l'expansion eût été une révélation du Ciel pour celui qu'elle eût aimé. Mais ceux qui avaient aimé Marguerite ne se comptaient plus, et ceux qu'elle avait aimés ne se comptaient pas encore.

Bref, on reconnaissait dans cette fille la vierge qu'un rien avait faite courtisane, et la courtisane dont un rien eût fait la vierge la plus amoureuse et la plus pure. Il y avait encore chez Marguerite de la fierté et de l'indépendance : deux sentiments qui, blessés, sont capables de faire ce que fait la pudeur. Je ne disais rien, mon âme semblait être passée toute dans mon cœur et mon cœur dans mes yeux.

« Ainsi, reprit-elle tout à coup, c'est vous qui veniez savoir de mes nouvelles quand j'étais malade ?

— Oui.

— Savez-vous que c'est très beau, cela ! Et que puis-je faire pour vous remercier ?

— Me permettre de venir de temps en temps vous voir.

— Tant que vous voudrez, de cinq heures à six, de onze heures à minuit. Dites donc, Gaston, jouez-moi l'*Invitation à la valse*[1].

— Pourquoi ?

— Pour me faire plaisir d'abord, et ensuite parce que je ne puis pas arriver à la jouer seule.

— Qu'est-ce qui vous embarrasse donc ?

— La troisième partie, le passage en dièse. »

Gaston se leva, se mit au piano et commença cette

merveilleuse mélodie de Weber, dont la musique était ouverte sur le pupitre.

Marguerite, une main appuyée sur le piano, regardait le cahier, suivait des yeux chaque note qu'elle accompagnait tout bas de la voix, et quand Gaston en arriva au passage qu'elle lui avait indiqué, elle chantonna en faisant aller ses doigts sur le dos du piano :

« *Ré, mi, ré, do, ré, fa, mi, ré,* voilà ce que je ne puis faire. Recommencez. »

Gaston recommença, après quoi Marguerite lui dit :

« Maintenant laissez-moi essayer. »

Elle prit sa place et joua à son tour; mais ses doigts rebelles se trompaient toujours sur l'une des notes que nous venons de dire.

« Est-ce incroyable, dit-elle avec une véritable intonation d'enfant, que je ne puisse pas arriver à jouer ce passage ! Croiriez-vous que je reste quelquefois jusqu'à deux heures du matin dessus ! Et quand je pense que cet imbécile de comte le joue sans musique et admirablement, c'est cela qui me rend furieuse contre lui, je crois. »

Et elle recommença, toujours avec les mêmes résultats.

« Que le diable emporte Weber, la musique et les pianos ! dit-elle en jetant le cahier à l'autre bout de la chambre; comprend-on que je ne puisse pas faire huit dièses de suite ? »

Et elle se croisait les bras en nous regardant et en frappant du pied.

Le sang lui monta aux joues et une toux légère entrouvrit ses lèvres.

« Voyons, voyons, dit Prudence, qui avait ôté son chapeau et qui lissait ses bandeaux devant la glace, vous allez encore vous mettre en colère et vous faire mal, allons souper, cela vaudra mieux; moi, je meurs de faim. »

Marguerite sonna de nouveau, puis elle se remit au piano et commença à demi-voix une chanson libertine, dans l'accompagnement de laquelle elle ne s'embrouilla point.

Gaston savait cette chanson, et ils en firent une espèce de duo.

« Ne chantez donc pas ces saletés-là, dis-je familièrement à Marguerite et avec un ton de prière.

— Oh ! comme vous êtes chaste ! me dit-elle en souriant et en me tendant la main.

— Ce n'est pas pour moi, c'est pour vous. »

Marguerite fit un geste qui voulait dire : « Oh ! il y a longtemps que j'en ai fini, moi, avec la chasteté. »

En ce moment Nanine parut.

« Le souper est-il prêt ? demanda Marguerite.

— Oui, madame, dans un instant.

— A propos, me dit Prudence, vous n'avez pas vu l'appartement; venez, que je vous le montre. »

Vous le savez, le salon était une merveille.

Marguerite nous accompagna un peu, puis elle appela Gaston et passa avec lui dans la salle à manger pour voir si le souper était prêt.

« Tiens, dit tout haut Prudence en regardant sur une étagère et en y prenant une figure de Saxe, je ne vous connaissais pas ce petit bonhomme-là !

— Lequel ?

— Un petit berger qui tient une cage avec un oiseau.

— Prenez-le, s'il vous fait plaisir.

— Ah ! mais je crains de vous en priver.

— Je voulais le donner à ma femme de chambre, je le trouve hideux; mais puisqu'il vous plaît, prenez-le. »

Prudence ne vit que le cadeau et non la manière dont il était fait. Elle mit son bonhomme de côté, et m'emmena dans le cabinet de toilette, où me montrant deux miniatures qui se faisaient pendant, elle me dit :

« Voilà le comte de G...[1] qui a été très amoureux de Marguerite; c'est lui qui l'a lancée. Le connaissez-vous ?

— Non. Et celui-ci ? demandai-je en montrant l'autre miniature.

— C'est le petit vicomte de L... Il a été forcé de partir.

— Pourquoi ?

— Parce qu'il était à peu près ruiné. En voilà un qui aimait Marguerite !

— Et elle l'aimait beaucoup sans doute ?

— C'est une si drôle de fille, on ne sait jamais à quoi s'en tenir. Le soir du jour où il est parti, elle était au spectacle, comme d'habitude, et cependant elle avait pleuré au moment du départ. »

En ce moment Nanine parut, nous annonçant que le souper était servi.

Quand nous entrâmes dans la salle à manger, Marguerite était appuyée contre le mur, et Gaston, lui tenant les mains, lui parlait tout bas.

« Vous êtes fou, lui répondait Marguerite, vous savez bien que je ne veux pas de vous. Ce n'est pas au

bout de deux ans que l'on connaît une femme comme
moi qu'on lui demande à être son amant. Nous autres,
nous nous donnons tout de suite ou jamais. Allons,
messieurs, à table. »

Et, s'échappant des mains de Gaston, Marguerite le
fit asseoir à sa droite, moi à sa gauche, puis elle dit à
Nanine :

« Avant de t'asseoir, recommande à la cuisine que
l'on n'ouvre pas si l'on vient sonner. »

Cette recommandation était faite à une heure du
matin.

On rit, on but et l'on mangea beaucoup à ce souper.
Au bout de quelques instants, la gaieté était descendue
aux dernières limites, et ces mots qu'un certain monde
trouve plaisants et qui salissent toujours la bouche qui
les dit éclataient de temps à autre, aux grandes accla-
mations de Nanine, de Prudence et de Marguerite.
Gaston s'amusait franchement; c'était un garçon plein
de cœur, mais dont l'esprit avait été un peu faussé
par les premières habitudes. Un moment, j'avais voulu
m'étourdir, faire mon cœur et ma pensée indifférents
au spectacle que j'avais sous les yeux et prendre ma
part de cette gaieté qui semblait un des mets du repas;
mais, peu à peu, je m'étais isolé de ce bruit, mon verre
était resté plein, et j'étais devenu presque triste en
voyant cette belle créature de vingt ans boire, parler
comme un portefaix, et rire d'autant plus que ce que
l'on disait était plus scandaleux.

Cependant cette gaieté, cette façon de parler et de
boire, qui me paraissaient chez les autres convives les
résultats de la débauche, de l'habitude ou de la force,

me semblaient chez Marguerite un besoin d'oublier, une fièvre, une irritabilité nerveuse. A chaque verre de vin de Champagne, ses joues se couvraient d'un rouge fiévreux, et une toux, légère au commencement du souper, était devenue à la longue assez forte pour la forcer à renverser sa tête sur le dos de sa chaise et à comprimer sa poitrine dans ses mains toutes les fois qu'elle toussait.

Je souffrais du mal que devaient faire à cette frêle organisation ces excès de tous les jours.

Enfin, arriva une chose que j'avais prévue et que je redoutais. Vers la fin du souper, Marguerite fut prise d'un accès de toux plus fort que tous ceux qu'elle avait eus depuis que j'étais là. Il me sembla que sa poitrine se déchirait intérieurement. La pauvre fille devint pourpre, ferma les yeux sous la douleur et porta à ses lèvres sa serviette qu'une goutte de sang rougit. Alors elle se leva et courut dans son cabinet de toilette.

« Qu'a donc Marguerite ? demanda Gaston.

— Elle a qu'elle a trop ri et qu'elle crache le sang, fit Prudence. Oh ! ce ne sera rien, cela lui arrive tous les jours. Elle va revenir. Laissons-la seule, elle aime mieux cela. »

Quant à moi, je ne pus y tenir, et au grand ébahissement de Prudence et de Nanine qui me rappelaient, j'allai rejoindre Marguerite.

X

La chambre où elle s'était réfugiée n'était éclairée que par une seule bougie posée sur une table. Renversée sur un grand canapé, sa robe défaite, elle tenait une main sur son cœur et laissait pendre l'autre. Sur la table il y avait une cuvette d'argent à moitié pleine d'eau; cette eau était marbrée de filets de sang.

Marguerite, très pâle et la bouche entrouverte, essayait de reprendre haleine. Par moments, sa poitrine se gonflait d'un long soupir qui, exhalé, paraissait la soulager un peu, et la laissait pendant quelques secondes dans un sentiment de bien-être.

Je m'approchai d'elle, sans qu'elle fît un mouvement, je m'assis et pris celle de ses mains qui reposait sur le canapé.

« Ah ! c'est vous ? » me dit-elle avec un sourire.

Il paraît que j'avais la figure bouleversée, car elle ajouta :

« Est-ce que vous êtes malade aussi ?

— Non; mais vous, souffrez-vous encore ?

— Très peu; et elle essuya avec son mouchoir les

larmes que la toux avait fait venir à ses yeux; je suis habituée à cela maintenant.

— Vous vous tuez, madame, lui dis-je alors d'une voix émue; je voudrais être votre ami, votre parent, pour vous empêcher de vous faire mal ainsi.

— Ah ! cela ne vaut vraiment pas la peine que vous vous alarmiez, répliqua-t-elle d'un ton amer; voyez si les autres s'occupent de moi : c'est qu'ils savent bien qu'il n'y a rien à faire à ce mal-là. »

Après quoi elle se leva et, prenant la bougie, elle la mit sur la cheminée et se regarda dans la glace.

« Comme je suis pâle ! dit-elle en rattachant sa robe et en passant ses doigts sur ses cheveux délissés. Ah ! bah ! allons nous remettre à table. Venez-vous ? »

Mais j'étais assis et je ne bougeais pas.

Elle comprit l'émotion que cette scène m'avait causée, car elle s'approcha de moi et, me tendant la main, elle me dit :

« Voyons, venez. »

Je pris sa main, je la portai à mes lèvres en la mouillant malgré moi de deux larmes longtemps contenues.

« Eh bien, mais êtes-vous enfant ! dit-elle en se rasseyant auprès de moi; voilà que vous pleurez ! Qu'avez-vous ?

— Je dois vous paraître bien niais, mais ce que je viens de voir m'a fait un mal affreux.

— Vous êtes bien bon ! Que voulez-vous ? je ne puis pas dormir, il faut bien que je me distraie un peu. Et puis des filles comme moi, une de plus ou de moins, qu'est-ce que cela fait ? Les médecins me disent que le sang que je crache vient des bronches; j'ai l'air de les croire, c'est tout ce que je puis faire pour eux.

— Ecoutez, Marguerite, dis-je alors avec une expansion que je ne pus retenir, je ne sais pas l'influence que vous devez prendre sur ma vie, mais ce que je sais, c'est qu'à l'heure qu'il est, il n'y a personne, pas même ma sœur, à qui je m'intéresse comme à vous. C'est ainsi depuis que je vous ai vue. Eh bien, au nom du Ciel, soignez-vous, et ne vivez plus comme vous le faites.

— Si je me soignais, je mourrais. Ce qui me soutient, c'est la vie fiévreuse que je mène. Puis, se soigner, c'est bon pour les femmes du monde qui ont une famille et des amis; mais nous, dès que nous ne pouvons plus servir à la vanité ou au plaisir de nos amants, ils nous abandonnent, et les longues soirées succèdent aux longs jours. Je le sais bien, allez, j'ai été deux mois dans mon lit; au bout de trois semaines, personne ne venait plus me voir.

— Il est vrai que je ne vous suis rien, repris-je, mais si vous le vouliez je vous soignerais comme un frère, je ne vous quitterais pas, et je vous guérirais. Alors, quand vous en auriez la force, vous reprendriez la vie que vous menez, si bon vous semblait; mais j'en suis sûr, vous aimeriez mieux une existence tranquille qui vous ferait plus heureuse et vous garderait jolie.

— Vous pensez comme cela ce soir, parce que

vous avez le vin triste, mais vous n'auriez pas la patience dont vous vous vantez.

— Permettez-moi de vous dire, Marguerite, que vous avez été malade pendant deux mois, et que, pendant ces deux mois, je suis venu tous les jours savoir de vos nouvelles.

— C'est vrai; mais pourquoi ne montiez-vous pas ?

— Parce que je ne vous connaissais pas alors.

— Est-ce qu'on se gêne avec une fille comme moi ?

— On se gêne toujours avec une femme; c'est mon avis du moins.

— Ainsi, vous me soigneriez ?

— Oui.

— Vous resteriez tous les jours auprès de moi ?

— Oui.

— Et même toutes les nuits ?

— Tout le temps que je ne vous ennuierais pas.

— Comment appelez-vous cela ?

— Du dévouement.

— Et d'où vient ce dévouement ?

— D'une sympathie irrésistible que j'ai pour vous.

— Ainsi vous êtes amoureux de moi ? dites-le tout de suite, c'est bien plus simple.

— C'est possible; mais si je dois vous le dire un jour, ce n'est pas aujourd'hui.

— Vous ferez mieux de ne me le dire jamais.

— Pourquoi ?

— Parce qu'il ne peut résulter que deux choses de cet aveu.

— Lesquelles ?

— Ou que je ne vous accepte pas, alors vous m'en

voudrez, ou que je vous accepte, alors vous aurez
une triste maîtresse; une femme nerveuse, malade,
triste, ou gaie d'une gaieté plus triste que le chagrin, une femme qui crache le sang et qui dépense
cent mille francs par an, c'est bon pour un vieux
richard comme le duc, mais c'est bien ennuyeux pour
un jeune homme comme vous, et la preuve, c'est
que tous les jeunes amants que j'ai eus m'ont bien
vite quittée. »

Je ne répondais rien : j'écoutais. Cette franchise
qui tenait presque de la confession, cette vie douloureuse que j'entrevoyais sous le voile doré qui la
couvrait, et dont la pauvre fille fuyait la réalité dans
la débauche, l'ivresse et l'insomnie, tout cela
m'impressionnait tellement que je ne trouvais pas
une seule parole.

« Allons, continua Marguerite, nous disons là des
enfantillages. Donnez-moi la main et rentrons dans
la salle à manger. On ne doit pas savoir ce que notre
absence veut dire.

— Rentrez, si bon vous semble, mais je vous
demande la permission de rester ici.

— Pourquoi ?

— Parce que votre gaieté me fait trop de mal.

— Eh bien, je serai triste.

— Tenez, Marguerite, laissez-moi vous dire une
chose que l'on vous a dite souvent sans doute, et à
laquelle l'habitude de l'entendre vous empêchera
peut-être d'ajouter foi, mais qui n'en est pas moins
réelle, et que je ne vous répéterai jamais.

— C'est ?... dit-elle avec le sourire que prennent

les jeunes mères pour écouter une folie de leur
enfant.

— C'est que depuis que je vous ai vue, je ne sais
comment ni pourquoi, vous avez pris une place
dans ma vie, c'est que j'ai eu beau chasser votre image
de ma pensée, elle y est toujours revenue, c'est
qu'aujourd'hui quand je vous ai rencontrée, après
être resté deux ans sans vous voir, vous avez pris sur
mon cœur et mon esprit un ascendant plus grand
encore, c'est qu'enfin, maintenant que vous m'avez
reçu, que je vous connais, que je sais tout ce qu'il y
a d'étrange en vous, vous m'êtes devenue indispensable, et que je deviendrai fou, non pas seulement
si vous ne m'aimez pas, mais si vous ne me laissez pas
vous aimer.

— Mais, malheureux que vous êtes, je vous dirai
ce que disait Mme D... : vous êtes donc bien riche !
Mais vous ne savez donc pas que je dépense six ou
sept mille francs par mois, et que cette dépense est
devenue nécessaire à ma vie; mais vous ne savez donc
pas, mon pauvre ami, que je vous ruinerais en un
rien de temps, et que votre famille vous ferait
interdire pour vous apprendre à vivre avec une
créature comme moi. Aimez-moi bien, comme un bon
ami, mais pas autrement. Venez me voir, nous rirons,
nous causerons, mais ne vous exagérez pas ce que je
vaux, car je ne vaux pas grand-chose. Vous avez un
bon cœur, vous avez besoin d'être aimé, vous êtes trop
jeune et trop sensible pour vivre dans notre monde.
Prenez une femme mariée. Vous voyez que je suis une
bonne fille et que je vous parle franchement.

— Ah ça ! que diable faites-vous là ? » cria
Prudence que nous n'avions pas entendue venir, et
qui apparaissait sur le seuil de la chambre avec ses
cheveux à moitié défaits et sa robe ouverte. Je
reconnaissais dans ce désordre la main de Gaston.

« Nous parlons raison, dit Marguerite, laissez-
nous un peu, nous vous rejoindrons tout à l'heure.

— Bien, bien, causez, mes enfants », dit Prudence
en s'en allant et en fermant la porte comme pour
ajouter encore au ton dont elle avait prononcé ces
dernières paroles.

« Ainsi, c'est convenu, reprit Marguerite, quand
nous fûmes seuls, vous ne m'aimerez plus.

— Je partirai.

— C'est à ce point-là ? »

J'étais trop avancé pour reculer, et d'ailleurs cette
fille me bouleversait. Ce mélange de gaieté, de tristesse, de candeur, de prostitution, cette maladie même
qui devait développer chez elle la sensibilité des impressions comme l'irritabilité des nerfs, tout me faisait comprendre que si, dès la première fois, je ne prenais pas d'empire sur cette nature oublieuse et légère,
elle était perdue pour moi.

« Voyons, c'est donc sérieux ce que vous dites ! fit-
elle.

— Très sérieux.

— Mais pourquoi ne m'avez-vous pas dit cela plus
tôt ?

— Quand vous l'aurais-je dit ?

— Le lendemain du jour où vous m'avez été
présenté à l'Opéra-Comique.

— Je crois que vous m'auriez fort mal reçu, si j'étais venu vous voir.

— Pourquoi ?

— Parce que j'avais été stupide la veille.

— Cela, c'est vrai. Mais cependant vous m'aimiez déjà à cette époque.

— Oui.

— Ce qui ne vous a pas empêché d'aller vous coucher et de dormir bien tranquillement après le spectacle. Nous savons ce que sont ces grands amours-là.

— Eh bien, c'est ce qui vous trompe. Savez-vous ce que j'ai fait le soir de l'Opéra-Comique ?

— Non.

— Je vous ai attendue à la porte du café Anglais. J'ai suivi la voiture qui vous a emmenés, vous et vos trois amis, et quand je vous ai vue descendre seule et rentrer seule chez vous, j'ai été bien heureux. »

Marguerite se mit à rire.

« De quoi riez-vous ?

— De rien.

— Dites-le-moi, je vous en supplie, ou je vais croire que vous vous moquez encore de moi.

— Vous ne vous fâcherez pas ?

— De quel droit me fâcherais-je ?

— Eh bien, il y avait une bonne raison pour que je rentrasse seule.

— Laquelle ?

— On m'attendait ici. »

Elle m'eût donné un coup de couteau qu'elle ne

m'eût pas fait plus de mal. Je me levai, et, lui tendant
la main :

« Adieu, lui dis-je.

— Je savais bien que vous vous fâcheriez, dit-elle.
Les hommes ont la rage de vouloir apprendre ce qui
doit leur faire de la peine.

— Mais je vous assure, ajoutai-je d'un ton froid,
comme si j'avais voulu prouver que j'étais à jamais
guéri de ma passion, je vous assure que je ne suis pas
fâché. Il était tout naturel que quelqu'un vous
attendît, comme il est tout naturel que je m'en aille à
trois heures du matin.

— Est-ce que vous avez aussi quelqu'un qui vous
attend chez vous ?

— Non, mais il faut que je parte.

— Adieu, alors.

— Vous me renvoyez.

— Pas le moins du monde.

— Pourquoi me faites-vous de la peine ?

— Quelle peine vous ai-je faite ?

— Vous me dites que quelqu'un vous attendait.

— Je n'ai pas pu m'empêcher de rire à l'idée que
vous aviez été si heureux de me voir rentrer seule,
quand il y avait une si bonne raison pour cela.

— On se fait souvent une joie d'un enfantillage,
et il est méchant de détruire cette joie quand, en la
laissant subsister, on peut rendre plus heureux encore
celui qui la trouve.

— Mais à qui croyez-vous donc avoir affaire ? Je
ne suis ni une vierge ni une duchesse. Je ne vous
connais que d'aujourd'hui et ne vous dois pas compte

de mes actions. En admettant que je devienne un jour votre maîtresse, il faut que vous sachiez bien que j'ai eu d'autres amants que vous. Si vous me faites déjà des scènes de jalousie avant, qu'est-ce que ce sera donc après, si jamais l'après existe ! Je n'ai jamais vu un homme comme vous.

— C'est que personne ne vous a jamais aimée comme je vous aime.

— Voyons, franchement, vous m'aimez donc bien ?

— Autant qu'il est possible d'aimer, je crois.

— Et cela dure depuis ?...

— Depuis un jour que je vous ai vue descendre de calèche et entrer chez Susse, il y a trois ans.

— Savez-vous que c'est très beau ? Eh bien, que faut-il que je fasse pour reconnaître ce grand amour ?

— Il faut m'aimer un peu », dis-je avec un battement de cœur qui m'empêchait presque de parler; car, malgré les sourires demi-moqueurs dont elle avait accompagné toute cette conversation, il me semblait que Marguerite commençait à partager mon trouble, et que j'approchais de l'heure attendue depuis si longtemps.

« Eh bien, et le duc ?

— Quel duc ?

— Mon vieux jaloux.

— Il n'en saura rien.

— Et s'il le sait ?

— Il vous pardonnera.

— Hé non ! il m'abandonnera, et qu'est-ce que je deviendrai ?

— Vous risquez bien cet abandon pour un autre.

— Comment le savez-vous ?

— Par la recommandation que vous avez faite de ne laisser entrer personne cette nuit.

— C'est vrai; mais celui-là est un ami sérieux.

— Auquel vous ne tenez guère, puisque vous lui faites défendre votre porte à pareille heure.

— Ce n'est pas à vous de me le reprocher, puisque c'était pour vous recevoir, vous et votre ami. »

Peu à peu je m'étais rapproché de Marguerite, j'avais passé mes mains autour de sa taille et je sentais son corps souple peser légèrement sur mes mains jointes.

« Si vous saviez comme je vous aime ! lui disais-je tout bas.

— Bien vrai ?

— Je vous jure.

— Eh bien, si vous me promettez de faire toutes mes volontés sans dire un mot, sans me faire une observation, sans me questionner, je vous aimerai peut-être.

— Tout ce que vous voudrez !

— Mais je vous en préviens, je veux être libre de faire ce que bon me semblera, sans vous donner le moindre détail sur ma vie. Il y a longtemps que je cherche un amant jeune, sans volonté, amoureux sans défiance, aimé sans droits. Je n'ai jamais pu en trouver un. Les hommes, au lieu d'être satisfaits qu'on leur accorde longtemps ce qu'ils eussent à peine espéré obtenir une fois, demandent à leur maîtresse compte du présent, du passé et de l'avenir même. A mesure qu'ils s'habituent à elle, ils veulent la dominer, et ils deviennent d'autant plus exigeants qu'on leur

donne tout ce qu'ils veulent. Si je me décide à
prendre un nouvel amant maintenant, je veux qu'il
ait trois qualités bien rares, qu'il soit confiant,
soumis et discret.

— Eh bien, je serai tout ce que vous voudrez.

— Nous verrons.

— Et quand verrons-nous ?

— Plus tard.

— Pourquoi ?

— Parce que, dit Marguerite en se dégageant de
mes bras et en prenant dans un gros bouquet de camélias rouges apportés le matin, un camélia qu'elle passa
à ma boutonnière, parce qu'on ne peut pas toujours
exécuter les traités le jour où on les signe. »

C'est facile à comprendre.

« Et quand vous reverrai-je ? dis-je en la pressant
dans mes bras.

— Quand ce camélia changera de couleur.

— Et quand changera-t-il de couleur ?

— Demain, de onze heures à minuit. Etes-vous
content ?

— Vous me le demandez ?

— Pas un mot de tout cela ni à votre ami, ni à
Prudence, ni à qui que ce soit.

— Je vous le promets.

— Maintenant, embrassez-moi et rentrons dans la
salle à manger. »

Elle me tendit ses lèvres, lissa de nouveau ses cheveux, et nous sortîmes de cette chambre, elle en chantant, moi à moitié fou.

Dans le salon elle me dit tout bas, en s'arrêtant :

« Cela doit vous paraître étrange que j'aie l'air d'être prête à vous accepter ainsi tout de suite; savez-vous d'où cela vient ?

« Cela vient, continua-t-elle en prenant ma main et en la posant contre son cœur dont je sentis les pal-pitations violentes et répétées, cela vient de ce que, devant vivre moins longtemps que les autres, je me suis promis de vivre plus vite.

— Ne me parlez plus de la sorte, je vous en sup-plie.

— Oh ! Consolez-vous, continua-t-elle en riant. Si peu de temps que j'aie à vivre, je vivrai plus longtemps que vous ne m'aimerez. »

Et elle entra en chantant dans la salle à man-ger.

« Où est Nanine ? dit-elle en voyant Gaston et Pru-dence seuls.

— Elle dort dans votre chambre, en attendant que vous vous couchiez, répondit Prudence.

— La malheureuse ! Je la tue ! Allons, messieurs, retirez-vous, il est temps. »

Dix minutes après, Gaston et moi nous sortions. Marguerite me serrait la main en me disant adieu et restait avec Prudence.

« Eh bien, me demanda Gaston, quand nous fûmes dehors, que dites-vous de Marguerite ?

— C'est un ange, et j'en suis fou.

— Je m'en doutais; le lui avez-vous dit ?

— Oui.

— Et vous a-t-elle promis de vous croire ?

— Non.

— Ce n'est pas comme Prudence.

— Elle vous l'a promis ?

— Elle a fait mieux, mon cher ! On ne le croirait pas, elle est encore très bien, cette grosse Duvernoy ! »

XI

En cet endroit de son récit, Armand s'arrêta.

« Voulez-vous fermer la fenêtre ? me dit-il, je commence à avoir froid. Pendant ce temps, je vais me coucher. »

Je fermai la fenêtre. Armand, qui était très faible encore, ôta sa robe de chambre et se mit au lit, laissant pendant quelques instants reposer sa tête sur l'oreiller comme un homme fatigué d'une longue course ou agité de pénibles souvenirs.

« Vous avez peut-être trop parlé, lui dis-je, voulez-vous que je m'en aille et que je vous laisse dormir ? vous me raconterez un autre jour la fin de cette histoire.

— Est-ce qu'elle vous ennuie ?

— Au contraire.

— Je vais continuer alors; si vous me laissiez seul, je ne dormirais pas. »

Quand je rentrai chez moi, reprit-il, sans avoir besoin de se recueillir, tant tous ces détails étaient encore présents à sa pensée, je ne me couchai pas, je me mis à réfléchir sur l'aventure de la journée. La rencontre, la présentation, l'engagement de Marguerite vis-à-vis de moi, tout avait été si rapide, si inespéré, qu'il y avait des moments où je croyais avoir rêvé. Cependant ce n'était pas la première fois qu'une fille comme Marguerite se promettait à un homme pour le lendemain du jour où il le lui demandait.

J'avais beau me faire cette réflexion, la première impression produite par ma future maîtresse sur moi avait été si forte qu'elle subsistait toujours. Je m'entêtais encore à ne pas voir en elle une fille semblable aux autres, et avec la vanité si commune à tous les hommes, j'étais prêt à croire qu'elle partageait invinciblement pour moi l'attraction que j'avais pour elle.

Cependant j'avais sous les yeux des exemples bien contradictoires, et j'avais entendu dire souvent que l'amour de Marguerite était passé à l'état de denrée plus ou moins chère, selon la saison.

Mais comment aussi, d'un autre côté, concilier cette réputation avec les refus continuels faits au jeune comte que nous avions trouvé chez elle ? Vous me direz qu'il lui déplaisait et que, comme elle était splendidement entretenue par le duc, pour faire tant que de prendre un autre amant, elle aimait mieux un homme qui lui plût. Alors, pourquoi ne voulait-elle pas de Gaston, charmant, spirituel, riche, et paraissait-elle vouloir de moi qu'elle avait trouvé si ridicule la première fois qu'elle m'avait vu ?

Il est vrai qu'il y a des incidents d'une minute qui font plus qu'une cour d'une année.

De ceux qui se trouvaient au souper, j'étais le seul qui se fût inquiété en la voyant quitter la table. Je

l'avais suivie, j'avais été ému à ne pouvoir le cacher.
J'avais pleuré en lui baisant la main. Cette circonstance, réunie à mes visites quotidiennes pendant les
deux mois de sa maladie, avait pu lui faire voir en
moi un autre homme que ceux connus jusqu'alors, et
peut-être s'était-elle dit qu'elle pouvait bien faire pour
un amour exprimé de cette façon ce qu'elle avait fait
tant de fois, que cela n'avait déjà plus de conséquence
pour elle.

Toutes ces suppositions, comme vous le voyez, étaient
assez vraisemblables; mais quelle que fût la raison à
son consentement, il y avait une chose certaine, c'est
qu'elle avait consenti.

Or, j'étais amoureux de Marguerite, j'allais l'avoir,
je ne pouvais rien lui demander de plus. Cependant,
je vous le répète, quoique ce fût une fille entretenue,
je m'étais tellement, peut-être pour la poétiser, fait
de cet amour un amour sans espoir, que plus le moment
approchait où je n'aurais même plus besoin d'espérer,
plus je doutais.

Je ne fermai pas les yeux de la nuit.

Je ne me reconnaissais pas. J'étais à moitié fou.
Tantôt je ne me trouvais ni assez beau, ni assez riche,
ni assez élégant pour posséder une pareille femme,
tantôt je me sentais plein de vanité à l'idée de cette
possession : puis je me mettais à craindre que Marguerite n'eût pour moi qu'un caprice de quelques jours,
et, pressentant un malheur dans une rupture prompte,
je ferais peut-être mieux, me disais-je, de ne pas aller
le soir chez elle, et de partir en lui écrivant mes craintes. De là, je passais à des espérances sans limites, à

une confiance sans bornes. Je faisais des rêves d'avenir
incroyables; je me disais que cette fille me devrait sa
guérison physique et morale, que je passerais toute
ma vie avec elle, et que son amour me rendrait plus
heureux que les plus virginales amours.

Enfin, je ne pourrais vous répéter les mille pensées
qui montaient de mon cœur à ma tête et qui s'étei-
gnirent peu à peu dans le sommeil qui me gagna au
jour.

Quand je me réveillai, il était deux heures. Le temps
était magnifique. Je ne me rappelle pas que la vie m'ait
jamais paru aussi belle et aussi pleine. Les souvenirs
de la veille se représentaient à mon esprit, sans ombres,
sans obstacles et gaiement escortés des espérances du
soir. Je m'habillai à la hâte. J'étais content et capable
des meilleures actions. De temps en temps mon cœur
bondissait de joie et d'amour dans ma poitrine. Une
douce fièvre m'agitait. Je ne m'inquiétais plus des raisons qui m'avaient préoccupé avant que je m'endor-
misse. Je ne voyais que le résultat, je ne songeais qu'à
l'heure où je devais revoir Marguerite.

Il me fut impossible de rester chez moi. Ma chambre me semblait trop petite pour contenir mon bonheur; j'avais besoin de la nature entière pour m'épan-
cher.

Je sortis.

Je passai par la rue d'Antin. Le coupé de Marguerite l'attendait à sa porte; je me dirigeai du côté des
Champs-Elysées. J'aimais, sans même les connaître,
tous les gens que je rencontrais.

Comme l'amour rend bon!

Au bout d'une heure que je me promenais des chevaux de Marly au rond-point et du rond-point aux chevaux de Marly, je vis de loin la voiture de Marguerite; je ne la reconnus pas, je la devinai.

Au moment de tourner l'angle des Champs-Elysées, elle se fit arrêter, et un grand jeune homme se détacha d'un groupe où il causait pour venir causer avec elle.

Ils causèrent quelques instants; le jeune homme rejoignit ses amis, les chevaux repartirent, et moi, qui m'étais approché du groupe, je reconnus dans celui qui avait parlé à Marguerite ce comte de G... dont j'avais vu le portrait et que Prudence m'avait signalé comme celui à qui Marguerite devait sa position.

C'était à lui qu'elle avait fait défendre sa porte, la veille; je supposai qu'elle avait fait arrêter sa voiture pour lui donner la raison de cette défense, et j'espérai qu'en même temps elle avait trouvé quelque nouveau prétexte pour ne pas le recevoir la nuit suivante.

Comment le reste de la journée se passa, je l'ignore; je marchai, je fumai, je causai, mais de ce que je dis, de ceux que je rencontrai, à dix heures du soir, je n'avais aucun souvenir.

Tout ce que je me rappelle, c'est que je rentrai chez moi, que je passai trois heures à ma toilette, et que je regardai cent fois ma pendule et ma montre, qui malheureusement allaient l'une comme l'autre.

Quand dix heures et demie sonnèrent, je me dis qu'il était temps de partir.

Je demeurais à cette époque rue de Provence [1] : je suivis la rue du Mont-Blanc, je traversai le boulevard, pris la rue Louis-le-Grand, la rue de Port-Mahon, et la rue d'Antin. Je regardai aux fenêtres de Marguerite.

Il y avait de la lumière.

Je sonnai.

Je demandai au portier si Mlle Gautier était chez elle.

Il me répondit qu'elle ne rentrait jamais avant onze heures ou onze heures un quart.

Je regardai ma montre.

J'avais cru venir tout doucement, je n'avais mis que cinq minutes pour venir de la rue de Provence chez Marguerite.

Alors, je me promenai dans cette rue sans boutiques, et déserte à cette heure.

Au bout d'une demi-heure Marguerite arriva. Elle descendit de son coupé en regardant autour d'elle comme si elle eût cherché quelqu'un.

La voiture repartit au pas, les écuries et la remise n'étant pas dans la maison. Au moment où Marguerite allait sonner, je m'approchai et lui dis :

« Bonsoir.

— Ah ! c'est vous ? me dit-elle d'un ton peu rassurant sur le plaisir qu'elle avait à me trouver là.

— Ne m'avez-vous pas permis de venir vous faire visite aujourd'hui ?

— C'est juste; je l'avais oublié. »

Ce mot renversait toutes mes réflexions du matin, toutes mes espérances de la journée. Cependant, je commençais à m'habituer à ces façons et je ne m'en allai pas, ce que j'eusse évidemment fait autrefois.

Nous entrâmes.

Nanine avait ouvert la porte d'avance.

« Prudence est-elle rentrée ? demanda Marguerite.

— Non, madame.

— Va dire que dès qu'elle rentrera elle vienne. Auparavant, éteins la lampe du salon, et, s'il vient quelqu'un, réponds que je ne suis pas rentrée et que je ne rentrerai pas. »

C'était bien là une femme préoccupée de quelque chose et peut-être ennuyée d'un importun. Je ne savais quelle figure faire ni que dire. Marguerite se dirigea du côté de sa chambre à coucher; je restai où j'étais.

« Venez », me dit-elle.

Elle ôta son chapeau, son manteau de velours et les jeta sur son lit, puis se laissa tomber dans un grand fauteuil, auprès du feu qu'elle faisait faire jusqu'au commencement de l'été, et me dit en jouant avec la chaîne de sa montre :

« Eh bien, que me conterez-vous de neuf ?

— Rien, sinon que j'ai eu tort de venir ce soir.

— Pourquoi ?

— Parce que vous paraissez contrariée et que sans doute je vous ennuie.

— Vous ne m'ennuyez pas; seulement je suis malade, j'ai souffert toute la journée, je n'ai pas dormi et j'ai une migraine affreuse.

— Voulez-vous que je me retire pour vous laisser mettre au lit ?

— Oh ! vous pouvez rester, si je veux me coucher, je me coucherai bien devant vous. »

En ce moment on sonna.

« Qui vient encore ? » dit-elle avec un mouvement d'impatience.

Quelques instants après on sonna de nouveau.

« Il n'y a donc personne pour ouvrir; il va falloir que j'ouvre moi-même. »

En effet, elle se leva en me disant :

« Attendez ici. »

Elle traversa l'appartement, et j'entendis ouvrir la porte d'entrée. — J'écoutai.

Celui à qui elle avait ouvert s'arrêta dans la salle à manger. Aux premiers mots, je reconnus la voix du jeune comte de N...

« Comment vous portez-vous ce soir ? disait-il.

— Mal, répondit sèchement Marguerite.

— Est-ce que je vous dérange ?

— Peut-être.

— Comme vous me recevez ! Que vous ai-je fait, ma chère Marguerite ?

— Mon cher ami, vous ne m'avez rien fait. Je suis malade, il faut que je me couche, ainsi vous allez me faire le plaisir de vous en aller. Cela m'assomme de ne pas pouvoir rentrer le soir sans vous voir apparaître cinq minutes après. Qu'est-ce que vous voulez ? Que je sois votre maîtresse ? Eh bien, je vous ai déjà dit cent fois que non, que vous m'agacez horriblement, et que vous pouvez vous adresser autre part. Je vous le répète aujourd'hui pour la dernière fois : Je ne veux pas de vous, c'est bien convenu; adieu. Tenez, voici Nanine qui rentre; elle va vous éclairer. Bonsoir. »

Et sans ajouter un mot, sans écouter ce que balbutiait le jeune homme, Marguerite revint dans sa cham-

bre et referma violemment la porte, par laquelle
Nanine, à son tour, rentra presque immédiatement.

« Tu m'entends, lui dit Marguerite, tu diras toujours à cet imbécile que je n'y suis pas ou que je ne
veux pas le recevoir. Je suis lasse, à la fin, de voir sans
cesse des gens qui viennent me demander la même
chose, qui me payent et qui se croient quittes avec
moi. Si celles qui commencent notre honteux métier
savaient ce que c'est, elles se feraient plutôt femmes
de chambre. Mais non; la vanité d'avoir des robes,
des voitures, des diamants nous entraîne; on croit à
ce que l'on entend, car la prostitution a sa foi, et l'on
use peu à peu son cœur, son corps, sa beauté; on est
redoutée comme une bête fauve, méprisée comme un
paria, on n'est entourée que de gens qui vous prennent
toujours plus qu'ils ne vous donnent, et on s'en va un
beau jour crever comme un chien, après avoir perdu
les autres et s'être perdue soi-même.

— Voyons, madame, calmez-vous, dit Nanine, vous
avez mal aux nerfs ce soir.

— Cette robe me gêne, reprit Marguerite en faisant sauter les agrafes de son corsage, donne-moi un
peignoir. Eh bien, et Prudence ?

— Elle n'était pas rentrée, mais on l'enverra à
madame dès qu'elle rentrera.

— En voilà encore une, continua Marguerite
en ôtant sa robe et en passant un peignoir blanc, en
voilà encore une qui sait bien me trouver quand elle a
besoin de moi, et qui ne peut pas me rendre un
service de bonne grâce. Elle sait que j'attends cette
réponse ce soir, qu'il me la faut, que je suis inquiè-

te, et je suis sûre qu'elle est allée courir sans s'occuper de moi.

— Peut-être a-t-elle été retenue.

— Fais-nous donner le punch.

— Vous allez encore vous faire du mal, dit Nanine.

— Tant mieux. Apporte-moi aussi des fruits, du pâté ou une aile de poulet, quelque chose tout de suite, j'ai faim. »

Vous dire l'impression que cette scène me causait, c'est inutile; vous le devinez, n'est-ce pas ?

« Vous allez souper avec moi, me dit-elle; en attendant, prenez un livre, je vais passer un instant dans mon cabinet de toilette. »

Elle alluma les bougies d'un candélabre, ouvrit une porte au pied de son lit et disparut.

Pour moi, je me mis à réfléchir sur la vie de cette fille, et mon amour s'augmenta de pitié.

Je me promenais à grands pas dans cette chambre, tout en songeant, quand Prudence entra.

« Tiens, vous voilà ? me dit-elle : où est Marguerite ?

— Dans son cabinet de toilette.

— Je vais l'attendre. Dites donc, elle vous trouve charmant; saviez-vous cela ?

— Non.

— Elle ne vous l'a pas dit un peu ?

— Pas du tout.

— Comment êtes-vous ici ?

— Je viens lui faire une visite.

— A minuit ?

— Pourquoi pas ?

— Farceur !

— Elle m'a même très mal reçu.

— Elle va mieux vous recevoir.

— Vous croyez ?

— Je lui apporte une bonne nouvelle.

— Il n'y a pas de mal; ainsi elle vous a parlé de moi ?

— Hier au soir, ou plutôt cette nuit, quand vous avez été parti avec votre ami... A propos, comment va-t-il, votre ami ? C'est Gaston R..., je crois, qu'on l'appelle ?

— Oui, dis-je sans pouvoir m'empêcher de sourire en me rappelant la confidence que Gaston m'avait faite, et en voyant que Prudence savait à peine son nom.

— Il est gentil, ce garçon-là; qu'est-ce qu'il fait ?

— Il a vingt-cinq mille francs de rente.

— Ah ! vraiment ! eh bien, pour en revenir à vous, Marguerite m'a questionnée sur votre compte; elle m'a demandé qui vous étiez, ce que vous faisiez, quelles avaient été vos maîtresses; enfin tout ce qu'on peut demander sur un homme de votre âge. Je lui ai dit tout ce que je sais, en ajoutant que vous êtes un charmant garçon, et voilà.

— Je vous remercie; maintenant, dites-moi donc de quelle commission elle vous avait chargée hier.

— D'aucune; c'était pour faire partir le comte, ce qu'elle disait, mais elle m'en a chargée d'une pour aujourd'hui, et c'est la réponse que je lui apporte ce soir. »

En ce moment Marguerite sortit de son cabinet de

toilette, coquettement coiffée de son bonnet de nuit orné de touffes de rubans jaunes, appelées techniquement des choux.

Elle était ravissante ainsi.

Elle avait ses pieds nus dans des pantoufles de satin, et achevait la toilette de ses ongles.

« Eh bien, dit-elle en voyant Prudence, avez-vous vu le duc ?

— Parbleu !

— Et que vous a-t-il dit ?

— Il me l'a donné.

— Combien ?

— Six mille.

— Vous les avez ?

— Oui.

— A-t-il eu l'air contrarié ?

— Non.

— Pauvre homme ! »

Ce pauvre homme ! fut dit d'un ton impossible à rendre. Marguerite prit les six billets de mille francs.

« Il était temps, dit-elle. Ma chère Prudence, avez-vous besoin d'argent ?

— Vous savez, mon enfant, que c'est dans deux jours le 15, si vous pouviez me prêter trois ou quatre cents francs, vous me rendriez service.

— Envoyez demain matin, il est trop tard pour faire changer.

— N'oubliez pas.

— Soyez tranquille. Soupez-vous avec nous ?

— Non, Charles m'attend chez moi.

— Vous en êtes donc toujours folle ?

— Toquée, ma chère ! A demain. Adieu, Armand. »
Mme Duvernoy sortit.

Marguerite ouvrit son étagère et jeta dedans les
billets de banque.

« Vous permettez que je me couche ! dit-elle en
souriant et en se dirigeant vers son lit.

— Non seulement je vous le permets, mais encore
je vous en prie. »

Elle rejeta sur le pied de son lit la guipure qui le
couvrait et se coucha.

« Maintenant, dit-elle, venez vous asseoir près de
moi et causons. »

Prudence avait raison : la réponse qu'elle avait
apportée à Marguerite l'égayait.

« Vous me pardonnez ma mauvaise humeur de ce
soir ? me dit-elle en me prenant la main.

— Je suis prêt à vous en pardonner bien d'autres.

— Et vous m'aimez ?

— A en devenir fou.

— Malgré mon mauvais caractère ?

— Malgré tout.

— Vous me le jurez !

— Oui », lui dis-je tout bas.

Nanine entra alors portant des assiettes, un poulet
froid, une bouteille de bordeaux, des fraises et deux
couverts.

« Je ne vous ai pas fait faire du punch, dit Nanine,
le bordeaux est meilleur pour vous. N'est-ce pas, monsieur ?

— Certainement, répondis-je, tout ému encore des

dernières paroles de Marguerite et les yeux ardem-
ment fixés sur elle.

— Bien, dit-elle, mets tout cela sur la petite table,
approche-la du lit; nous nous servirons ·nous-mêmes.
Voilà trois nuits que tu passes, tu dois avoir envie de
dormir, va te coucher; je n'ai plus besoin de rien.

— Faut-il fermer la porte à double tour ?

— Je le crois bien ! et surtout dis qu'on ne laisse
entrer personne demain avant midi. »

XII

A CINQ heures du matin, quand le jour commença à paraître à travers les rideaux, Marguerite me dit :

« Pardonne-moi si je te chasse, mais il le faut. Le duc vient tous les matins; on va lui répondre que je dors, quand il va venir, et il attendra peut-être que je me réveille. »

Je pris dans mes mains la tête de Marguerite, dont les cheveux défaits ruisselaient autour d'elle, et je lui donnai un dernier baiser, en lui disant :

« Quand te reverrai-je ?

— Écoute, reprit-elle, prends cette petite clef dorée qui est sur la cheminée, va ouvrir cette porte; rapporte la clef ici et va-t'en. Dans la journée, tu recevras une lettre et mes ordres, car tu sais que tu dois obéir aveuglément.

— Oui, et si je demandais déjà quelque chose ?

— Quoi donc ?

— Que tu me laissasses cette clef.

— Je n'ai jamais fait pour personne ce que tu me demandes là.

— Eh bien, fais-le pour moi, car je te jure que

moi, je ne t'aime pas comme les autres t'aimaient.

— Eh bien, garde-la, mais je te préviens qu'il ne dépend que de moi que cette clef ne te serve à rien.

— Pourquoi ?

— Il y a des verrous en dedans de la porte.

— Méchante !

— Je les ferai ôter.

— Tu m'aimes donc un peu ?

— Je ne sais pas comment cela se fait, mais il me semble que oui. Maintenant va-t'en; je tombe de sommeil. »

Nous restâmes quelques secondes dans les bras l'un de l'autre et je partis.

Les rues étaient désertes, la grande ville dormait encore, une douce fraîcheur courait dans ces quartiers que le bruit des hommes allait envahir quelques heures plus tard.

Il me sembla que cette ville endormie m'appartenait; je cherchais dans mon souvenir les noms de ceux dont j'avais jusqu'alors envié le bonheur; et je ne m'en rappelais pas un sans me trouver plus heureux que lui.

Etre aimé d'une jeune fille chaste, lui révéler le premier cet étrange mystère de l'amour, certes, c'est une grande félicité, mais c'est la chose du monde la plus simple. S'emparer d'un cœur qui n'a pas l'habitude des attaques, c'est entrer dans une ville ouverte et sans garnison. L'éducation, le sentiment des devoirs et la famille sont de très fortes sentinelles, mais il n'y a sentinelles si vigilantes que ne trompe une fille de seize ans, à qui, par la voix de l'homme qu'elle aime,

la nature donne ces premiers conseils d'amour qui
sont d'autant plus ardents qu'ils paraissent plus purs.

Plus la jeune fille croit au bien, plus elle s'abandonne
facilement, sinon à l'amant, du moins à l'amour, car
étant sans défiance elle est sans force, et se faire aimer
d'elle est un triomphe que tout homme de vingt-cinq
ans pourra se donner quand il voudra. Et cela est si
vrai que voyez comme on entoure les jeunes filles de
surveillance et de remparts ! Les couvents n'ont pas
de murs assez hauts, les mères de serrures assez fortes,
la religion de devoirs assez continus pour renfermer
tous ces charmants oiseaux dans leur cage, sur laquelle
on ne se donne même pas la peine de jeter des fleurs.
Aussi comme elles doivent désirer ce monde qu'on leur
cache, comme elles doivent croire qu'il est tentant,
comme elles doivent écouter la première voix qui, à
travers les barreaux, vient leur en raconter les secrets,
et bénir la main qui lève, la première, un coin du voile
mystérieux.

Mais être réellement aimé d'une courtisane, c'est
une victoire bien autrement difficile. Chez elles, le
corps a usé l'âme, les sens ont brûlé le cœur, la débauche a cuirassé les sentiments. Les mots qu'on leur dit,
elles les savent depuis longtemps, les moyens que l'on
emploie, elles les connaissent, l'amour même qu'elles
inspirent, elles l'ont vendu. Elles aiment par métier
et non par entraînement. Elles sont mieux gardées
par leurs calculs qu'une vierge par sa mère et son couvent; aussi ont-elles inventé le mot caprice pour ces
amours sans trafic qu'elles se donnent de temps en
temps comme repos, comme excuse, ou comme conso-

lation; semblables à ces usuriers qui rançonnent mille individus, et qui croient tout racheter en prêtant un jour vingt francs à quelque pauvre diable qui meurt de faim, sans exiger d'intérêt et sans lui demander de reçu.

Puis, quand Dieu permet l'amour à une courtisane, cet amour, qui semble d'abord un pardon, devient presque toujours pour elle un châtiment. Il n'y a pas d'absolution sans pénitence. Quand une créature, qui a tout son passé à se reprocher, se sent tout à coup prise d'un amour profond, sincère, irrésistible, dont elle ne se fût jamais crue capable; quand elle a avoué cet amour, comme l'homme aimé ainsi la domine ! Comme il se sent fort avec ce droit cruel de lui dire : « Vous ne faites pas plus pour de l'amour que vous n'avez fait pour de l'argent. »

Alors elles ne savent quelles preuves donner. Un enfant, raconte la fable, après s'être longtemps amusé dans un champ à crier : « Au secours ! » pour déranger des travailleurs, fut dévoré un beau jour par un ours, sans que ceux qu'il avait trompés si souvent crussent cette fois aux cris réels qu'il poussait. Il en est de même de ces malheureuses filles, quand elles aiment sérieusement. Elles ont menti tant de fois qu'on ne veut plus les croire, et elles sont, au milieu de leurs remords, dévorées par leur amour.

De là, ces grands dévouements, ces austères retraites dont quelques-unes ont donné l'exemple.

Mais quand l'homme qui inspire cet amour rédempteur a l'âme assez généreuse pour l'accepter sans se souvenir du passé, quand il s'y abandonne, quand il

aime enfin, comme il est aimé, cet homme épuise d'un
coup toutes les émotions terrestres, et après cet amour
son cœur sera fermé à tout autre.

Ces réflexions, je ne les faisais pas le matin où je ren-
trais chez moi. Elles n'eussent pu être que le pressentiment de ce qui allait m'arriver, et malgré mon amour
pour Marguerite, je n'entrevoyais pas de semblables
conséquences; aujourd'hui je les fais. Tout étant irré-
vocablement fini, elles résultent naturellement de ce
qui a eu lieu.

Mais revenons au premier jour de cette liaison.
Quand je rentrai, j'étais d'une gaieté folle. En songeant que les barrières placées par mon imagination
entre Marguerite et moi avaient disparu, que je la possédais, que j'occupais un peu sa pensée, que j'avais
dans ma poche la clef de son appartement et le droit
de me servir de cette clef, j'étais content de la vie, fier
de moi, et j'aimais Dieu qui permettait tout cela.

Un jour un jeune homme passe dans une rue, il y
coudoie une femme, il la regarde, il se retourne, il
passe. Cette femme, il ne la connaît pas, elle a des
plaisirs, des chagrins, des amours où il n'a aucune part.
Il n'existe pas pour elle, et peut-être, s'il lui parlait, se
moquerait-elle de lui comme Marguerite avait fait de
moi. Des semaines, des mois, des années s'écoulent, et
tout à coup, quand ils ont suivi chacun leur destinée
dans un ordre différent, la logique du hasard les
ramène en face l'un de l'autre. Cette femme devient
la maîtresse de cet homme et l'aime. Comment ? pourquoi ? leurs deux existences n'en font plus qu'une; à
peine l'intimité existe-t-elle, qu'elle leur semble avoir

existé toujours, et tout ce qui a précédé s'efface de la
mémoire des deux amants. C'est curieux, avouons-le.

Quant à moi, je ne me rappelais plus comment
j'avais vécu avant la veille. Tout mon être s'exaltait
en joie au souvenir des mots échangés pendant cette
première nuit. Ou Marguerite était habile à tromper,
ou elle avait pour moi une de ces passions subites qui
se révèlent dès le premier baiser, et qui meurent quelquefois, du reste, comme elles sont nées.

Plus j'y réfléchissais, plus je me disais que Marguerite n'avait aucune raison de feindre un amour qu'elle
n'aurait pas ressenti, et je me disais aussi que les femmes ont deux façons d'aimer qui peuvent résulter l'une
de l'autre : elles aiment avec le cœur ou avec les sens.
Souvent une femme prend un amant pour obéir à la
seule volonté de ses sens, et apprend sans s'y être
attendue le mystère de l'amour immatériel et ne vit
plus que par son cœur, souvent une jeune fille, ne
cherchant dans le mariage que la réunion de deux
affections pures, reçoit cette soudaine révélation de
l'amour physique, cette énergique conclusion des plus
chastes impressions de l'âme.

Je m'endormis au milieu de ces pensées. Je fus réveillé
par une lettre de Marguerite, lettre contenant ces mots :

« Voici mes ordres : Ce soir au Vaudeville. Venez
pendant le troisième entracte.

                                        « M. G. »

Je serrai ce billet dans un tiroir, afin d'avoir toujours la réalité sous la main, dans le cas où je doute-
rais, comme cela m'arrivait par moments.

Elle ne me disait pas de l'aller voir dans le jour, je
n'osai me présenter chez elle; mais j'avais un si grand
désir de la rencontrer avant le soir que j'allai aux
Champs-Elysées, où, comme la veille, je la vis passer
et redescendre.

A sept heures, j'étais au Vaudeville.

Jamais je n'étais entré si tôt dans un théâtre.

Toutes les loges s'emplirent les unes après les autres.
Une seule restait vide : l'avant-scène du rez-de-chaussée.

Au commencement du troisième acte, j'entendis
ouvrir la porte de cette loge, sur laquelle j'avais presque constamment les yeux fixés, Marguerite parut.

Elle passa tout de suite sur le devant, chercha à
l'orchestre, m'y vit et me remercia du regard.

Elle était merveilleusement belle ce soir-là.

Etais-je la cause de cette coquetterie ? M'aimait-elle
assez pour croire que, plus je la trouverais belle, plus
je serais heureux ? Je l'ignorais encore; mais si telle
avait été son intention, elle réussissait, car lorsqu'elle
se montra, les têtes ondulèrent les unes vers les autres,
et l'acteur alors en scène regarda lui-même celle
qui troublait ainsi les spectateurs par sa seule apparition.

Et j'avais la clef de l'appartement de cette femme,
et dans trois ou quatre heures elle allait de nouveau
être à moi.

On blâme ceux qui se ruinent pour des actrices et

des femmes entretenues; ce qui m'étonne, c'est qu'ils ne fassent pas pour elles vingt fois plus de folies. Il faut avoir vécu, comme moi, de cette vie-là pour savoir combien les petites vanités de tous les jours qu'elles donnent à leur amant soudent fortement dans le cœur, puisque nous n'avons pas d'autre mot, l'amour qu'il a pour elle.

Prudence prit place ensuite dans la loge, et un homme que je reconnus pour le comte de G... s'assit au fond.

A sa vue, un froid me passa sur le cœur.

Sans doute Marguerite s'apercevait de l'impression produite sur moi par la présence de cet homme dans sa loge, car elle me sourit de nouveau, et, tournant le dos au comte, elle parut fort attentive à la pièce. Au troisième entracte, elle se retourna, dit deux mots; le comte quitta la loge, et Marguerite me fit signe de venir la voir.

« Bonsoir, me dit-elle quand j'entrai, et elle me tendit la main.

— Bonsoir, répondis-je en m'adressant à Marguerite et à Prudence.

— Asseyez-vous.

— Mais je prends la place de quelqu'un. Est-ce que M. le comte de G... ne va pas revenir ?

— Si; je l'ai envoyé me chercher des bonbons pour que nous puissions causer seuls un instant. Mme Duvernoy est dans la confidence.

— Oui, mes enfants, dit celle-ci; mais soyez tranquilles, je ne dirai rien.

— Qu'avez-vous donc ce soir ? dit Marguerite en se

levant et en venant dans l'ombre de la loge m'embrasser sur le front.

— Je suis un peu souffrant.

— Il faut aller vous coucher, reprit-elle avec cet air ironique si bien fait pour sa tête fine et spirituelle.

— Où ?

— Chez vous.

— Vous savez bien que je n'y dormirai pas.

— Alors il ne faut pas venir nous faire la moue ici parce que vous avez vu un homme dans ma loge.

— Ce n'est pas pour cette raison.

— Si fait, je m'y connais, et vous avez tort; ainsi ne parlons plus de cela. Vous viendrez après le spectacle chez Prudence, et vous resterez jusqu'à ce que je vous appelle. Entendez-vous ?

— Oui. »

Est-ce que je pouvais désobéir ?

« Vous m'aimez toujours ? reprit-elle.

— Vous me le demandez !

— Vous avez pensé à moi ?

— Tout le jour.

— Savez-vous que je crains décidément de devenir amoureuse de vous ? Demandez plutôt à Prudence.

— Ah ! répondit la grosse fille, c'en est assommant.

— Maintenant, vous allez retourner à votre stalle; le comte va rentrer, et il est inutile qu'il vous trouve ici.

— Pourquoi ?

— Parce que cela vous est désagréable de le voir.

— Non; seulement si vous m'aviez dit désirer venir

au Vaudeville ce soir, j'aurais pu vous envoyer cette loge aussi bien que lui.

— Malheureusement, il me l'a apportée sans que je la lui demande, en m'offrant de m'accompagner. Vous le savez très bien, je ne pouvais pas refuser. Tout ce que je pouvais faire, c'était de vous écrire où j'allais pour que vous me vissiez, et parce que moi-même j'avais du plaisir à vous revoir plus tôt; mais puisque c'est ainsi que vous me remerciez, je profite de la leçon.

— J'ai tort, pardonnez-moi.

— A la bonne heure, retournez gentiment à votre place, et surtout ne faites plus le jaloux. »

Elle m'embrassa de nouveau, et je sortis.

Dans le couloir, je rencontrai le comte qui revenait.

Je retournai à la stalle.

Après tout, la présence de M. de G... dans la loge de Marguerite était la chose la plus simple. Il avait été son amant, il lui apportait une loge, il l'accompagnait au spectacle, tout cela était fort naturel, et du moment où j'avais pour maîtresse une fille comme Marguerite, il me fallait bien accepter ses habitudes.

Je n'en fus pas moins très malheureux le reste de la soirée, et j'étais fort triste en m'en allant, après avoir vu Prudence, le comte et Marguerite monter dans la calèche qui les attendait à la porte.

Et cependant un quart d'heure après j'étais chez Prudence. Elle rentrait à peine.

XIII

« Vous êtes venu presque aussi vite que nous, me dit Prudence.

— Oui, répondis-je machinalement. Où est Marguerite ?

— Chez elle.

— Toute seule ?

— Avec M. de G... »

Je me promenai à grands pas dans le salon.

« Eh bien, qu'avez-vous ?

— Croyez-vous que je trouve drôle d'attendre ici que M. de G... sorte de chez Marguerite ?

— Vous n'êtes pas raisonnable non plus. Comprenez donc que Marguerite ne peut pas mettre le comte à la porte. M. de G... a été longtemps avec elle, il lui a toujours donné beaucoup d'argent; il lui en donne encore. Marguerite dépense plus de cent mille francs par an; elle a beaucoup de dettes. Le duc lui envoie ce qu'elle lui demande, mais elle n'ose pas toujours lui demander tout ce dont elle a besoin. Il ne faut pas qu'elle se brouille avec le

comte qui lui fait une dizaine de mille francs par an
au moins. Marguerite vous aime bien, mon cher ami,
mais votre liaison avec elle, dans son intérêt et dans
le vôtre, ne doit pas être sérieuse. Ce n'est pas
avec vos sept ou huit mille francs de pension que
vous soutiendrez le luxe de cette fille-là; ils ne suffi-
raient pas à l'entretien de sa voiture. Prenez Marguerite pour ce qu'elle est, pour une bonne fille spirituelle et jolie; soyez son amant pendant un mois,
deux mois; donnez-lui des bouquets, des bonbons
et des loges; mais ne vous mettez rien de plus en
tête, et ne lui faites pas des scènes de jalousie ridicule. Vous savez bien à qui vous avez affaire; Marguerite n'est pas une vertu. Vous lui plaisez, vous l'aimez
bien, ne vous inquiétez pas du reste. Je vous trouve
charmant de faire le susceptible ! vous avez la plus
agréable maîtresse de Paris ! Elle vous reçoit dans
un appartement magnifique, elle est couverte de
diamants, elle ne vous coûtera pas un sou, si vous
le voulez, et vous n'êtes pas content. Que diable !
vous en demandez trop.

— Vous avez raison, mais c'est plus fort que moi,
l'idée que cet homme est son amant me fait un mal
affreux.

— D'abord, reprit Prudence, est-il encore son
amant ? C'est un homme dont elle a besoin, voilà tout.

« Depuis deux jours, elle lui fait fermer sa porte;
il est venu ce matin, elle n'a pas pu faire autrement
que d'accepter sa loge et de le laisser l'accompagner.
Il l'a reconduite, il monte un instant chez elle, il n'y
reste pas, puisque vous attendez ici. Tout cela est bien

naturel, il me semble. D'ailleurs vous acceptez bien le duc ?

— Oui, mais celui-là est un vieillard, et je suis sûr que Marguerite n'est pas sa maîtresse. Puis, on peut souvent accepter une liaison et n'en pas accepter deux. Cette facilité ressemble trop à un calcul et rapproche l'homme qui y consent, même par amour, de ceux qui, un étage plus bas, font un métier de ce consentement et un profit de ce métier.

— Ah ! mon cher, que vous êtes arriéré ! combien en ai-je vus, et des plus nobles, des plus élégants, des plus riches, faire ce que je vous conseille, et cela sans efforts, sans honte, sans remords ! Mais cela se voit tous les jours. Mais comment voudriez-vous que les femmes entretenues de Paris fissent pour soutenir le train qu'elles mènent, si elles n'avaient pas trois ou quatre amants à la fois ? Il n'y a pas de fortune, si considérable qu'elle soit, qui puisse subvenir seule aux dépenses d'une femme comme Marguerite. Une fortune de cinq cent mille francs de rente est une fortune énorme en France; eh bien, mon cher ami, cinq cent mille francs de rente n'en viendraient pas à bout, et voici pourquoi : Un homme qui a un pareil revenu a une maison montée, des chevaux, des domestiques, des voitures, des chasses, des amis; souvent il est marié, il a des enfants, il fait courir, il joue, il voyage, que sais-je, moi ! Toutes ces habitudes sont prises de telle façon qu'il ne peut s'en défaire sans passer pour être ruiné et sans faire scandale. Tout compte fait, avec cinq cent mille francs par an, il ne peut pas donner à une femme plus de quarante ou cinquante mille

francs dans l'année, et encore c'est beaucoup. Eh bien,
d'autres amours complètent la dépense annuelle de la
femme. Avec Marguerite, c'est encore plus commode;
elle est tombée par un miracle du ciel sur un vieillard
riche à dix millions, dont la femme et la fille sont
mortes, qui n'a plus que des neveux riches eux-mêmes,
qui lui donne tout ce qu'elle veut sans rien lui demander en échange; mais elle ne peut pas lui
demander plus de soixante-dix mille francs par an,
et je suis sûre que si elle lui en demandait davantage,
malgré sa fortune et l'affection qu'il a pour elle,
il le lui refuserait.

« Tous ces jeunes gens ayant vingt ou trente mille
livres de rente à Paris, c'est-à-dire à peine de quoi
vivre dans le monde qu'ils fréquentent, savent très
bien, quand ils sont les amants d'une femme comme
Marguerite, qu'elle ne pourrait pas seulement payer
son appartement et ses domestiques avec ce qu'ils lui
donnent. Ils ne lui disent pas qu'ils le savent, ils ont
l'air de ne rien voir, et quand ils en ont assez ils s'en
vont. S'ils ont la vanité de suffire à tout, ils se ruinent
comme des sots et vont se faire tuer en Afrique après
avoir laissé cent mille francs de dettes à Paris. Croyez-
vous que la femme leur en soit reconnaissante ? Pas le
moins du monde. Au contraire, elle dit qu'elle leur a
sacrifié sa position et que pendant qu'elle était avec
eux, elle perdait de l'argent. Ah ! vous trouvez tous
ces détails honteux, n'est-ce pas ? ils sont vrais. Vous
êtes un charmant garçon, que j'aime de tout mon
cœur, je vis depuis vingt ans parmi les femmes entretenues, je sais ce qu'elles sont et ce qu'elles valent, et je

ne voudrais pas vous voir prendre au sérieux le caprice qu'une jolie fille a pour vous.

« Puis, outre cela, admettons, continua Prudence, que Marguerite vous aime assez pour renoncer au comte et au duc, dans le cas où celui-ci s'apercevrait de votre liaison et lui dirait de choisir entre vous et lui, le sacrifice qu'elle vous ferait serait énorme, c'est incontestable. Quel sacrifice égal pourriez-vous lui faire, vous ? quand la satiété serait venue, quand vous n'en voudriez plus enfin, que feriez-vous pour la dédommager de ce que vous lui auriez fait perdre ! Rien. Vous l'auriez isolée du monde dans lequel étaient sa fortune et son avenir, elle vous aurait donné ses plus belles années, et elle serait oubliée. Ou vous seriez un homme ordinaire, alors, lui jetant son passé à la face, vous lui diriez qu'en la quittant vous ne faites qu'agir comme ses autres amants, et vous l'abandonneriez à une misère certaine; ou vous seriez un honnête homme, et vous croyant forcé de la garder auprès de vous, vous vous livreriez vous-même à un malheur inévitable, car cette liaison, excusable chez le jeune homme, ne l'est plus chez l'homme mûr. Elle devient un obstacle à tout, elle ne permet ni la famille, ni l'ambition, ces secondes et dernières amours de l'homme. Croyez-m'en donc, mon ami, prenez les choses pour ce qu'elles valent, les femmes pour ce qu'elles sont, et ne donnez pas à une fille entretenue le droit de se dire votre créancière en quoi que ce soit. »

C'était sagement raisonné et d'une logique dont j'aurais cru Prudence incapable. Je ne trouvai rien à

lui répondre, sinon qu'elle avait raison; je lui donnai
la main et la remerciai de ses conseils.

« Allons, allons, me dit-elle, chassez-moi ces mauvaises théories, et riez; la vie est charmante, mon cher,
c'est selon le verre par lequel on la regarde. Tenez,
consultez votre ami Gaston, en voilà un qui me fait
l'effet de comprendre l'amour comme je le comprends.
Ce dont il faut que vous soyez convaincu, sans quoi
vous deviendrez un garçon insipide, c'est qu'il y a à
côté d'ici une belle fille qui attend impatiemment que
l'homme qui est chez elle s'en aille, qui pense à vous,
qui vous garde sa nuit et qui vous aime, j'en suis certaine. Maintenant venez vous mettre à la fenêtre
avec moi, et regardons partir le comte qui ne va pas
tarder à nous laisser la place. »

Prudence ouvrit une fenêtre, et nous nous accou-
dâmes à côté l'un de l'autre sur le balcon.

Elle regardait les rares passants, moi je rêvais.

Tout ce qu'elle m'avait dit me bourdonnait dans la
tête, et je ne pouvais m'empêcher de convenir qu'elle
avait raison; mais l'amour réel que j'avais pour Marguerite avait peine à s'accommoder de cette raison-là.
Aussi poussais-je de temps en temps des soupirs qui
faisaient retourner Prudence, et lui faisaient hausser
les épaules comme un médecin qui désespère d'un
malade.

« Comme on s'aperçoit que la vie doit être courte,
disais-je en moi-même, par la rapidité des sensations !
Je ne connais Marguerite que depuis deux jours,
elle n'est ma maîtresse que depuis hier, et elle a déjà
tellement envahi ma pensée, mon cœur et ma vie,

que la visite de ce comte de G... est un malheur pour moi. »

Enfin le comte sortit, remonta dans sa voiture et disparut. Prudence ferma sa fenêtre.

Au même moment Marguerite nous appelait.

« Venez vite, on met la table, disait-elle, nous allons souper. »

Quand j'entrai chez elle, Marguerite courut à moi, me sauta au cou et m'embrassa de toutes ses forces.

« Sommes-nous toujours maussade ? me dit-elle.

— Non, c'est fini, répondit Prudence, je lui ai fait de la morale, et il a promis d'être sage.

— A la bonne heure ! »

Malgré moi, je jetai les yeux sur le lit, il n'était pas défait : quant à Marguerite, elle était déjà en peignoir blanc.

On se mit à table.

Charme, douceur, expansion, Marguerite avait tout, et j'étais bien forcé de temps en temps de reconnaître que je n'avais pas le droit de lui demander autre chose ; que bien des gens seraient heureux à ma place, et que, comme le berger de Virgile, je n'avais qu'à jouir des loisirs qu'un dieu ou plutôt qu'une déesse me faisait.

J'essayai de mettre en pratique les théories de Prudence et d'être aussi gai que mes deux compagnes ; mais ce qui chez elles était nature, chez moi était effort, et le rire nerveux que j'avais, et auquel elles se trompèrent, touchait de bien près aux larmes.

Enfin le souper cessa, et je restai seul avec Marguerite. Elle alla, comme elle en avait l'habitude, s'asseoir sur son tapis devant le feu et regarder d'un air triste la flamme du foyer.

Elle songeait ! A quoi ? je l'ignore; moi, je la regardais avec amour et presque avec terreur en pensant à ce que j'étais prêt à souffrir pour elle.

« Sais-tu à quoi je pensais ?

— Non.

— A une combinaison que j'ai trouvée.

— Et quelle est cette combinaison ?

— Je ne puis pas encore te la confier, mais je puis te dire ce qui en résulterait. Il en résulterait que dans un mois d'ici je serais libre, je ne devrais plus rien, et nous irions passer ensemble l'été à la campagne.

— Et vous ne pouvez pas me dire par quel moyen ?

— Non, il faut seulement que tu m'aimes comme je t'aime, et tout réussira.

— Et c'est vous seule qui avez trouvé cette combinaison ?

— Oui.

— Et vous l'exécuterez seule ?

— Moi seule aurai les ennuis, me dit Marguerite avec un sourire que je n'oublierai jamais, mais nous partagerons les bénéfices. »

Je ne pus m'empêcher de rougir à ce mot de bénéfices; je me rappelai Manon Lescaut mangeant avec Des Grieux l'argent de M. de B...

Je répondis d'un ton un peu dur et en me levant :

« Vous me permettrez, ma chère Marguerite, de ne partager les bénéfices que des entreprises que je conçois et que j'exploite moi-même.

— Qu'est-ce que cela signifie ?

— Cela signifie que je soupçonne fort M. le comte de G... d'être votre associé dans cette heureuse combinaison dont je n'accepte ni les charges ni les bénéfices.

— Vous êtes un enfant. Je croyais que vous m'aimiez, je me suis trompée, c'est bien. »

Et, en même temps, elle se leva, ouvrit son piano et se remit à jouer l'*Invitation à la valse,* jusqu'à ce fameux passage en majeur qui l'arrêtait toujours.

Etait-ce par habitude, ou pour me rappeler le jour où nous nous étions connus ? Tout ce que je sais, c'est qu'avec cette mélodie les souvenirs me revinrent, et, m'approchant d'elle, je lui pris la tête entre mes mains et l'embrassai.

« Vous me pardonnez ? lui dis-je.

— Vous le voyez bien, me répondit-elle; mais remarquez que nous n'en sommes qu'au second jour, et que déjà j'ai quelque chose à vous pardonner. Vous tenez bien mal vos promesses d'obéissance aveugle.

— Que voulez-vous, Marguerite, je vous aime trop, et je suis jaloux de la moindre de vos pensées. Ce que vous m'avez proposé tout à l'heure me rendrait fou de joie, mais le mystère qui précède l'exécution de ce projet me serre le cœur.

— Voyons, raisonnons un peu, reprit-elle en me prenant les deux mains et en me regardant avec un charmant sourire auquel il m'était impossible de résister; vous m'aimez, n'est-ce pas, et vous seriez heureux de passer trois ou quatre mois à la campagne avec moi seule; moi aussi, je serais heureuse de cette solitude à deux, non seulement j'en serais heureuse, mais j'en ai besoin pour ma santé. Je ne puis quitter Paris pour un si long temps sans mettre ordre à mes affaires, et les affaires d'une femme comme moi sont toujours très embrouillées; eh bien, j'ai trouvé le moyen de tout concilier, mes affaires et mon amour pour vous, oui, pour vous, ne riez pas, j'ai la folie de vous aimer ! et voilà que vous prenez vos grands airs et me dites des grands mots. Enfant, trois fois enfant, rappelez-vous seulement que je vous aime, et ne vous inquiétez de rien. — Est-ce convenu, voyons ?

— Tout ce que vous voulez est convenu, vous le savez bien.

— Alors, avant un mois, nous serons dans quelque village, à nous promener au bord de l'eau et à boire du lait. Cela vous semble étrange que je parle ainsi, moi, Marguerite Gautier; cela vient, mon ami, de ce que quand cette vie de Paris, qui semble me rendre si heureuse, ne me brûle pas, elle m'ennuie, et alors j'ai des aspirations soudaines vers une existence plus calme qui me rappellerait mon enfance. On a toujours eu une enfance, quoi que l'on soit devenue. Oh ! soyez tranquille, je ne vais pas vous dire que je suis la fille d'un colonel en retraite et que j'ai été élevée à Saint-Denis. Je suis une pauvre fille de la campagne, et je ne savais pas écrire mon nom il y a six ans. Vous voilà rassuré, n'est-ce pas ? Pourquoi est-ce à vous le premier à qui je m'adresse pour partager la joie du désir qui m'est venu ? Sans doute parce que j'ai reconnu que vous m'aimiez pour moi et non pour vous, tandis que les autres ne m'ont jamais aimée que pour eux.

« J'ai été bien souvent à la campagne, mais jamais comme j'aurais voulu y aller. C'est sur vous que je

compte pour ce bonheur facile, ne soyez donc pas
méchant et accordez-le-moi. Dites-vous ceci : « Elle ne
« doit pas vivre vieille, et je me repentirais un jour de
« n'avoir pas fait pour elle la première chose qu'elle
« m'a demandée, et qu'il était si facile de faire. »

Que répondre à de pareilles paroles, surtout avec le
souvenir d'une première nuit d'amour, et dans l'attente d'une seconde ?

Une heure après, je tenais Marguerite dans mes
bras, et elle m'eût demandé de commettre un crime
que je lui eusse obéi.

A six heures du matin je partis, et avant de partir
je lui dis :

« A ce soir ? »

Elle m'embrassa plus fort, mais elle ne me répondit
pas.

Dans la journée, je reçus une lettre qui contenait
ces mots :

« Cher enfant, je suis un peu souffrante, et le médecin m'ordonne le repos. Je me coucherai de bonne
heure ce soir et ne vous verrai pas. Mais, pour vous
récompenser, je vous attendrai demain à midi. Je vous
aime. »

Mon premier mot fut : « Elle me trompe ! »

Une sueur glacée passa sur mon front, car j'aimais
déjà trop cette femme pour que ce soupçon ne me boule-
versât point.

Et cependant je devais m'attendre à cet événement
presque tous les jours avec Marguerite, et cela m'était

arrivé souvent avec mes autres maîtresses, sans que je m'en préoccupasse fort. D'où venait donc l'empire que cette femme prenait sur ma vie ?

Alors je songeai, puisque j'avais la clef de chez elle, à aller la voir comme de coutume. De cette façon je saurais bien vite la vérité, et si je trouvais un homme, je le souffletterais.

En attendant j'allai aux Champs-Elysées. J'y restai quatre heures. Elle ne parut pas. Le soir, j'entrai dans tous les théâtres où elle avait l'habitude d'aller. Elle n'était dans aucun.

A onze heures, je me rendis rue d'Antin.

Il n'y avait pas de lumière aux fenêtres de Marguerite. Je sonnai néanmoins.

Le portier me demanda où j'allais.

« Chez Mlle Gautier, lui dis-je.

— Elle n'est pas rentrée.

— Je vais monter l'attendre.

— Il n'y a personne chez elle. »

Evidemment c'était là une consigne que je pouvais forcer puisque j'avais la clef, mais je craignis un esclandre ridicule, et je sortis.

Seulement, je ne rentrai pas chez moi, je ne pouvais quitter la rue, et ne perdais pas des yeux la maison de Marguerite. Il me semblait que j'avais encore quelque chose à apprendre, ou du moins que mes soupçons allaient se confirmer.

Vers minuit, un coupé que je connaissais bien s'arrêta vers le numéro 9.

Le comte de G... en descendit et entra dans la maison, après avoir congédié sa voiture.

Un moment j'espérai que, comme à moi, on allait lui dire que Marguerite n'était pas chez elle, et que j'allais le voir sortir; mais à quatre heures du matin j'attendais encore.

J'ai bien souffert depuis trois semaines, mais ce n'est rien, je crois, en comparaison de ce que je souffris cette nuit-là.

XIV

Rentré chez moi, je me mis à pleurer comme un enfant. Il n'y a pas d'homme qui n'ait été trompé au moins une fois, et qui ne sache ce que l'on souffre.

Je me dis, sous le poids de ces résolutions de la fièvre que l'on croit toujours avoir la force de tenir, qu'il fallait rompre immédiatement avec cet amour, et j'attendis le jour avec impatience pour aller retenir ma place, retourner auprès de mon père et de ma sœur, double amour dont j'étais certain, et qui ne me tromperait pas, lui.

Cependant je ne voulais pas partir sans que Marguerite sût bien pourquoi je partais. Seul, un homme qui n'aime décidément plus sa maîtresse la quitte sans lui écrire.

Je fis et refis vingt lettres dans ma tête.

J'avais eu affaire à une fille semblable à toutes les filles entretenues, je l'avais beaucoup trop poétisée, elle m'avait traité en écolier, en employant, pour me tromper, une ruse d'une simplicité insultante, c'était clair. Mon amour-propre prit alors le dessus. Il fallait quitter cette femme sans lui donner la satisfaction de

savoir ce que cette rupture me faisait souffrir, et voici
ce que je lui écrivis de mon écriture la plus élégante, et
des larmes de rage et de douleur dans les yeux :

     « Ma chère Marguerite,
     « J'espère que votre indisposition d'hier aura été
peu de chose. J'ai été, à onze heures du soir, demander
de vos nouvelles, et l'on m'a répondu que vous n'étiez
pas rentrée. M. de G... a été plus heureux que moi, car
il s'est présenté quelques instants après, et à quatre
heures du matin il était encore chez vous.
     « Pardonnez-moi les quelques heures ennuyeuses
que je vous ai fait passer, et soyez sûre que je n'oublierai
jamais les moments heureux que je vous dois.
     « Je serais bien allé savoir de vos nouvelles aujour-
d'hui, mais je compte retourner près de mon père.
     « Adieu, ma chère Marguerite; je ne suis ni assez
riche pour vous aimer comme je le voudrais, ni assez
pauvre pour vous aimer comme vous le voudriez.
Oublions donc, vous, un nom qui doit vous être à peu
près indifférent, moi, un bonheur qui me devient
impossible.
     « Je vous renvoie votre clef, qui ne m'a jamais servi
et qui pourra vous être utile, si vous êtes souvent malade
comme vous l'étiez hier. »

Vous le voyez, je n'avais pas eu la force de finir cette
lettre sans une impertinente ironie, ce qui prouvait
combien j'étais encore amoureux.
Je lus et relus dix fois cette lettre, et l'idée qu'elle
ferait de la peine à Marguerite me calma un peu.

J'essayai de m'enhardir dans les sentiments qu'elle affectait, et quand, à huit heures, mon domestique entra chez moi, je la lui remis pour qu'il la portât tout de suite.

« Faudra-t-il attendre une réponse ? me demanda Joseph (mon domestique s'appelait Joseph, comme tous les domestiques).

— Si l'on vous demande s'il y a une réponse, vous direz que vous n'en savez rien et vous attendrez. »

Je me rattachais à cette espérance qu'elle allait me répondre.

Pauvres et faibles que nous sommes !

Tout le temps que mon domestique resta dehors, je fus dans une agitation extrême. Tantôt me rappelant comment Marguerite s'était donnée à moi, je me demandais de quel droit je lui écrivais une lettre impertinente, quand elle pouvait me répondre que ce n'était pas M. de G... qui me trompait, mais moi qui trompais M. de G...; raisonnement qui permet à bien des femmes d'avoir plusieurs amants. Tantôt, me rappelant les serments de cette fille, je voulais me convaincre que ma lettre était trop douce encore et qu'il n'y avait pas d'expressions assez fortes pour flétrir une femme qui se riait d'un amour aussi sincère que le mien. Puis, je me disais que j'aurais mieux fait de ne pas lui écrire, d'aller chez elle dans la journée, et que, de cette façon, j'aurais joui des larmes que je lui aurais fait répandre.

Enfin, je me demandais ce qu'elle allait me répondre, déjà prêt à croire l'excuse qu'elle me donnerait.

Joseph revint.

« Eh bien ? lui dis-je.

— Monsieur, me répondit-il, madame était couchée et dormait encore, mais dès qu'elle sonnera, on lui remettra la lettre, et s'il y a une réponse on l'apportera. »

Elle dormait !

Vingt fois je fus sur le point de renvoyer chercher cette lettre, mais je me disais toujours :

« On la lui a peut-être déjà remise, et j'aurais l'air de me repentir. »

Plus l'heure à laquelle il était vraisemblable qu'elle me répondît approchait, plus je regrettais d'avoir écrit.

Dix heures, onze heures, midi sonnèrent.

A midi, je fus au moment d'aller au rendez-vous, comme si rien ne s'était passé. Enfin, je ne savais qu'imaginer pour sortir du cercle de fer qui m'étreignait.

Alors, je crus, avec cette superstition des gens qui attendent, que, si je sortais un peu, à mon retour je trouverais une réponse. Les réponses impatiemment attendues arrivent toujours quand on n'est pas chez soi.

Je sortis sous prétexte d'aller déjeuner.

Au lieu de déjeuner au café Foy [1], au coin du boulevard, comme j'avais l'habitude de le faire, je préférai aller déjeuner au Palais-Royal et passer par la rue d'Antin. Chaque fois que de loin j'apercevais une femme, je croyais voir Nanine m'apportant une réponse. Je passai rue d'Antin sans avoir même rencontré un commissionnaire. J'arrivai au Palais-Royal, j'entrai chez Véry. Le garçon me fit manger ou plutôt me servit ce qu'il voulut, car je ne mangeai pas.

Malgré moi, mes yeux se fixaient toujours sur la pendule.

Je rentrai, convaincu que j'allais trouver une lettre de Marguerite.

Le portier n'avait rien reçu. J'espérais encore dans mon domestique. Celui-ci n'avait vu personne depuis mon départ.

Si Marguerite avait dû me répondre, elle m'eût répondu depuis longtemps.

Alors, je me mis à regretter les termes de ma lettre; j'aurais dû me taire complètement, ce qui eût sans doute fait faire une démarche à son inquiétude; car, ne me voyant pas venir au rendez-vous la veille, elle m'eût demandé les raisons de mon absence, et alors seulement j'eusse dû les lui donner. De cette façon, elle n'eût pu faire autrement que de se disculper, et ce que je voulais, c'était qu'elle se disculpât. Je sentais déjà que quelques raisons qu'elle m'eût objectées, je les aurais crues, et que j'aurais mieux tout aimé que de ne plus la voir.

J'en arrivai à croire qu'elle allait venir elle-même chez moi, mais les heures se passèrent et elle ne vint pas.

Décidément, Marguerite n'était pas comme toutes les femmes, car il y en a bien peu qui, en recevant une lettre semblable à celle que je venais d'écrire, ne répondent pas quelque chose.

A cinq heures, je courus aux Champs-Elysées.

« Si je la rencontre, pensais-je, j'affecterai un air

indifférent, et elle sera convaincue que je ne songe déjà plus à elle. »

Au tournant de la rue Royale, je la vis passer dans sa voiture; la rencontre fut si brusque que je pâlis. J'ignore si elle vit mon émotion; moi, j'étais si troublé que je ne vis que sa voiture.

Je ne continuai pas ma promenade aux Champs-Elysées. Je regardai les affiches des théâtres, car j'avais encore une chance de la voir.

Il y avait une première représentation au Palais-Royal. Marguerite devait évidemment y assister.

J'étais au théâtre à sept heures.

Toutes les loges s'emplirent, mais Marguerite ne parut pas.

Alors, je quittai le Palais-Royal, et j'entrai dans tous les théâtres où elle allait le plus souvent, au Vaudeville, aux Variétés, à l'Opéra-Comique.

Elle n'était nulle part.

Ou ma lettre lui avait fait trop de peine pour qu'elle s'occupât de spectacle, ou elle craignait de se trouver avec moi, et voulait éviter une explication.

Voilà ce que ma vanité me soufflait sur le boulevard, quand je rencontrai Gaston qui me demanda d'où je venais.

« Du Palais-Royal.

— Et moi de l'Opéra, me dit-il; je croyais même vous y voir.

— Pourquoi ?

— Parce que Marguerite y était.

— Ah ! elle y était ?

— Oui.

— Seule ?

— Non, avec une de ses amies.

— Voilà tout ?

— Le comte de G... est venu un instant dans sa loge; mais elle s'en est allée avec le duc. A chaque instant je croyais vous voir paraître. Il y avait à côté de moi une stalle qui est restée vide toute la soirée, et j'étais convaincu qu'elle était louée par vous.

— Mais pourquoi irais-je où Marguerite va ?

— Parce que vous êtes son amant, pardieu !

— Et qui vous a dit cela ?

— Prudence, que j'ai rencontrée hier. Je vous en félicite, mon cher; c'est une jolie maîtresse que n'a pas qui veut. Gardez-la, elle vous fera honneur. »

Cette simple réflexion de Gaston me montra combien mes susceptibilités étaient ridicules.

Si je l'avais rencontré la veille et qu'il m'eût parlé ainsi, je n'eusse certainement pas écrit la sotte lettre du matin.

Je fus au moment d'aller chez Prudence et de l'envoyer dire à Marguerite que j'avais à lui parler; mais je craignis que pour se venger elle ne me répondît qu'elle ne pouvait pas me recevoir, et je rentrai chéz moi après être passé par la rue d'Antin.

Je demandai de nouveau à mon portier s'il avait une lettre pour moi.

Rien !

Elle aura voulu voir si je ferais quelque nouvelle démarche et si je rétracterais ma lettre aujourd'hui, me dis-je en me couchant, mais voyant que je ne lui écris pas, elle m'écrira demain.

Ce soir-là surtout je me repentis de ce que j'avais fait. J'étais seul chez moi, ne pouvant dormir, dévoré d'inquiétude et de jalousie quand, en laissant suivre aux choses leur véritable cours, j'aurais dû être auprès de Marguerite et m'entendre dire les mots charmants que je n'avais entendus que deux fois, et qui me brûlaient les oreilles dans ma solitude.

Ce qu'il y avait d'affreux dans ma situation, c'est que le raisonnement me donnait tort; en effet, tout me disait que Marguerite m'aimait. D'abord, ce projet de passer un été avec moi seul à la campagne, puis cette certitude que rien ne la forçait à être ma maîtresse, puisque ma fortune était insuffisante à ses besoins et même à ses caprices. Il n'y avait donc eu chez elle que l'espérance de trouver en moi une affection sincère, capable de la reposer des amours mercenaires au milieu desquelles elle vivait, et dès le second jour je détruisais cette espérance, et je payais en ironie impertinente l'amour accepté pendant deux nuits. Ce que je faisais était donc plus que ridicule, c'était indélicat. Avais-je seulement payé cette femme, pour avoir le droit de blâmer sa vie, et n'avais-je pas l'air, en me retirant dès le second jour, d'un parasite d'amour qui craint qu'on ne lui donne la carte de son dîner ? Comment ! il y avait trente-six heures que je connaissais Marguerite; il y en avait vingt-quatre que j'étais son amant, et je faisais le susceptible; et au lieu de me trouver trop heureux qu'elle partageât pour moi, je voulais avoir tout à moi seul, et la contraindre à briser d'un coup les relations de son passé qui étaient les revenus de son avenir. Qu'avais-je à lui reprocher ? Rien. Elle m'avait écrit qu'elle était souffrante, quand elle eût pu me dire tout crûment, avec la hideuse franchise de certaines femmes, qu'elle avait un amant à recevoir; et au lieu de croire à sa lettre, au lieu d'aller me promener dans toutes les rues de Paris, excepté dans la rue d'Antin; au lieu de passer ma soirée avec mes amis et de me présenter le lendemain à l'heure qu'elle m'indiquait, je faisais l'Othello, je l'espionnais, et je croyais la punir en ne la voyant plus. Mais elle devait être enchantée au contraire de cette séparation; mais elle devait me trouver souverainement sot, et son silence n'était pas même de la rancune; c'était du dédain.

J'aurais dû alors faire à Marguerite un cadeau qui ne lui laissât aucun doute sur ma générosité, et qui m'eût permis, la traitant comme une fille entretenue, de me croire quitte avec elle; mais j'eusse cru offenser par la moindre apparence de trafic, sinon l'amour qu'elle avait pour moi, du moins l'amour que j'avais pour elle, et puisque cet amour était si pur qu'il n'admettait pas le partage, il ne pouvait payer par un présent, si beau qu'il fût, le bonheur qu'on lui avait donné, si court qu'eût été ce bonheur.

Voilà ce que je me répétais la nuit, et ce qu'à chaque instant j'étais prêt à aller dire à Marguerite.

Quand le jour parut, je ne dormais pas encore, j'avais la fièvre; il m'était impossible de penser à autre chose qu'à Marguerite.

Comme vous le comprenez, il fallait prendre un parti décisif, et en finir avec la femme ou avec mes

scrupules, si toutefois elle consentait encore à me recevoir.

Mais, vous le savez, on retarde toujours un parti
décisif : aussi, ne pouvant rester chez moi, n'osant me
présenter chez Marguerite, j'essayai un moyen de me
rapprocher d'elle, moyen que mon amour-propre pourrait mettre sur le compte du hasard, dans le cas où il
réussirait.

Il était neuf heures; je courus chez Prudence,
qui me demanda à quoi elle devait cette visite mati-
nale.

Je n'osai pas lui dire franchement ce qui m'amenait.
Je lui répondis que j'étais sorti de bonne heure pour
retenir une place à la diligence de C... où demeurait
mon père.

« Vous êtes bien heureux, me dit-elle, de pouvoir
quitter Paris par ce beau temps-là. »

Je regardai Prudence, me demandant si elle se moquait de moi.

Mais son visage était sérieux.

« Irez-vous dire adieu à Marguerite ? reprit-elle
toujours sérieusement.

— Non.

— Vous faites bien.

— Vous trouvez ?

— Naturellement. Puisque vous avez rompu avec
elle, à quoi bon la revoir ?

— Vous savez donc notre rupture ?

— Elle m'a montré votre lettre.

— Et que vous a-t-elle dit ?

— Elle m'a dit : « Ma chère Prudence, votre pro-

« tégé n'est pas poli : on pense ces lettres-là, mais on ne
« les écrit pas. »

— Et de quel ton vous a-t-elle dit cela ?

— En riant et elle a ajouté :

« Il a soupé deux fois chez moi, et il ne me fait
« même pas de visite de digestion. »

Voilà l'effet que ma lettre et mes jalousies avaient
produit. Je fus cruellement humilié dans la vanité de
mon amour.

« Et qu'a-t-elle fait hier au soir ?

— Elle est allée à l'Opéra.

— Je le sais. Et ensuite ?

— Elle a soupé chez elle.

— Seule ?

— Avec le comte de G..., je crois. »

Ainsi ma rupture n'avait rien changé dans les habitudes de Marguerite.

C'est pour ces circonstances-là que certaines gens
vous disent :

« Il fallait ne plus penser à cette femme qui ne vous
aimait pas. »

« Allons, je suis bien aise de voir que Marguerite
ne se désole pas pour moi, repris-je avec un sourire
forcé.

— Et elle a grandement raison. Vous avez fait ce
que vous deviez faire, vous avez été plus raisonnable
qu'elle, car cette fille-là vous aimait, elle ne faisait que
parler de vous, et aurait été capable de quelque folie.

— Pourquoi ne m'a-t-elle pas répondu, puisqu'elle
m'aime ?

— Parce qu'elle a compris qu'elle avait tort de

vous aimer. Puis les femmes permettent quelquefois
qu'on trompe leur amour, jamais qu'on blesse leur
amour-propre, et l'on blesse toujours l'amour-propre
d'une femme quand, deux jours après qu'on est son
amant, on la quitte, quelles que soient les raisons que
l'on donne à cette rupture, je connais Marguerite,
elle mourrait plutôt que de vous répondre.

— Que faut-il que je fasse alors ?

— Rien. Elle vous oubliera, vous l'oublierez, et
vous n'aurez rien à vous reprocher l'un à l'autre.

— Mais si je lui écrivais pour lui demander pardon ?

— Gardez-vous-en bien, elle vous pardonnerait. »

Je fus sur le point de sauter au cou de Prudence.

Un quart d'heure après, j'étais rentré chez moi et
j'écrivais à Marguerite :

« Quelqu'un qui se repent d'une lettre qu'il a écrite
hier, qui partira demain si vous ne lui pardonnez,
voudrait savoir à quelle heure il pourra déposer son
repentir à vos pieds.

« Quand vous trouvera-t-il seule ? car, vous le savez,
les confessions doivent être faites sans témoins. »

Je pliai cette espèce de madrigal en prose, et je l'envoyai par Joseph, qui remit la lettre à Marguerite elle-
même, laquelle lui répondit qu'elle répondrait plus
tard.

Je ne sortis qu'un instant pour aller dîner, et
à onze heures du soir je n'avais pas encore de
réponse.

Je résolus alors de ne pas souffrir plus longtemps et de partir le lendemain.

En conséquence de cette résolution, convaincu que je ne m'endormirais pas si je me couchais, je me mis à faire mes malles.

XV

IL Y AVAIT à peu près une heure que Joseph et moi nous préparions tout pour mon départ, lorsqu'on sonna violemment à ma porte.

« Faut-il ouvrir ? me dit Joseph.

— Ouvrez, lui dis-je, me demandant qui pouvait venir à pareille heure chez moi, et n'osant croire que ce fût Marguerite.

— Monsieur, me dit Joseph en rentrant, ce sont deux dames.

— C'est nous, Armand », me cria une voix que je reconnus pour celle de Prudence.

Je sortis de ma chambre.

Prudence, debout, regardait les quelques curiosités de mon salon; Marguerite, assise sur le canapé, réfléchissait.

Quand j'entrai, j'allai à elle, je m'agenouillai, je lui pris les deux mains, et, tout ému, je lui dis : « Pardon. »

Elle m'embrassa au front et me dit :

« Voilà déjà trois fois que je vous pardonne.

— J'allais partir demain.

— En quoi ma visite peut-elle changer votre réso-

lution ? Je ne viens pas pour vous empêcher de quitter Paris. Je viens parce que je n'ai pas eu dans la journée le temps de vous répondre, et que je n'ai pas voulu
vous laisser croire que je fusse fâchée contre vous. Encore Prudence ne voulait-elle pas que je vinsse; elle
disait que je vous dérangerais peut-être.

— Vous, me déranger, vous, Marguerite ! et
comment ?

— Dame ! vous pouviez avoir une femme chez
vous, répondit Prudence, et cela n'aurait pas été
amusant pour elle d'en voir arriver deux. »

Pendant cette observation de Prudence, Marguerite me regardait attentivement.

« Ma chère Prudence, répondis-je, vous ne savez
pas ce que vous dites.

— C'est qu'il est très gentil, votre appartement,
répliqua Prudence; peut-on voir la chambre à
coucher ?

— Oui. »

Prudence passa dans ma chambre, moins pour la
visiter que pour réparer la sottise qu'elle venait de
dire, et nous laisser seuls, Marguerite et moi.

« Pourquoi avez-vous amené Prudence ? lui dis-
je alors.

— Parce qu'elle était avec moi au spectacle, et
qu'en partant d'ici je voulais avoir quelqu'un pour
m'accompagner.

— N'étais-je pas là ?

— Oui; mais outre que je ne voulais pas vous
déranger, j'étais bien sûre qu'en venant jusqu'à ma
porte vous me demanderiez à monter chez moi, et,

comme je ne pouvais pas vous l'accorder, je ne voulais pas que vous partissiez avec le droit de me reprocher un refus.

— Et pourquoi ne pouviez-vous pas me recevoir ?

— Parce que je suis très surveillée, et que le moindre soupçon pourrait me faire le plus grand tort.

— Est-ce bien la seule raison ?

— S'il y en avait une autre, je vous la dirais; nous n'en sommes plus à avoir des secrets l'un pour l'autre.

— Voyons, Marguerite, je ne veux pas prendre plusieurs chemins pour en arriver à ce que je veux vous dire. Franchement, m'aimez-vous un peu ?

— Beaucoup.

— Alors, pourquoi m'avez-vous trompé ?

— Mon ami, si j'étais Mme la duchesse Telle ou Telle, si j'avais deux cent mille livres de rente, que je fusse votre maîtresse et que j'eusse un autre amant que vous, vous auriez le droit de me demander pourquoi je vous trompe; mais je suis Mlle Marguerite Gautier, j'ai quarante mille francs de dettes, pas un sou de fortune, et je dépense cent mille francs par an, votre question devient oiseuse et ma réponse inutile.

— C'est juste, dis-je en laissant tomber ma tête sur les genoux de Marguerite, mais moi, je vous aime comme un fou.

— Eh bien, mon ami, il fallait m'aimer un peu moins ou me comprendre un peu mieux. Votre lettre m'a fait beaucoup de peine. Si j'avais été libre, d'abord je n'aurais pas reçu le comte avant-hier, ou,

l'ayant reçu, je serais venue vous demander le pardon
que vous me demandiez tout à l'heure, et je n'aurais
pas à l'avenir d'autre amant que vous. J'ai cru un
moment que je pourrais me donner ce bonheur-là
pendant six mois; vous ne l'avez pas voulu; vous
teniez à connaître les moyens, eh ! mon Dieu, les
moyens étaient bien faciles à deviner. C'était un
sacrifice plus grand que vous ne croyez que je
faisais en les employant. J'aurais pu vous dire :
« J'ai besoin de vingt mille francs »; vous étiez
amoureux de moi, vous les eussiez trouvés, au risque
de me les reprocher plus tard. J'ai mieux aimé ne
rien vous devoir; vous n'avez pas compris cette
délicatesse, car c'en est une. Nous autres, quand nous
avons encore un peu de cœur, nous donnons aux
mots et aux choses une extension et un développe-
ment inconnus aux autres femmes; je vous répète
donc que de la part de Marguerite Gautier le moyen
qu'elle trouvait de payer ses dettes sans vous
demander l'argent nécessaire pour cela était une
délicatesse dont vous devriez profiter sans rien dire.
Si vous ne m'aviez connue qu'aujourd'hui, vous
seriez trop heureux de ce que je vous promettrais,
et vous ne me demanderiez pas ce que j'ai fait avant-
hier. Nous sommes quelquefois forcées d'acheter
une satisfaction pour notre âme aux dépens de notre
corps, et nous souffrons bien davantage quand, après,
cette satisfaction nous échappe. »

J'écoutais et je regardais Marguerite avec admiration. Quand je songeais que cette merveilleuse
créature, dont j'eusse envié autrefois de baiser les

pieds, consentait à me faire entrer pour quelque chose dans sa pensée, à me donner un rôle dans sa vie, et que je ne me contentais pas encore de ce qu'elle me donnait, je me demandais si le désir de l'homme a des bornes, quand, satisfait aussi promptement que le mien l'avait été, il tend encore à autre chose.

« C'est vrai, reprit-elle; nous autres créatures du hasard, nous avons des désirs fantasques et des amours inconcevables. Nous nous donnons tantôt pour une chose, tantôt pour une autre. Il y a des gens qui se ruineraient sans rien obtenir de nous, il y en a d'autres qui nous ont avec un bouquet. Notre cœur a des caprices; c'est sa seule distraction et sa seule excuse. Je me suis donnée à toi plus vite qu'à aucun homme, je te le jure; pourquoi ? parce que me voyant cracher le sang tu m'as pris la main, parce que tu as pleuré, parce que tu es la seule créature humaine qui ait bien voulu me plaindre. Je vais te dire une folie, mais j'avais autrefois un petit chien qui me regardait d'un air tout triste quand je toussais; c'est le seul être que j'aie aimé.

« Quand il est mort, j'ai plus pleuré qu'à la mort de ma mère. Il est vrai qu'elle m'avait battue pendant douze ans de sa vie. Eh bien, je t'ai aimé tout de suite autant que mon chien. Si les hommes savaient ce qu'on peut avoir avec une larme, ils seraient plus aimés et nous serions moins ruineuses.

« Ta lettre t'a démenti, elle m'a révélé que tu n'avais pas toutes les intelligences du cœur, elle t'a fait plus de tort dans l'amour que j'avais pour toi que tout ce que tu aurais pu me faire. C'était de la jalousie, il est vrai, mais de la jalousie ironique et impertinente. J'étais déjà triste, quand j'ai reçu cette lettre, je comptais te voir à midi, déjeuner avec toi, effacer enfin par ta vue une incessante pensée que j'avais, et qu'avant de te connaître j'admettais sans effort.

« Puis, continua Marguerite, tu étais la seule personne devant laquelle j'avais pu comprendre tout de suite que je pouvais penser et parler librement. Tous ceux qui entourent les filles comme moi ont intérêt à scruter leurs moindres paroles, à tirer une conséquence de leurs plus insignifiantes actions. Nous n'avons naturellement pas d'amis. Nous avons des amants égoïstes qui dépensent leur fortune non pas pour nous, comme ils le disent, mais pour leur vanité.

« Pour ces gens-là, il faut que nous soyons gaies quand ils sont joyeux, bien portantes quand ils veulent souper, sceptiques comme ils le sont. Il nous est défendu d'avoir du cœur sous peine d'être huées et de ruiner notre crédit.

« Nous ne nous appartenons plus. Nous ne sommes plus des êtres, mais des choses. Nous sommes les premières dans leur amour-propre, les dernières dans leur estime. Nous avons des amies, mais ce sont des amies comme Prudence, des femmes jadis entretenues qui ont encore des goûts de dépense que leur âge ne leur permet plus. Alors elles deviennent nos amies ou plutôt nos commensales. Leur amitié va jusqu'à la servitude, jamais jusqu'au désintéressement. Jamais elles ne vous donneront qu'un conseil lucratif. Peu leur importe que nous ayons dix amants de plus, pourvu qu'elles y gagnent des robes ou un bracelet, et qu'elles

puissent de temps en temps se promener dans notre
voiture et venir au spectacle dans notre loge. Elles
ont nos bouquets de la veille et nous empruntent nos
cachemires. Elles ne nous rendent jamais un service, si
petit qu'il soit, sans se le faire payer le double de ce
qu'il vaut. Tu l'as vu toi-même le soir où Prudence
m'a apporté six mille francs que je l'avais priée d'aller
demander pour moi au duc, elle m'a emprunté cinq
cents francs qu'elle ne me rendra jamais ou qu'elle me
payera en chapeaux qui ne sortiront pas de leurs car-
tons.

« Nous ne pouvons donc avoir, ou plutôt je ne
pouvais donc avoir qu'un bonheur, c'était, triste comme
je le suis quelquefois, souffrante comme je le suis
toujours, de trouver un homme assez supérieur pour
ne pas me demander compte de ma vie, et pour être
l'amant de mes impressions bien plus que de mon
corps. Cet homme, je l'avais trouvé dans le duc, mais
le duc est vieux, et la vieillesse ne protège ni ne console.
J'avais cru pouvoir accepter la vie qu'il me faisait;
mais que veux-tu ? je périssais d'ennui et, pour faire
tant que d'être consumée, autant se jeter dans un incen-
die que de s'asphyxier avec du charbon.

« Alors, je t'ai rencontré, toi, jeune, ardent, heureux, et j'ai essayé de faire de toi l'homme que j'avais
appelé au milieu de ma bruyante solitude. Ce que
j'aimais en toi, ce n'était pas l'homme qui était, mais
celui qui devait être. Tu n'acceptes pas ce rôle, tu le
rejettes comme indigne de toi, tu es un amant vul-
gaire; fais comme les autres, paye-moi et n'en parlons
plus. »

Marguerite, que cette longue confession avait fati-
guée, se rejeta sur le dos du canapé, et, pour éteindre
un faible accès de toux, porta son mouchoir à ses lèvres
et jusqu'à ses yeux.

« Pardon, pardon, murmurai-je, j'avais compris
tout cela, mais je voulais te l'entendre dire, ma Marguerite adorée. Oublions le reste et ne nous souve-
nons que d'une chose : c'est que nous sommes l'un à
l'autre, que nous sommes jeunes et que nous nous
aimons.

« Marguerite, fais de moi tout ce que tu voudras,
je suis ton esclave, ton chien; mais au nom du Ciel
déchire la lettre que je t'ai écrite et ne me laisse pas
partir demain; j'en mourrais. »

Marguerite tira ma lettre du corsage de sa robe, et
me la remettant, me dit avec un sourire d'une douceur
ineffable :

« Tiens, je te la rapportais. »

Je déchirai la lettre et je baisai avec des larmes la
main qui me la rendait.

En ce moment Prudence reparut.

« Dites donc, Prudence, savez-vous ce qu'il me
demande ? fit Marguerite.

— Il vous demande pardon.

— Justement.

— Et vous pardonnez ?

— Il le faut bien, mais il veut encore autre chose.

— Quoi donc ?

— Il veut venir souper avec nous.

— Et vous y consentez ?

— Qu'en pensez-vous ?

— Je pense que vous êtes deux enfants, qui n'avez de tête ni l'un ni l'autre. Mais je pense aussi que j'ai très faim et que plus tôt vous consentirez, plus tôt nous souperons.

— Allons, dit Marguerite, nous tiendrons trois dans ma voiture. Tenez, ajouta-t-elle en se tournant vers moi, Nanine sera couchée, vous ouvrirez la porte, prenez ma clef, et tâchez de ne plus la perdre. »

J'embrassai Marguerite à l'étouffer.

Joseph entra là-dessus.

« Monsieur, me dit-il de l'air d'un homme enchanté de lui, les malles sont faites.

— Entièrement ?

— Oui, monsieur.

— Eh bien, défaites-les : je ne pars pas. »

XVI

J'aurais pu, me dit Armand, vous raconter en quelques lignes les commencements de cette liaison, mais je voulais que vous vissiez bien par quels événements et par quelle gradation nous en sommes arrivés, moi, à consentir à tout ce que voulait Marguerite, Marguerite, à ne plus pouvoir vivre qu'avec moi.

C'est le lendemain de la soirée où elle était venue me trouver que je lui envoyai *Manon Lescaut*.

A partir de ce moment, comme je ne pouvais changer la vie de ma maîtresse, je changeai la mienne. Je voulais avant toute chose ne pas laisser à mon esprit le temps de réfléchir sur le rôle que je venais d'accepter, car malgré moi, j'en eusse conçu une grande tristesse. Aussi ma vie, d'ordinaire si calme, revêtit-elle tout à coup une apparence de bruit et de désordre. N'allez pas croire que, si désintéressé qu'il soit, l'amour qu'une femme entretenue a pour vous ne coûte rien. Rien n'est cher comme les mille caprices de fleurs, de loges, de soupers, de parties de campagne qu'on ne peut jamais refuser à sa maîtresse.

Comme je vous l'ai dit, je n'avais pas de fortune.

Mon père était et est encore receveur général à C... Il
y a une grande réputation de loyauté, grâce à laquelle
il a trouvé le cautionnement qu'il lui fallait déposer
pour entrer en fonctions. Cette recette lui donne quarante mille francs par an, et depuis dix ans qu'il l'a,
il a remboursé son cautionnement et s'est occupé de
mettre de côté la dot de ma sœur. Mon père est l'homme
le plus honorable qu'on puisse rencontrer. Ma mère,
en mourant, a laissé six mille francs de rente qu'il a
partagés entre ma sœur et moi le jour où il a obtenu
la charge qu'il sollicitait; puis, lorsque j'ai eu vingt
et un ans, il a joint à ce petit revenu une pension
annuelle de cinq mille francs, m'assurant qu'avec huit
mille francs je pourrais être très heureux à Paris, si je
voulais à côté de cette rente me créer une position
soit dans le barreau, soit dans la médecine. Je suis donc
venu à Paris, j'ai fait mon droit, j'ai été reçu avocat, et
comme beaucoup de jeunes gens, j'ai mis mon diplôme
dans ma poche et me suis laissé aller un peu à la vie
nonchalante de Paris. Mes dépenses étaient fort mo-
destes; seulement je dépensais en huit mois mon
revenu de l'année, et je passais les quatre mois d'été
chez mon père, ce qui me faisait en somme douze
mille livres de rente et me donnait la réputation d'un
bon fils. Du reste pas un sou de dettes.

Voilà où j'en étais quand je fis connaissance de Marguerite.

Vous comprenez que, malgré moi, mon train de
vie augmenta. Marguerite était d'une nature fort capri-
cieuse, et faisait partie de ces femmes qui n'ont jamais
regardé comme une dépense sérieuse les mille distrac-

tions dont leur existence se compose. Il en résultait
que, voulant passer avec moi le plus de temps possible,
elle m'écrivait le matin qu'elle dînerait avec moi,
non pas chez elle, mais chez quelque restaurateur, soit
de Paris, soit de la campagne. J'allais la prendre, nous
dînions, nous allions au spectacle, nous soupions souvent, et j'avais dépensé le soir quatre ou cinq louis,
ce qui faisait deux mille cinq cents ou trois mille francs
par mois, ce qui réduisait mon année à trois mois et
demi, et me mettait dans la nécessité ou de faire des
dettes, ou de quitter Marguerite.

Or, j'acceptais tout, excepté cette dernière éventua-
lité.

Pardonnez-moi si je vous donne tous ces détails, mais
vous verrez qu'ils furent la cause des événements qui
vont suivre. Ce que je vous raconte est une histoire vraie,
simple, et à laquelle je laisse toute la naïveté des
détails et toute la simplicité des développements.

Je compris donc que, comme rien au monde n'aurait sur moi l'influence de me faire oublier ma maîtresse, il me fallait trouver un moyen de soutenir les
dépenses qu'elle me faisait faire. — Puis, cet amour
me bouleversait au point que tous les moments que
je passais loin de Marguerite étaient des années, et
que j'avais ressenti le besoin de brûler ces moments
au feu d'une passion quelconque, et de les vivre tellement vite que je ne m'aperçusse pas que je les vivais.

Je commençai à emprunter cinq ou six mille francs
sur mon petit capital, et je me mis à jouer, car depuis
qu'on a détruit les maisons de jeu on joue partout.
Autrefois, quand on entrait à Frascati [1], on avait la

chance d'y faire sa fortune : on jouait contre de l'argent, et si l'on perdait, on avait la consolation de se
dire qu'on aurait pu gagner; tandis que maintenant,
excepté dans les cercles, où il y a encore une certaine sévérité pour le paiement, on a presque certitude,
du moment que l'on gagne une somme importante,
de ne pas la recevoir. On comprendra facilement
pourquoi.

Le jeu ne peut être pratiqué que par des jeunes gens
ayant de grands besoins et manquant de la fortune
nécessaire pour soutenir la vie qu'ils mènent; ils
jouent donc, et il en résulte naturellement ceci : ou
ils gagnent, et alors les perdants servent à payer les
chevaux et les maîtresses de ces messieurs, ce qui est
fort désagréable. Des dettes se contractent, des relations commencées autour d'un tapis vert finissent par
des querelles où l'honneur et la vie se déchirent toujours un peu; et quand on est honnête homme, on se
trouve ruiné par de très honnêtes jeunes gens qui
n'avaient d'autre défaut que de ne pas avoir deux cent
mille livres de rente.

Je n'ai pas besoin de vous parler de ceux qui volent
au jeu, et dont un jour on apprend le départ nécessaire
et la condamnation tardive.

Je me lançai donc dans cette vie rapide, bruyante,
volcanique, qui m'effrayait autrefois quand j'y songeais, et qui était devenue pour moi le complément
inévitable de mon amour pour Marguerite. Que vouliez-vous que je fisse ?

Les nuits que je ne passais pas rue d'Antin, si je les
avais passées seul chez moi, je n'aurais pas dormi. La

jalousie m'eût tenu éveillé et m'eût brûlé la pensée
et le sang; tandis que le jeu détournait pour un moment
la fièvre qui eût envahi mon cœur et le reportait sur
une passion dont l'intérêt me saisissait malgré moi,
jusqu'à ce que sonnât l'heure où je devais me rendre
auprès de ma maîtresse. Alors, et c'est à cela que je
reconnaissais la violence de mon amour, que je gagnasse
ou perdisse, je quittais impitoyablement la table, plai-
gnant ceux que j'y laissais et qui n'allaient pas trouver comme moi le bonheur en la quittant.

Pour la plupart, le jeu était une nécessité; pour moi
c'était un remède.

Guéri de Marguerite, j'étais guéri du jeu.

Aussi, au milieu de tout cela, gardais-je un assez
grand sang-froid; je ne perdais que ce que je pouvais
payer, et je ne gagnais que ce que j'aurais pu perdre.

Du reste, la chance me favorisa. Je ne faisais pas de
dettes, et je dépensais trois fois plus d'argent que lorsque je ne jouais pas. Il n'était pas facile de résister à
une vie qui me permettait de satisfaire sans me gêner
aux mille caprices de Marguerite. Quant à elle, elle
m'aimait toujours autant et même davantage.

Comme je vous l'ai dit, j'avais commencé d'abord
par n'être reçu que de minuit à six heures du matin,
puis je fus admis de temps en temps dans les loges,
puis elle vint dîner quelquefois avec moi. Un matin
je ne m'en allai qu'à huit heures, et il arriva un
jour où je ne m'en allai qu'à midi.

En attendant la métamorphose morale, une métamorphose physique s'était opérée chez Marguerite.
J'avais entrepris sa guérison, et la pauvre fille, devi-

nant mon but, m'obéissait pour me prouver sa reconnaissance. J'étais parvenu sans secousses et sans effort
à l'isoler presque de ses anciennes habitudes. Mon
médecin, avec qui je l'avais fait trouver, m'avait dit
que le repos seul et le calme pouvaient lui conserver la
santé, de sorte qu'aux soupers et insomnies, j'étais
arrivé à substituer un régime hygiénique et le sommeil
régulier. Malgré elle, Marguerite s'habituait à cette
nouvelle existence dont elle ressentait les effets salu-
taires. Déjà elle commençait à passer quelques soirées
chez elle, ou bien, s'il faisait beau, elle s'enveloppait
d'un cachemire, se couvrait d'un voile, et nous allions à
pied, comme deux enfants, courir le soir dans les
allées sombres des Champs-Elysées. Elle rentrait fati-
guée, soupait légèrement, se couchait après avoir fait
un peu de musique ou après avoir lu, ce qui ne lui
était jamais arrivé. Les toux, qui, chaque fois que je
les entendais, me déchiraient la poitrine, avaient disparu presque complètement.

Au bout de six semaines, il n'était plus question du
comte, définitivement sacrifié; le duc seul me forçait
encore à cacher ma liaison avec Marguerite, et encore
avait-il été congédié souvent pendant que j'étais là,
sous prétexte que madame dormait et avait défendu
qu'on la réveillât.

Il résulta de l'habitude et même du besoin que
Marguerite avait contractés de me voir que j'abandon-
nai le jeu juste au moment où un adroit joueur l'eût
quitté. Tout compte fait, je me trouvais, par suite de
mes gains, à la tête d'une dizaine de mille francs qui
me paraissaient un capital inépuisable.

L'époque à laquelle j'avais l'habitude d'aller rejoindre mon père et ma sœur était arrivée, et je ne partais pas; aussi recevais-je fréquemment des lettres de l'un et de l'autre, lettres qui me priaient de me rendre auprès d'eux.

A toutes ces instances je répondais de mon mieux, en répétant toujours que je me portais bien et que je n'avais pas besoin d'argent, deux choses qui, je le croyais, consoleraient un peu mon père du retard que je mettais à ma visite annuelle.

Il arriva sur ces entrefaites qu'un matin Marguerite, ayant été réveillée par un soleil éclatant, sauta en bas de son lit, et me demanda si je voulais la mener toute la journée à la campagne.

On envoya chercher Prudence et nous partîmes tous les trois, après que Marguerite eut recommandé à Nanine de dire au duc qu'elle avait voulu profiter de ce jour, et qu'elle était allée à la campagne avec Mme Duvernoy.

Outre que la présence de la Duvernoy était nécessaire pour tranquilliser le vieux duc, Prudence était une de ces femmes qui semblent faites exprès pour ces parties de campagne. Avec sa gaieté inaltérable et son appétit éternel, elle ne pouvait pas laisser un moment d'ennui à ceux qu'elle accompagnait, et devait s'entendre parfaitement à commander les œufs, les cerises, le lait, le lapin sauté, et tout ce qui compose enfin le déjeuner traditionnel des environs de Paris.

Il ne nous restait plus qu'à savoir où nous irions.

Ce fut encore Prudence qui nous tira d'embarras.

« Est-ce à une vraie campagne que vous voulez aller ?
demanda-t-elle.

— Oui.

— Eh bien, allons à Bougival, au Point du Jour,
chez la veuve Arnould. Armand, allez louer une calèche. »

Une heure et demie après nous étions chez la veuve
Arnould.

Vous connaissez peut-être cette auberge, hôtel de
semaine, guinguette le dimanche. Du jardin, qui est à
la hauteur d'un premier étage ordinaire, on découvre
une vue magnifique. A gauche l'aqueduc de Marly
ferme l'horizon, à droite la vue s'étend sur un infini
de collines; la rivière, presque sans courant dans cet
endroit, se déroule comme un large ruban blanc moiré,
entre la plaine des Gabillons et l'île de Croissy, éternellement bercée par le frémissement de ses hauts
peupliers et le murmure de ses saules.

Au fond, dans un large rayon de soleil, s'élèvent
de petites maisons blanches à toits rouges, et des
manufactures qui, perdant par la distance leur caractère dur et commercial, complètent admirablement
le paysage.

Au fond, Paris dans la brume !

Comme nous l'avait dit Prudence, c'était une vraie
campagne, et, je dois le dire, ce fut un vrai déjeuner.

Ce n'est pas par reconnaissance pour le bonheur
que je lui ai dû que je dis tout cela, mais Bougival, malgré son nom affreux, est un des plus jolis pays que l'on
puisse imaginer. J'ai beaucoup voyagé, j'ai vu de plus
grandes choses, mais non de plus charmantes que ce

petit village gaiement couché au pied de la colline qui le protège.

Mme Arnould nous offrit de nous faire faire une promenade en bateau, ce que Marguerite et Prudence acceptèrent avec joie.

On a toujours associé la campagne à l'amour et l'on a bien fait : rien n'encadre la femme que l'on aime comme le ciel bleu, les senteurs, les fleurs, les brises, la solitude resplendissante des champs ou des bois. Si fort que l'on aime une femme, quelque confiance que l'on ait en elle, quelque certitude sur l'avenir que vous donne son passé, on est toujours plus ou moins jaloux. Si vous avez été amoureux, sérieusement amoureux, vous avez dû éprouver ce besoin d'isoler du monde l'être dans lequel vous vouliez vivre tout entier. Il semble que, si indifférente qu'elle soit à ce qui l'entoure, la femme aimée perde de son parfum et de son unité au contact des hommes et des choses. Moi, j'éprouvais cela bien plus que tout autre. Mon amour n'était pas un amour ordinaire; j'étais amoureux autant qu'une créature ordinaire peut l'être, mais de Marguerite Gautier, c'est-à-dire qu'à Paris, à chaque pas, je pouvais coudoyer un homme qui avait été l'amant de cette femme ou qui le serait le lendemain. Tandis qu'à la campagne, au milieu de gens que nous n'avions jamais vus et qui ne s'occupaient pas de nous, au sein d'une nature toute parée de son printemps, ce pardon annuel, et séparée du bruit de la ville, je pouvais cacher mon amour et aimer sans honte et sans crainte.

La courtisane y disparaissait peu à peu. J'avais

auprès de moi une femme jeune, belle, que j'aimais, dont j'étais aimé et qui s'appelait Marguerite : le passé n'avait plus de formes, l'avenir plus de nuages. Le soleil éclairait ma maîtresse comme il eût éclairé la plus chaste fiancée. Nous nous promenions tous deux dans ces charmants endroits qui semblent faits exprès pour rappeler les vers de Lamartine ou chanter les mélodies de Scudo[1]. Marguerite avait une robe blanche, elle se penchait à mon bras, elle me répétait le soir sous le ciel étoilé les mots qu'elle m'avait dits la veille, et le monde continuait au loin sa vie sans tacher de son ombre le riant tableau de notre jeunesse et de notre amour.

Voilà le rêve qu'à travers les feuilles m'apportait le soleil ardent de cette journée, tandis que, couché tout au long sur l'herbe de l'île où nous avions abordé, libre de tous les liens humains qui la retenaient auparavant, je laissais ma pensée courir et cueillir toutes les espérances qu'elle rencontrait.

Ajoutez à cela que, de l'endroit où j'étais, je voyais sur la rive une charmante petite maison à deux étages, avec une grille en hémicycle; à travers la grille, devant la maison, une pelouse verte, unie comme du velours, et derrière le bâtiment un petit bois plein de mystérieuses retraites, et qui devait effacer chaque matin sous sa mousse le sentier fait la veille.

Des fleurs grimpantes cachaient le perron de cette maison inhabitée qu'elles embrassaient jusqu'au premier étage.

A force de regarder cette maison, je finis par me convaincre qu'elle était à moi, tant elle résumait bien le rêve que je faisais. J'y voyais Marguerite et moi, le jour dans le bois qui couvrait la colline, le soir assis sur la pelouse, et je me demandais si créatures terrestres auraient jamais été aussi heureuses que nous.

« Quelle jolie maison ! me dit Marguerite qui avait suivi la direction de mon regard et peut-être de ma pensée.

— Où ? fit Prudence.

— Là-bas. » Et Marguerite montrait du doigt la maison en question.

« Ah ! ravissante, répliqua Prudence, elle vous plaît ?

— Beaucoup.

— Eh bien ! dites au duc de vous la louer; il vous la louera, j'en suis sûre. Je m'en charge, moi, si vous voulez. »

Marguerite me regarda, comme pour me demander ce que je pensais de cet avis.

Mon rêve s'était envolé avec les dernières paroles de Prudence, et m'avait rejeté si brutalement dans la réalité que j'étais encore tout étourdi de la chute.

« En effet, c'est une excellente idée, balbutiai-je, sans savoir ce que je disais.

— Eh bien, j'arrangerai cela, dit en me serrant la main Marguerite, qui interprétait mes paroles selon son désir. Allons voir tout de suite si elle est à louer. »

La maison était vacante et à louer deux mille francs.

« Serez-vous heureux ici ? me dit-elle.

— Suis-je sûr d'y venir ?

— Et pour qui donc viendrais-je m'enterrer là, si ce n'est pour vous ?

— Eh bien, Marguerite, laissez-moi louer cette maison moi-même.

— Etes-vous fou ? non seulement c'est inutile, mais ce serait dangereux; vous savez bien que je n'ai pas le droit d'accepter que d'un seul homme, laissez-vous donc faire, grand enfant, et ne dites rien.

— Cela fait que, quand j'aurai deux jours libres, je viendrai les passer chez vous », dit Prudence.

Nous quittâmes la maison et reprîmes la route de Paris tout en causant de cette nouvelle résolution. Je tenais Marguerite dans mes bras, si bien qu'en descendant de voiture, je commençais à envisager la combinaison de ma maîtresse avec un esprit moins scrupuleux.

XVII

Le lendemain, Marguerite me congédia de bonne heure, me disant que le duc devait venir de grand matin, et me promettant de m'écrire dès qu'il serait parti, pour me donner le rendez-vous de chaque soir.

En effet, dans la journée, je reçus ce mot :

« Je vais à Bougival avec le duc; soyez chez Prudence, ce soir, à huit heures. »

A l'heure indiquée, Marguerite était de retour, et venait me rejoindre chez Mme Duvernoy.

« Eh bien, tout est arrangé, dit-elle en entrant.

— La maison est louée ? demanda Prudence.

— Oui; il a consenti tout de suite. »

Je ne connaissais pas le duc, mais j'avais honte de le tromper comme je le faisais.

« Mais ce n'est pas tout ! reprit Marguerite.

— Quoi donc encore ?

— Je me suis inquiétée du logement d'Armand.

— Dans la même maison ? demanda Prudence en riant.

— Non, mais au Point du Jour, où nous avons déjeuné, le duc et moi. Pendant qu'il regardait la vue,

j'ai demandé à Mme Arnould, car c'est Mme Arnould
qu'elle s'appelle, n'est-ce pas ? je lui ai demandé si
elle avait un appartement convenable. Elle en a justement un, avec salon, antichambre et chambre à
coucher. C'est tout ce qu'il faut, je pense. Soixante
francs par mois. Le tout meublé de façon à distraire
un hypocondriaque. J'ai retenu le logement. Ai-je
bien fait ? »

Je sautai au cou de Marguerite.

« Ce sera charmant, continua-t-elle, vous avez une
clef de la petite porte, et j'ai promis au duc une clef
de la grille qu'il ne prendra pas, puisqu'il ne viendra
que dans le jour, quand il viendra. Je crois, entre nous,
qu'il est enchanté de ce caprice qui m'éloigne de
Paris pendant quelque temps, et fera taire un peu sa
famille. Cependant, il m'a demandé comment moi,
qui aime tant Paris, je pouvais me décider à m'enterrer
dans cette campagne; je lui ai répondu que j'étais
souffrante et que c'était pour me reposer. Il n'a paru
me croire que très imparfaitement. Ce pauvre vieux
est toujours aux abois. Nous prendrons donc beaucoup de précautions, mon cher Armand; car il me
ferait surveiller là-bas, et ce n'est pas le tout qu'il me
loue une maison, il faut encore qu'il paye mes dettes,
et j'en ai malheureusement quelques-unes. Tout cela
vous convient-il ?

— Oui », répondis-je en essayant de faire taire tous
les scrupules que cette façon de vivre réveillait de
temps en temps en moi.

« Nous avons visité la maison dans tous ses détails,
nous y serons à merveille. Le duc s'inquiétait de tout.

Ah ! mon cher, ajouta la folle en m'embrassant, vous n'êtes pas malheureux, c'est un millionnaire qui fait votre lit.

— Et quand emménagez-vous ? demanda Prudence.

— Le plus tôt possible.

— Vous emmenez votre voiture et vos chevaux ?

— J'emmènerai toute ma maison. Vous vous chargerez de mon appartement pendant mon absence. »

Huit jours après, Marguerite avait pris possession de la maison de campagne, et moi j'étais installé au Point du Jour.

Alors commença une existence que j'aurais bien de la peine à vous décrire.

Dans les commencements de son séjour à Bougival, Marguerite ne put rompre tout à fait avec ses habitudes, et comme la maison était toujours en fête, toutes ses amies venaient la voir; pendant un mois il ne se passa pas de jour que Marguerite n'eût huit ou dix personnes à sa table. Prudence amenait de son côté tous les gens qu'elle connaissait, et leur faisait tous les honneurs de la maison, comme si cette maison lui eût appartenu.

L'argent du duc payait tout cela, comme vous le pensez bien, et cependant il arriva de temps en temps à Prudence de me demander un billet de mille francs, soi-disant au nom de Marguerite. Vous savez que j'avais fait quelque gain au jeu; je m'empressai donc de remettre à Prudence ce que Marguerite me faisait demander par elle, et, dans la crainte qu'elle n'eût besoin de plus que je n'avais, je vins emprunter à Paris une somme égale à celle que j'avais déjà empruntée autrefois, et que j'avais rendue très exactement.

Je me trouvai donc de nouveau riche d'une dizaine de mille francs, sans compter ma pension.

Cependant le plaisir qu'éprouvait Marguerite à recevoir ses amies se calma un peu devant les dépenses auxquelles ce plaisir l'entraînait, et surtout devant la nécessité où elle était quelquefois de me demander de l'argent. Le duc, qui avait loué cette maison pour que Marguerite s'y reposât, n'y paraissait plus, craignant toujours d'y rencontrer une joyeuse et nombreuse compagnie de laquelle il ne voulait pas être vu. Cela tenait surtout à ce que, venant un jour pour dîner en tête-à-tête avec Marguerite, il était tombé au milieu d'un déjeuner de quinze personnes qui n'était pas encore fini à l'heure où il comptait se mettre à table pour dîner. Quand, ne se doutant de rien, il avait ouvert la porte de la salle à manger, un rire général avait accueilli son entrée, et il avait été forcé de se retirer brusquement devant l'impertinente gaieté des filles qui se trouvaient là.

Marguerite s'était levée de table, avait été retrouver le duc dans la chambre voisine, et avait essayé, autant que possible, de lui faire oublier cette aventure; mais le vieillard, blessé dans son amour-propre, avait gardé rancune : il avait dit assez cruellement à la pauvre fille qu'il était las de payer les folies d'une femme qui ne savait même pas le faire respecter chez elle, et il était parti fort courroucé.

Depuis ce jour on n'avait plus entendu parler de lui. Marguerite avait eu beau congédier ses convives, changer ses habitudes, le duc n'avait plus donné de ses nouvelles. J'y avais gagné que ma maîtresse m'appartenait plus complètement, et que mon rêve se réalisait enfin. Marguerite ne pouvait plus se passer de moi. Sans s'inquiéter de ce qui en résulterait, elle affichait publiquement notre liaison, et j'en étais arrivé à ne plus sortir de chez elle. Les domestiques m'appelaient monsieur, et me regardaient officiellement comme leur maître.

Prudence avait bien fait, à propos de cette nouvelle vie, force morale à Marguerite; mais celle-ci avait répondu qu'elle m'aimait, qu'elle ne pouvait vivre sans moi, et quoi qu'il en dût advenir, elle ne renoncerait pas au bonheur de m'avoir sans cesse auprès d'elle, ajoutant que tous ceux à qui cela ne plairait pas étaient libres de ne pas revenir.

Voilà ce que j'avais entendu un jour où Prudence avait dit à Marguerite qu'elle avait quelque chose de très important à lui communiquer, et où j'avais écouté à la porte de la chambre où elles s'étaient renfermées.

Quelque temps après Prudence revint.

J'étais au fond du jardin quand elle entra; elle ne me vit pas. Je me doutais, à la façon dont Marguerite était venue au-devant d'elle, qu'une conversation pareille à celle que j'avais déjà surprise allait avoir lieu de nouveau et je voulus l'entendre comme l'autre.

Les deux femmes se renfermèrent dans un boudoir et je me mis aux écoutes.

« Eh bien ? demanda Marguerite.

— Eh bien ? j'ai vu le duc.

— Que vous a-t-il dit ?

— Qu'il vous pardonnait volontiers la première

scène, mais qu'il avait appris que vous viviez publiquement avec M. Armand Duval, et que cela il ne vous
le pardonnerait pas. « Que Marguerite quitte ce jeune
« homme, m'a-t-il dit, et comme par le passé je lui
« donnerai tout ce qu'elle voudra, sinon, elle devra
« renoncer à me demander quoi que ce soit. »

— Vous avez répondu ?

— Que je vous communiquerais sa décision, et je lui
ai promis de vous faire entendre raison. Réfléchissez,
ma chère enfant, à la position que vous perdez et que
ne pourra jamais vous rendre Armand. Il vous aime
de toute son âme, mais il n'a pas assez de fortune pour
subvenir à tous vos besoins, et il faudra bien un jour
vous quitter, quand il sera trop tard et que le duc ne
voudra plus rien faire pour vous. Voulez-vous que je
parle à Armand ? »

Marguerite paraissait réfléchir, car elle ne répondit
pas. Le cœur me battait violemment en attendant sa
réponse.

« Non, reprit-elle, je ne quitterai pas Armand, et je
ne me cacherai pas pour vivre avec lui. C'est peut-être
une folie, mais je l'aime ! que voulez-vous ? Et puis,
maintenant il a pris l'habitude de m'aimer sans obstacle ; il souffrirait trop d'être forcé de me quitter ne
fût-ce qu'une heure par jour. D'ailleurs, je n'ai pas
tant de temps à vivre pour me rendre malheureuse
et faire les volontés d'un vieillard dont la vue seule
me fait vieillir. Qu'il garde son argent ; je m'en passerai.

— Mais comment ferez-vous ?

— Je n'en sais rien. »

Prudence allait sans doute répondre quelque chose,

mais j'entrai brusquement et je courus me jeter aux
pieds de Marguerite, couvrant ses mains des larmes que
me faisait verser la joie d'être aimé ainsi.

« Ma vie est à toi, Marguerite, tu n'as plus besoin
de cet homme, ne suis-je pas là ? t'abandonnerais-je
jamais et pourrais-je payer assez le bonheur que tu
me donnes ? Plus de contrainte, ma Marguerite, nous
nous aimons ! que nous importe le reste ?

— Oh ! oui, je t'aime, mon Armand ! murmura-
t-elle en enlaçant ses deux bras autour de mon cou, je
t'aime comme je n'aurais pas cru pouvoir aimer. Nous
serons heureux, nous vivrons tranquilles, et je dirai
un éternel adieu à cette vie dont je rougis maintenant.
Jamais tu ne me reprocheras le passé, n'est-ce pas ? »

Les larmes voilaient ma voix. Je ne pus répondre
qu'en pressant Marguerite contre mon cœur.

« Allons, dit-elle en se retournant vers Prudence,
et d'une voix émue, vous rapporterez cette scène au
duc, et vous ajouterez que nous n'avons pas besoin de
lui. »

A partir de ce jour il ne fut plus question du duc.
Marguerite n'était plus la fille que j'avais connue.
Elle évitait tout ce qui aurait pu me rappeler la vie
au milieu de laquelle je l'avais rencontrée. Jamais
femme, jamais sœur n'eut pour son époux ou pour son
frère l'amour et les soins qu'elle avait pour moi. Cette
nature maladive était prête à toutes les impressions,
accessible à tous les sentiments. Elle avait rompu avec
ses amies comme avec ses habitudes, avec son langage
comme avec les dépenses d'autrefois. Quand on nous
voyait sortir de la maison pour aller faire une prome-

nade dans un charmant petit bateau que j'avais acheté, on n'eût jamais cru que cette femme vêtue d'une robe blanche, couverte d'un grand chapeau de paille, et portant sur son bras la simple pelisse de soie qui devait la garantir de la fraîcheur de l'eau, était cette Marguerite Gautier qui, quatre mois auparavant, faisait bruit de son luxe et de ses scandales.

Hélas ! nous nous hâtions d'être heureux, comme si nous avions deviné que nous ne pouvions pas l'être longtemps.

Depuis deux mois nous n'étions même pas allés à Paris. Personne n'était venu nous voir, excepté Prudence, et cette Julie Duprat dont je vous ai parlé, et à qui Marguerite devait remettre plus tard le touchant récit que j'ai là.

Je passai des journées entières aux pieds de ma maîtresse. Nous ouvrions les fenêtres qui donnaient sur le jardin, et regardant l'été s'abattre joyeusement dans les fleurs qu'il fait éclore et sous l'ombre des arbres, nous respirions à côté l'un de l'autre cette vie véritable que ni Marguerite ni moi nous n'avions comprise jusqu'alors.

Cette femme avait des étonnements d'enfant pour les moindres choses. Il y avait des jours où elle courait dans le jardin, comme une fille de dix ans, après un papillon ou une demoiselle. Cette courtisane, qui avait fait dépenser en bouquets plus d'argent qu'il n'en faudrait pour faire vivre dans la joie une famille entière, s'asseyait quelquefois sur la pelouse, pendant une heure, pour examiner la simple fleur dont elle portait le nom.

Ce fut pendant ce temps-là qu'elle lut si souvent *Manon Lescaut*. Je la surpris bien des fois annotant ce livre : et elle me disait toujours que lorsqu'une femme aime, elle ne peut pas faire ce que faisait Manon.

Deux ou trois fois le duc lui écrivit. Elle reconnut l'écriture et me donna les lettres sans les lire.

Quelquefois les termes de ces lettres me faisaient venir les larmes aux yeux.

Il avait cru, en fermant sa bourse à Marguerite, la ramener à lui; mais quand il avait vu l'inutilité de ce moyen, il n'avait pas pu y tenir; il avait écrit, rede-mandant, comme autrefois, la permission de revenir, quelles que fussent les conditions mises à ce retour.

J'avais donc lu ces lettres pressantes et réitérées, et je les avais déchirées, sans dire à Marguerite ce qu'elles contenaient, et sans lui conseiller de revoir le vieillard, quoiqu'un sentiment de pitié pour la douleur du pauvre homme m'y portât; mais je craignis qu'elle ne vît dans ce conseil le désir, en faisant reprendre au duc ses anciennes visites, de lui faire reprendre les charges de la maison; je redoutais par-dessus tout qu'elle me crût capable de dénier la responsabilité de sa vie dans toutes les conséquences où son amour pour moi pouvait l'entraîner.

Il en résulta que le duc, ne recevant pas de réponse, cessa d'écrire, et que Marguerite et moi nous conti-nuâmes à vivre ensemble sans nous occuper de l'avenir.

XVIII

Vous donner des détails sur notre nouvelle vie serait chose difficile. Elle se composait d'une série d'enfantillages charmants pour nous, mais insignifiants pour ceux à qui je les raconterais. Vous savez ce que c'est que d'aimer une femme, vous savez comment s'abrègent les journées, et avec quelle amoureuse paresse on se laisse porter au lendemain. Vous n'ignorez pas cet oubli de toutes choses, qui naît d'un amour violent, confiant et partagé. Tout être qui n'est pas la femme aimée semble un être inutile dans la création. On regrette d'avoir déjà jeté des parcelles de son cœur à d'autres femmes, et l'on n'entrevoit pas la possibilité de presser jamais une autre main que celle que l'on tient dans les siennes. Le cerveau n'admet ni travail ni souvenir, rien enfin de ce qui pourrait le distraire de l'unique pensée qu'on lui offre sans cesse. Chaque jour on découvre dans sa maîtresse un charme nouveau, une volupté inconnue.

L'existence n'est plus que l'accomplissement réitéré d'un désir continu, l'âme n'est que la vestale chargée d'entretenir le feu sacré de l'amour.

Souvent nous allions, la nuit venue, nous asseoir sous le petit bois qui dominait la maison. Là nous écoutions les gaies harmonies du soir, en songeant tous deux à l'heure prochaine qui allait nous laisser jusqu'au lendemain dans les bras l'un de l'autre. D'autres fois nous restions couchés toute la journée, sans laisser même le soleil pénétrer dans notre chambre. Les rideaux étaient hermétiquement fermés, et le monde extérieur s'arrêtait un moment pour nous. Nanine seule avait le droit d'ouvrir notre porte, mais seulement pour apporter nos repas; encore les prenions-nous sans nous lever, et en les interrompant sans cesse de rires et de folies. A cela succédait un sommeil de quelques instants, car disparaissant dans notre amour, nous étions comme deux plongeurs obstinés qui ne reviennent à la surface que pour reprendre haleine.

Cependant je surprenais des moments de tristesse et quelquefois même des larmes chez Marguerite; je lui demandais d'où venait ce chagrin subit, et elle me répondait :

« Notre amour n'est pas un amour ordinaire, mon cher Armand. Tu m'aimes comme si je n'avais jamais appartenu à personne, et je tremble que plus tard, te repentant de ton amour et me faisant un crime de mon passé, tu ne me forces à me rejeter dans l'existence au milieu de laquelle tu m'as prise. Songe que maintenant que j'ai goûté d'une nouvelle vie, je mourrais en reprenant l'autre. Dis-moi donc que tu ne me quitteras jamais.

— Je te le jure ! »

A ce mot, elle me regardait comme pour lire dans

mes yeux si mon serment était sincère, puis elle se
jetait dans mes bras, et cachant sa tête dans ma poitrine, elle me disait :

« C'est que tu ne sais pas combien je t'aime ! »

Un soir, nous étions accoudés sur le balcon de la
fenêtre, nous regardions la lune qui semblait sortir
difficilement de son lit de nuages, et nous écoutions
le vent agitant bruyamment les arbres, nous nous
tenions la main, et depuis un grand quart d'heure
nous ne parlions pas, quand Marguerite me dit :

« Voici l'hiver, veux-tu que nous partions ?

— Et pour quel endroit ?

— Pour l'Italie.

— Tu t'ennuies donc ?

— Je crains l'hiver, je crains surtout notre retour à
Paris.

— Pourquoi ?

— Pour bien des choses. »

Et elle reprit brusquement, sans me donner les raisons de ses craintes :

« Veux-tu partir ? je vendrai tout ce que j'ai,
nous nous en irons vivre là-bas, il ne me restera rien
αe ce que j'étais, personne ne saura qui je suis. Le
veux-tu ?

— Partons, si cela te fait plaisir, Marguerite; allons
faire un voyage, lui disais-je; mais où est la nécessité
de vendre des choses que tu seras heureuse de trouver
au retour ? Je n'ai pas une assez grande fortune pour
accepter un pareil sacrifice, mais j'en ai assez pour que
nous puissions voyager grandement pendant cinq ou
six mois, si cela t'amuse le moins du monde.

— Au fait, non, continua-t-elle en quittant la fenêtre et en allant s'asseoir sur le canapé dans l'ombre de
la chambre; à quoi bon aller dépenser de l'argent
là-bas ? je t'en coûte déjà bien assez ici.

— Tu me le reproches, Marguerite, ce n'est pas
généreux.

— Pardon, ami, fit-elle en me tendant la main, ce
temps d'orage me fait mal aux nerfs; je ne dis pas ce
que je veux dire. »

Et, après m'avoir embrassé, elle tomba dans une
longue rêverie.

Plusieurs fois des scènes semblables eurent lieu, et
si j'ignorais ce qui les faisait naître, je ne surprenais
pas moins chez Marguerite un sentiment d'inquiétude
pour l'avenir. Elle ne pouvait douter de mon amour,
car chaque jour il augmentait, et cependant je la
voyais souvent triste sans qu'elle m'expliquât jamais
le sujet de ses tristesses, autrement que par une cause
physique.

Craignant qu'elle ne se fatiguât d'une vie trop monotone, je lui proposais de retourner à Paris, mais elle
rejetait toujours cette proposition, et m'assurait ne
pouvoir être heureuse nulle part comme elle l'était à
la campagne.

Prudence ne venait plus que rarement, mais, en
revanche, elle écrivait des lettres que je n'avais jamais
demandé à voir, quoique, chaque fois, elles jetassent
Marguerite dans une préoccupation profonde. Je ne
savais qu'imaginer.

Un jour Marguerite resta dans sa chambre. J'entrai.
Elle écrivait.

« A qui écris-tu ? lui demandai-je.

— A Prudence : veux-tu que je te lise ce que j'écris ? »

J'avais horreur de tout ce qui pouvait paraître soupçon, je répondis donc à Marguerite que je n'avais pas besoin de savoir ce qu'elle écrivait, et cependant, j'en avais la certitude, cette lettre m'eût appris la véritable cause de ses tristesses.

Le lendemain, il faisait un temps superbe. Marguerite me proposa d'aller faire une promenade en bateau, et de visiter l'île de Croissy. Elle semblait fort gaie; il était cinq heures quand nous rentrâmes.

« Mme Duvernoy est venue, dit Nanine en nous voyant entrer.

— Elle est repartie ? demanda Marguerite.

— Oui, dans la voiture de Madame; elle a dit que c'était convenu.

— Très bien, dit vivement Marguerite; qu'on nous serve. »

Deux jours après arriva une lettre de Prudence, et pendant quinze jours Marguerite parut avoir rompu avec ses mystérieuses mélancolies, dont elle ne cessait de me demander pardon depuis qu'elles n'existaient plus.

Cependant la voiture ne revenait pas.

« D'où vient que Prudence ne te renvoie pas ton coupé ? demandai-je un jour.

— Un des deux chevaux est malade, et il y a des réparations à la voiture. Il vaut mieux que tout cela se fasse pendant que nous sommes encore ici, où nous n'avons pas besoin de voiture, que d'attendre notre retour à Paris. »

Prudence vint nous voir quelques jours après, et me confirma ce que Marguerite m'avait dit.

Les deux femmes se promenèrent seules dans le jardin, et quand je vins les rejoindre, elles changèrent de conversation.

Le soir, en s'en allant, Prudence se plaignit du froid et pria Marguerite de lui prêter un cachemire.

Un mois se passa ainsi, pendant lequel Marguerite fut plus joyeuse et plus aimante qu'elle ne l'avait jamais été.

Cependant la voiture n'était pas revenue, le cachemire n'avait pas été renvoyé, tout cela m'intriguait malgré moi, et comme je savais dans quel tiroir Marguerite mettait les lettres de Prudence, je profitai d'un moment où elle était au fond du jardin, je courus à ce tiroir et j'essayai de l'ouvrir; mais ce fut en vain, il était fermé au double tour.

Alors je fouillai ceux où se trouvaient d'ordinaire les bijoux et les diamants. Ceux-là s'ouvrirent sans résistance, mais les écrins avaient disparu, avec ce qu'ils contenaient, bien entendu.

Une crainte poignante me serra le cœur.

J'allais réclamer de Marguerite la vérité sur ces disparitions, mais certainement elle ne me l'avouerait pas.

« Ma bonne Marguerite, lui dis-je alors, je viens te demander la permission d'aller à Paris. On ne sait pas chez moi où je suis, et l'on doit avoir reçu des

lettres de mon père; il est inquiet, sans doute, il faut
que je lui réponde.

— Va, mon ami, me dit-elle, mais sois ici de bonne
heure. »

Je partis.

Je courus tout de suite chez Prudence.

« Voyons, lui dis-je sans préliminaire, répondez-
moi franchement, où sont les chevaux de Marguerite ?

— Vendus.

— Le cachemire ?

— Vendu.

— Les diamants ?

— Engagés.

— Et qui a vendu et engagé ?

— Moi.

— Pourquoi ne m'en avez-vous pas averti ?

— Parce que Marguerite me l'avait défendu.

— Et pourquoi ne m'avez-vous pas demandé d'argent ?

— Parce qu'elle ne voulait pas.

— Et à quoi a passé cet argent ?

— A payer.

— Elle doit donc beaucoup ?

— Trente mille francs encore ou à peu près. Ah !
mon cher, je vous l'avais bien dit ? vous n'avez pas
voulu me croire; eh bien, maintenant, vous voilà
convaincu. Le tapissier vis-à-vis duquel le duc avait
répondu a été mis à la porte quand il s'est présenté
chez le duc, qui lui a écrit le lendemain qu'il ne ferait
rien pour Mlle Gautier. Cet homme a voulu de l'ar-

gent, on lui a donné des acomptes, qui sont les quelques mille francs que je vous ai demandés; puis, des âmes charitables l'ont averti que sa débitrice, abandonnée par le duc, vivait avec un garçon sans fortune; les autres créanciers ont été prévenus de même, ils ont demandé de l'argent et ont fait des saisies. Marguerite a voulu tout vendre, mais il n'était plus temps, et d'ailleurs je m'y serais opposée. Il fallait bien payer, et pour ne pas vous demander d'argent, elle a vendu ses chevaux, ses cachemires et engagé ses bijoux. Voulez-vous les reçus des acheteurs et les reconnaissances du mont-de-piété ? »

Et Prudence, ouvrant un tiroir, me montrait ces papiers.

« Ah ! vous croyez, continua-t-elle avec cette persistance de la femme qui a le droit de dire : « J'avais raison ! » Ah ! vous croyez qu'il suffit de s'aimer et d'aller vivre à la campagne d'une vie pastorale et vaporeuse ? Non, mon ami, non. A côté de la vie idéale, il y a la vie matérielle, et les résolutions les plus chastes sont retenues à terre par des fils ridicules, mais de fer, et que l'on ne brise pas facilement. Si Marguerite ne vous a pas trompé vingt fois, c'est qu'elle est d'une nature exceptionnelle. Ce n'est pas faute que je le lui aie conseillé, car cela me faisait peine de voir la pauvre fille se dépouiller de tout. Elle n'a pas voulu ! elle m'a répondu qu'elle vous aimait et ne vous tromperait pour rien au monde. Tout cela est fort joli, fort poétique, mais ce n'est pas avec cette monnaie qu'on paye les créanciers, et aujourd'hui elle ne peut plus

s'en tirer, à moins d'une trentaine de mille francs, je
vous le répète.

— C'est bien, je donnerai cette somme.

— Vous allez l'emprunter ?

— Mon Dieu, oui.

— Vous allez faire là une belle chose; vous brouiller avec votre père, entraver vos ressources, et l'on ne
trouve pas ainsi trente mille francs du jour au lendemain. Croyez-moi, mon cher Armand, je connais
mieux les femmes que vous; ne faites pas cette folie,
dont vous vous repentiriez un jour. Soyez raisonnable.
Je ne vous dis pas de quitter Marguerite, mais vivez avec
elle comme vous viviez au commencement de l'été.
Laissez-lui trouver les moyens de sortir d'embarras.
Le duc reviendra peu à peu à elle. Le comte de N..., si
elle le prend, il me le disait encore hier, lui payera
toutes ses dettes, et lui donnera quatre ou cinq mille
francs par mois. Il a deux cent mille livres de rente.
Ce sera une position pour elle, tandis que vous, il faudra toujours que vous la quittiez; n'attendez pas pour
cela que vous soyez ruiné, d'autant plus que ce comte
de N... est un imbécile, et que rien ne vous empêchera
d'être l'amant de Marguerite. Elle pleurera un peu au
commencement, mais elle finira par s'y habituer, et
vous remerciera un jour de ce que vous aurez fait.
Supposez que Marguerite est mariée, et trompez le
mari, voilà tout.

« Je vous ai déjà dit tout cela une fois; seulement, à
cette époque, ce n'était encore qu'un conseil, et aujour-
d'hui, c'est presque une nécessité. »

Prudence avait cruellement raison.

« Voilà ce que c'est, continua-t-elle en renfermant les papiers qu'elle venait de montrer, les femmes entretenues prévoient toujours qu'on les aimera, jamais qu'elles aimeront, sans quoi elles mettraient de l'argent de côté, et à trente ans elles pourraient se payer le luxe d'avoir un amant pour rien. Si j'avais su ce que je sais, moi ! Enfin, ne dites rien à Marguerite et ramenez-la à Paris. Vous avez vécu quatre ou cinq mois seul avec elle, c'est bien raisonnable; fermez les yeux, c'est tout ce qu'on vous demande. Au bout de quinze jours elle prendra le comte de N..., elle fera des économies cet hiver, et l'été prochain vous recommencerez. Voilà comme on fait, mon cher ! »

Et Prudence paraissait enchantée de son conseil que je rejetai avec indignation.

Non seulement mon amour et ma dignité ne me permettaient pas d'agir ainsi, mais encore j'étais bien convaincu qu'au point où elle en était arrivée, Marguerite mourrait plutôt que d'accepter ce partage.

« C'est assez plaisanter, dis-je à Prudence; combien faut-il définitivement à Marguerite ?

— Je vous l'ai dit, une trentaine de mille francs.

— Et quand faut-il cette somme ?

— Avant deux mois.

— Elle l'aura. »

Prudence haussa les épaules.

« Je vous la remettrai, continuai-je, mais vous me jurez que vous ne direz pas à Marguerite que je vous l'ai remise.

— Soyez tranquille.

— Et si elle vous envoie autre chose à vendre ou à engager, prévenez-moi.

— Il n'y a pas de danger, elle n'a plus rien. »

Je passai d'abord chez moi pour voir s'il y avait des lettres de mon père.

Il y en avait quatre.

XIX

Dans les trois premières lettres, mon père s'inquiétait de mon silence et m'en demandait la cause; dans la dernière, il me laissait voir qu'on l'avait informé de mon changement de vie, et m'annonçait son arrivée prochaine.

J'ai toujours eu un grand respect et une sincère affection pour mon père. Je lui répondis donc qu'un petit voyage avait été la cause de mon silence, et je le priai de me prévenir du jour de son arrivée, afin que je pusse aller au-devant de lui.

Je donnai à mon domestique mon adresse à la campagne, en lui recommandant de m'apporter la première lettre qui serait timbrée de la ville de C... puis je repartis aussitôt pour Bougival.

Marguerite m'attendait à la porte du jardin.

Son regard exprimait l'inquiétude. Elle me sauta au cou, et ne put s'empêcher de me dire :

« As-tu vu Prudence ?

— Non.

— Tu as été bien longtemps à Paris ?

— J'ai trouvé des lettres de mon père auquel il m'a
fallu répondre. »

Quelques instants après, Nanine entra tout essouf-
flée. Marguerite se leva et alla lui parler bas.

Quand Nanine fut sortie, Marguerite me dit, en se
rasseyant près de moi et en me prenant la main :

« Pourquoi m'as-tu trompée ? Tu es allé chez
Prudence ?

— Qui te l'a dit ?

— Nanine.

— Et d'où le sait-elle ?

— Elle t'a suivi.

— Tu lui avais donc dit de me suivre ?

— Oui. J'ai pensé qu'il fallait un motif puissant
pour te faire aller ainsi à Paris, toi qui ne m'as pas
quittée depuis quatre mois. Je craignais qu'il ne te
fût arrivé un malheur, ou que peut-être tu n'allasses
voir une autre femme.

— Enfant !

— Je suis rassurée maintenant, je sais ce que tu as
fait, mais je ne sais pas encore ce que l'on t'a dit. »

Je montrai à Marguerite les lettres de mon père.

« Ce n'est pas cela que je te demande : ce que je
voudrais savoir, c'est pourquoi tu es allé chez Prudence.

— Pour la voir.

— Tu mens, mon ami.

— Eh bien, je suis allé lui demander si le cheval
allait mieux, et si elle n'avait plus besoin de ton
cachemire, ni de tes bijoux. »

Marguerite rougit mais elle ne répondit pas.

« Et, continuai-je, j'ai appris l'usage que tu avais fait des chevaux, des cachemires et des diamants.

— Et tu m'en veux ?

— Je t'en veux de ne pas avoir eu l'idée de me demander ce dont tu avais besoin.

— Dans une liaison comme la nôtre, si la femme a encore un peu de dignité, elle doit s'imposer tous les sacrifices possibles plutôt que de demander de l'argent à son amant et de donner un côté vénal à son amour. Tu m'aimes, j'en suis sûre, mais tu ne sais pas combien est léger le fil qui retient dans le cœur l'amour que l'on a pour des filles comme moi. Qui sait ? peut-être dans un jour de gêne ou d'ennui, te serais-tu figuré voir dans notre liaison un calcul habilement combiné ! Prudence est une bavarde. Qu'avais-je besoin de ces chevaux ! J'ai fait une économie en les vendant ; je puis bien m'en passer, et je ne dépense plus rien pour eux ; pourvu que tu m'aimes c'est tout ce que je demande, et tu m'aimeras autant sans chevaux, sans cachemire et sans diamants. »

Tout cela était dit d'un ton si naturel, que j'avais les larmes dans les yeux en l'écoutant.

« Mais, ma bonne Marguerite, répondis-je en pressant avec amour les mains de ma maîtresse, tu savais bien qu'un jour j'apprendrais ce sacrifice, et que, le jour où je l'apprendrais, je ne le souffrirais pas.

— Pourquoi cela ?

— Parce que, chère enfant, je n'entends pas que l'affection que tu veux bien avoir pour moi te prive

même d'un bijou. Je ne veux pas, moi non plus, que
dans un moment de gêne ou d'ennui, tu puisses réfléchir que si tu vivais avec un autre homme ces
moments n'existeraient pas, et que tu te repentes,
ne fût-ce qu'une minute, de vivre avec moi. Dans
quelques jours, tes chevaux, tes diamants et tes
cachemires te seront rendus. Ils te sont aussi nécessaires que l'air à la vie, et c'est peut-être ridicule, mais
je t'aime mieux somptueuse que simple.

— Alors c'est que tu ne m'aimes plus.

— Folle !

— Si tu m'aimais, tu me laisserais t'aimer à ma
façon; au contraire, tu ne continues à voir en moi
qu'une fille à qui ce luxe est indispensable, et que
tu te crois toujours forcé de payer. Tu as honte
d'accepter des preuves de mon amour. Malgré toi,
tu penses à me quitter un jour, et tu tiens à mettre
ta délicatesse à l'abri de tout soupçon. Tu as raison,
mon ami, mais j'avais espéré mieux. »

Et Marguerite fit un mouvement pour se lever;
je la retins en lui disant :

« Je veux que tu sois heureuse, et que tu n'aies
rien à me reprocher, voilà tout.

— Et nous allons nous séparer !

— Pourquoi, Marguerite ? Qui peut nous séparer ?
m'écriai-je.

— Toi, qui ne veux pas me permettre de comprendre ta position, et qui as la vanité de me garder la
mienne; toi, qui en me conservant le luxe au milieu
duquel j'ai vécu, veux conserver la distance morale
qui nous sépare; toi, enfin, qui ne crois pas mon

affection assez désintéressée pour partager avec moi
la fortune que tu as, avec laquelle nous pourrions
vivre heureux ensemble, et qui préfères te ruiner,
esclave que tu es d'un préjugé ridicule. Crois-tu donc
que je compare une voiture et des bijoux à ton
amour ? crois-tu que le bonheur consiste pour moi
dans les vanités dont on se contente quand on n'aime
rien, mais qui deviennent bien mesquines quand on
aime ? Tu payeras mes dettes, tu escompteras ta
fortune et tu m'entretiendras enfin ! Combien de
temps tout cela durera-t-il ? deux ou trois mois, et
alors il sera trop tard pour prendre la vie que je te
propose, car alors tu accepterais tout de moi, et c'est
ce qu'un homme d'honneur ne peut faire. Tandis
que maintenant tu as huit ou dix mille francs de
rente avec lesquelles nous pouvons vivre. Je vendrai
le superflu de ce que j'ai, et avec cette vente seule,
je me ferai deux mille livres par an. Nous louerons un
joli petit appartement dans lequel nous resterons
tous les deux. L'été, nous viendrons à la campagne,
non pas dans une maison comme celle-ci, mais dans
une petite maison suffisante pour deux personnes.
Tu es indépendant, je suis libre, nous sommes jeunes,
au nom du Ciel, Armand, ne me rejette pas dans la
vie que j'étais forcée de mener autrefois. »

Je ne pouvais répondre, des larmes de reconnaissance et d'amour inondaient mes yeux, et je me précipitai dans les bras de Marguerite.

« Je voulais, reprit-elle, tout arranger sans t'en rien
dire, payer toutes mes dettes et faire préparer mon
nouvel appartement. Au mois d'octobre, nous serions

retournés à Paris, et tout aurait été dit; mais puisque
Prudence t'a tout raconté, il faut que tu consentes
avant, au lieu de consentir après. — M'aimes-tu
assez pour cela ? »

Il était impossible de résister à tant de dévouement.
Je baisai les mains de Marguerite avec effusion, et
je lui dis :

« Je ferai tout ce que tu voudras. »

Ce qu'elle avait décidé fut donc convenu.

Alors elle devint d'une gaieté folle : elle dansait,
elle chantait, elle se faisait une fête de la simplicité
de son nouvel appartement, sur le quartier et la
disposition duquel elle me consultait déjà.

Je la voyais heureuse et fière de cette résolution qui
semblait devoir nous rapprocher définitivement l'un
de l'autre.

Aussi, je ne voulus pas être en reste avec elle.

En un instant je décidai de ma vie. J'établis la
position de ma fortune, et je fis à Marguerite
l'abandon de la rente qui me venait de ma mère, et
qui me parut bien insuffisante pour récompenser le
sacrifice que j'acceptais.

Il me restait les cinq mille francs de pension que me
faisait mon père, et, quoi qu'il arrivât, j'avais toujours assez de cette pension annuelle pour vivre.

Je ne dis pas à Marguerite ce que j'avais résolu,
convaincu que j'étais qu'elle refuserait cette donation.

Cette rente provenait d'une hypothèque de soixante mille francs sur une maison que je n'avais
même jamais vue. Tout ce que je savais, c'est qu'à

chaque trimestre le notaire de mon père, vieil ami de notre famille, me remettait sept cent cinquante francs sur mon simple reçu.

Le jour où Marguerite et moi nous vînmes à Paris pour chercher des appartements, j'allai chez ce notaire, et je lui demandai de quelle façon je devais m'y prendre pour faire à une autre personne le transfert de cette rente.

Le brave homme me crut ruiné et me questionna sur la cause de cette décision. Or, comme il fallait bien tôt ou tard que je lui dise en faveur de qui je faisais cette donation, je préférai lui raconter tout de suite la vérité.

Il ne me fit aucune des objections que sa position de notaire et d'ami l'autorisait à me faire, et m'assura qu'il se chargeait d'arranger tout pour le mieux.

Je lui recommandai naturellement la plus grande discrétion vis-à-vis de mon père, et j'allai rejoindre Marguerite qui m'attendait chez Julie Duprat, où elle avait préféré descendre plutôt que d'aller écouter la morale de Prudence.

Nous nous mîmes en quête d'appartements. Tous ceux que nous voyions, Marguerite les trouvait trop chers, et moi, je les trouvais trop simples. Cependant nous finîmes par tomber d'accord, et nous arrêtâmes dans un des quartiers les plus tranquilles de Paris un petit pavillon, isolé de la maison principale.

Derrière ce petit pavillon s'étendait un jardin charmant, jardin qui en dépendait, entouré de murailles assez élevées pour nous séparer de nos voisins, et assez basses pour ne pas borner la vue.

C'était mieux que nous n'avions espéré.

Pendant que je me rendais chez moi pour donner congé de mon appartement, Marguerite allait chez un homme d'affaires qui, disait-elle, avait déjà fait pour une de ses amies ce qu'elle allait lui demander de faire pour elle.

Elle vint me retrouver rue de Provence, enchantée. Cet homme lui avait promis de payer toutes ses dettes, de lui en donner quittance, et de lui remettre une vingtaine de mille francs moyennant l'abandon de tous ses meubles.

Vous avez vu par le prix auquel est montée la vente que cet honnête homme eût gagné plus de trente mille francs sur sa cliente.

Nous repartîmes tout joyeux pour Bougival, et en continuant de nous communiquer nos projets d'avenir, que, grâce à notre insouciance et surtout à notre amour, nous voyions sous les teintes les plus dorées.

Huit jours après nous étions à déjeuner, quand Nanine vint m'avertir que mon domestique me demandait.

Je le fis entrer.

« Monsieur, me dit-il, votre père est arrivé à Paris, et vous prie de vous rendre tout de suite chez vous, où il vous attend. »

Cette nouvelle était la chose du monde la plus simple, et cependant, en l'apprenant, Marguerite et moi nous nous regardâmes.

Nous devinions un malheur dans cet incident. Aussi, sans qu'elle m'eût fait part de cette impression que je partageais, j'y répondis en lui tendant la main :

« Ne crains rien.

— Reviens le plus tôt que tu pourras, murmura Marguerite en m'embrassant, je t'attendrai à la fenêtre. »

J'envoyai Joseph dire à mon père que j'allais arriver.

En effet, deux heures après, j'étais rue de Provence.

XX

Mon père, en robe de chambre, était assis dans mon salon et il écrivait.

Je compris tout de suite, à la façon dont il leva les yeux sur moi quand j'entrai, qu'il allait être question de choses graves.

Je l'abordai cependant comme si je n'eusse rien deviné dans son visage, et je l'embrassai :

« Quand êtes-vous arrivé, mon père ?

— Hier au soir.

— Vous êtes descendu chez moi, comme de coutume ?

— Oui.

— Je regrette bien de ne pas m'être trouvé là pour vour recevoir. »

Je m'attendais à voir surgir dès ce mot la morale que me promettait le visage froid de mon père; mais il ne me répondit rien, cacheta la lettre qu'il venait d'écrire, et la remit à Joseph pour qu'il la jetât à la poste.

Quand nous fûmes seuls, mon père se leva et me dit, en s'appuyant contre la cheminée :

« Nous avons, mon cher Armand, à causer de choses sérieuses.

— Je vous écoute, mon père.

— Tu me promets d'être franc ?

— C'est mon habitude.

— Est-il vrai que tu vives avec une femme nommée Marguerite Gautier ?

— Oui.

— Sais-tu ce qu'était cette femme ?

— Une fille entretenue.

— C'est pour elle que tu as oublié de venir nous voir cette année, ta sœur et moi ?

— Oui, mon père, je l'avoue.

— Tu aimes donc beaucoup cette femme ?

— Vous le voyez bien, mon père, puisqu'elle m'a fait manquer à un devoir sacré, ce dont je vous demande humblement pardon aujourd'hui. »

Mon père ne s'attendait sans doute pas à des réponses aussi catégoriques, car il parut réfléchir un instant, après quoi il me dit :

« Tu as évidemment compris que tu ne pourrais pas vivre toujours ainsi ?

— Je l'ai craint, mon père, mais je ne l'ai pas compris.

— Mais vous avez dû comprendre, continua mon père d'un ton un peu plus sec, que je ne le souffrirais pas, moi.

— Je me suis dit que tant que je ne ferais rien qui fût contraire au respect que je dois à votre nom et à la probité traditionnelle de la famille, je pourrais vivre comme je vis, ce qui m'a rassuré un peu sur les craintes que j'avais. »

Les passions rendent fort contre les sentiments. J'étais prêt à toutes les luttes, même contre mon père, pour conserver Marguerite.

« Alors, le moment de vivre autrement est venu.

— Eh ! pourquoi, mon père ?

— Parce que vous êtes au moment de faire des choses qui blessent le respect que vous croyez avoir pour votre famille.

— Je ne m'explique pas ces paroles.

— Je vais vous les expliquer. Que vous ayez une maîtresse, c'est fort bien; que vous la payiez comme un galant homme doit payer l'amour d'une fille entretenue, c'est on ne peut mieux; mais que vous oubliiez les choses les plus saintes pour elle, que vous permettiez que le bruit de votre vie scandaleuse arrive jusqu'au fond de ma province et jette l'ombre d'une tache sur le nom honorable que je vous ai donné, voilà ce qui ne peut être, voilà ce qui ne sera pas.

— Permettez-moi de vous dire, mon père, que ceux qui vous ont ainsi renseigné sur mon compte étaient mal informés. Je suis l'amant de Mlle Gautier, je vis avec elle, c'est la chose du monde la plus simple. Je ne donne pas à Mlle Gautier le nom que j'ai reçu de vous, je dépense pour elle ce que mes moyens me permettent de dépenser, je n'ai pas fait une dette, et je ne me suis trouvé enfin dans aucune de ces positions qui autorisent un père à dire à son fils ce que vous venez de me dire.

— Un père est toujours autorisé à écarter son fils de la mauvaise voie dans laquelle il le voit s'engager. Vous n'avez encore rien fait de mal, mais vous le ferez.

— Mon père !

— Monsieur, je connais la vie mieux que vous. Il n'y a de sentiments entièrement purs que chez les femmes entièrement chastes. Toute Manon peut faire un Des Grieux, et le temps et les mœurs sont changés. Il serait inutile que le monde vieillît, s'il ne se corrigeait pas. Vous quitterez votre maîtresse.

— Je suis fâché de vous désobéir, mon père, mais c'est impossible.

— Je vous y contraindrai.

— Malheureusement, mon père, il n'y a plus d'îles Sainte-Marguerite où l'on envoie les courtisanes, et, y en eût-il encore, j'y suivrais Mlle Gautier, si vous obteniez qu'on l'y envoyât. Que voulez-vous ? j'ai peut-être tort, mais je ne puis être heureux qu'à la condition que je resterai l'amant de cette femme.

— Voyons, Armand, ouvrez les yeux, reconnaissez votre père qui vous a toujours aimé, et qui ne veut que votre bonheur. Est-il honorable pour vous d'aller vivre maritalement avec une fille que tout le monde a eue ?

— Qu'importe, mon père, si personne ne doit plus l'avoir ! qu'importe, si cette fille m'aime, si elle se régénère par l'amour qu'elle a pour moi et par l'amour que j'ai pour elle ! Qu'importe, enfin, s'il y a conversion !

— Eh ! croyez-vous donc, monsieur, que la mission
d'un homme d'honneur soit de convertir des courtisanes ? croyez-vous donc que Dieu ait donné ce but
grotesque à la vie, et que le cœur ne doive pas avoir
un autre enthousiasme que celui-là ? Quelle sera la
conclusion de cette cure merveilleuse, et que pense-
rez-vous de ce que vous dites aujourd'hui, quand vous
aurez quarante ans ? Vous rirez de votre amour, s'il
vous est permis d'en rire encore, s'il n'a pas laissé
de traces trop profondes dans votre passé. Que
seriez-vous à cette heure, si votre père avait eu vos
idées, et avait abandonné sa vie à tous ces souffles
d'amour, au lieu de l'établir inébranlablement sur une
pensée d'honneur et de loyauté ? Réfléchissez,
Armand, et ne dites plus de pareilles sottises. Voyons,
vous quitterez cette femme, votre père vous en
supplie. »

Je ne répondis rien.

« Armand, continua mon père, au nom de votre
sainte mère, croyez-moi, renoncez à cette vie que
vous oublierez plus vite que vous ne pensez, et à
laquelle vous enchaîne une théorie impossible. Vous
avez vingt-quatre ans, songez à l'avenir. Vous ne
pouvez pas aimer toujours cette femme qui ne vous
aimera pas toujours non plus. Vous vous exagérez tous deux votre amour. Vous vous fermez
toute carrière. Un pas de plus et vous ne pourrez
plus quitter la route où vous êtes, et vous aurez,
toute votre vie, le remords de votre jeunesse. Partez,
venez passer un mois ou deux auprès de votre
sœur. Le repos et l'amour pieux de la famille vous

guériront vite de cette fièvre, car ce n'est pas autre chose.

« Pendant ce temps, votre maîtresse se consolera, elle prendra un autre amant, et quand vous verrez pour qui vous avez failli vous brouiller avec votre père et perdre son affection, vous me direz que j'ai bien fait de venir vous chercher, et vous me bénirez.

« Allons, tu partiras, n'est-ce pas, Armand ? »

Je sentais que mon père avait raison pour toutes les femmes, mais j'étais convaincu qu'il n'avait pas raison pour Marguerite. Cependant le ton dont il m'avait dit ses dernières paroles était si doux, si suppliant que je n'osais lui répondre.

« Eh bien ? fit-il d'une voix émue.

— Eh bien, mon père, je ne puis rien vous promettre, dis-je enfin; ce que vous me demandez est au-dessus de mes forces. Croyez-moi, continuai-je en le voyant faire un mouvement d'impatience, vous vous exagérez les résultats de cette liaison. Marguerite n'est pas la fille que vous croyez. Cet amour, loin de me jeter dans une mauvaise voie, est capable au contraire de développer en moi les plus honorables sentiments. L'amour vrai rend toujours meilleur, quelle que soit la femme qui l'inspire. Si vous connaissiez Marguerite, vous comprendriez que je ne m'expose à rien. Elle est noble comme les plus nobles femmes. Autant il y a de cupidité chez les autres, autant il y a de désintéressement chez elle.

— Ce qui ne l'empêche pas d'accepter toute votre fortune, car les soixante mille francs qui vous viennent de votre mère, et que vous lui donnez, sont, rappelez-vous bien ce que je vous dis, votre unique fortune. »

Mon père avait probablement gardé cette pérorai-
son et cette menace pour me porter le dernier coup.

J'étais plus fort devant ses menaces que devant
ses prières.

« Qui vous a dit que je dusse lui abandonner
cette somme ? repris-je.

— Mon notaire. Un honnête homme eût-il fait un
acte semblable sans me prévenir ? Eh bien, c'est pour
empêcher votre ruine en faveur d'une fille que je suis
venu à Paris. Votre mère vous a laissé en mourant de
quoi vivre honorablement et non pas de quoi faire
des générosités à vos maîtresses.

— Je vous le jure, mon père, Marguerite ignorait cette donation.

— Et pourquoi la faisiez-vous alors ?

— Parce que Marguerite, cette femme que vous
calomniez et que vous voulez que j'abandonne, fait
le sacrifice de tout ce qu'elle possède pour vivre avec
moi.

— Et vous acceptez ce sacrifice ? Quel homme
êtes-vous donc, monsieur, pour permettre à une Mlle
Marguerite de vous sacrifier quelque chose ? Allons,
en voilà assez. Vous quitterez cette femme. Tout à
l'heure je vous en priais, maintenant je vous l'ordonne; je ne veux pas de pareilles saletés dans ma
famille. Faites vos malles, et apprêtez-vous à me
suivre.

— Pardonnez-moi, mon père, dis-je alors, mais je
ne partirai pas.

— Parce que ?

— Parce que j'ai déjà l'âge où l'on n'obéit plus à un ordre. »

Mon père pâlit à cette réponse.

« C'est bien, monsieur, reprit-il; je sais ce qu'il me reste à faire. »

Il sonna.

Joseph parut.

« Faites transporter mes malles à l'hôtel de Paris », dit-il à mon domestique. Et en même temps il passa dans sa chambre, où il acheva de s'habiller.

Quand il reparut, j'allai au-devant de lui.

« Vous me promettez, mon père, lui dis-je, de ne rien faire qui puisse causer de la peine à Marguerite ? »

Mon père s'arrêta, me regarda avec dédain, et se contenta de me répondre :

« Vous êtes fou, je crois. »

Après quoi, il sortit en fermant violemment la porte derrière lui.

Je descendis à mon tour, je pris un cabriolet et je partis pour Bougival.

Marguerite m'attendait à la fenêtre.

XXI

« Enfin ! s'écria-t-elle en me sautant au cou. Te voilà ! Comme tu es pâle ! »

Alors je lui racontai ma scène avec mon père.

« Ah ! mon Dieu ! je m'en doutais, dit-elle. Quand Joseph est venu nous annoncer l'arrivée de ton père, j'ai tressailli comme à la nouvelle d'un malheur. Pauvre ami ! et c'est moi qui te cause tous ces chagrins. Tu ferais peut-être mieux de me quitter que de te brouiller avec ton père. Cependant je ne lui ai rien fait. Nous vivons bien tranquilles, nous allons vivre plus tranquilles encore. Il sait bien qu'il faut que tu aies une maîtresse, et il devrait être heureux que ce fût moi, puisque je t'aime et n'ambitionne pas plus que ta position ne le permet. Lui as-tu dit comment nous avons arrangé l'avenir ?

— Oui, et c'est ce qui l'a le plus irrité, car il a vu dans cette détermination la preuve de notre amour mutuel.

— Que faire alors ?

— Rester ensemble, ma bonne Marguerite, et laisser passer cet orage.

— Passera-t-il ?

— Il le faudra bien.

— Mais ton père ne s'en tiendra pas là ?

— Que veux-tu qu'il fasse ?

— Que sais-je, moi ? tout ce qu'un père peut faire pour que son fils lui obéisse. Il te rappellera ma vie passée et me fera peut-être l'honneur d'inventer quelque nouvelle histoire pour que tu m'abandonnes.

— Tu sais bien que je t'aime.

— Oui, mais, ce que je sais aussi, c'est qu'il faut tôt ou tard obéir à son père, et tu finiras peut-être par te laisser convaincre.

— Non. Marguerite, c'est moi qui le convaincrai. Ce sont les cancans de quelques-uns de ses amis qui causent cette grande colère; mais il est bon, il est juste, et il reviendra sur sa première impression. Puis, après tout, que m'importe !

— Ne dis pas cela, Armand; j'aimerais mieux tout que de laisser croire que je te brouille avec ta famille; laisse passer cette journée, et demain retourne à Paris. Ton père aura réfléchi de son côté comme toi du tien, et peut-être vous entendrez-vous mieux. Ne heurte pas ses principes, aie l'air de faire quelques concessions à ses désirs; parais ne pas tenir autant à moi, et il laissera les choses comme elles sont. Espère, mon ami, et sois bien certain d'une chose, c'est que, quoi qu'il arrive, ta Marguerite te restera.

— Tu me le jures ?

— Ai-je besoin de te le jurer ? »

Qu'il est doux de se laisser persuader par une voix que l'on aime ! Marguerite et moi, nous passâ-

mes toute la journée à nous redire nos projets
comme si nous avions compris le besoin de les réaliser
plus vite. Nous nous attendions à chaque minute
à quelque événement, mais heureusement le jour
se passa sans amener rien de nouveau.

Le lendemain, je partis à dix heures, et j'arrivai
vers midi à l'hôtel.

Mon père était déjà sorti.

Je me rendis chez moi, où j'espérais que peut-
être il était allé. Personne n'était venu. J'allais chez
mon notaire. Personne !

Je retournai à l'hôtel, et j'attendis jusqu'à six
heures. M. Duval ne rentra pas.

Je repris la route de Bougival.

Je trouvai Marguerite, non plus m'attendant
comme la veille, mais assise au coin du feu qu'exigeait
déjà la saison.

Elle était assez plongée dans ses réflexions pour me
laisser approcher de son fauteuil sans m'entendre et
sans se retourner. Quand je posai mes lèvres sur son
front, elle tressaillit comme si ce baiser l'eût réveillée
en sursaut.

« Tu m'as fait peur, me dit-elle. Et ton père ?

— Je ne l'ai pas vu. Je ne sais ce que cela veut dire.
Je ne l'ai trouvé ni chez lui, ni dans aucun des
endroits où il y avait possibilité qu'il fût.

— Allons, ce sera à recommencer demain.

— J'ai bien envie d'attendre qu'il me fasse demander. J'ai fait, je crois, tout ce que je devais faire.

— Non, mon ami, ce n'est point assez, il faut
retourner chez ton père, demain surtout.

— Pourquoi demain plutôt qu'un autre jour ?

— Parce que, fit Marguerite, qui me parut rougir un peu à cette question, parce que l'insistance de ta part en paraîtra plus vive et que notre pardon en résultera plus promptement. »

Tout le reste du jour, Marguerite fut préoccupée, distraite, triste. J'étais forcé de lui répéter deux fois ce que je lui disais pour obtenir une réponse. Elle rejeta cette préoccupation sur les craintes que lui inspiraient pour l'avenir les événements survenus depuis deux jours.

Je passai ma nuit à la rassurer, et elle me fit partir le lendemain avec une insistante inquiétude que je ne m'expliquais pas.

Comme la veille, mon père était absent; mais, en sortant, il m'avait laissé cette lettre :

« Si vous revenez me voir aujourd'hui, attendez-moi jusqu'à quatre heures; si à quatre heures je ne suis pas rentré, revenez dîner demain avec moi : il faut que je vous parle. »

J'attendis jusqu'à l'heure dite. Mon père ne reparut pas. Je partis.

La veille j'avais trouvé Marguerite triste, ce jour-là je la trouvai fiévreuse et agitée. En me voyant entrer, elle me sauta au cou, mais elle pleura longtemps dans mes bras.

Je la questionnai sur cette douleur subite dont la gradation m'alarmait. Elle ne me donna aucune raison positive, alléguant tout ce qu'une femme peut alléguer quand elle ne veut pas répondre la vérité.

Quand elle fut un peu calmée, je lui racontai les

résultats de mon voyage; je lui montrai la lettre de mon père, en lui faisant observer que nous en pouvions augurer du bien.

A la vue de cette lettre et à la réflexion que je fis, les larmes redoublèrent à un tel point que j'appelai Nanine, et que, craignant une atteinte nerveuse, nous couchâmes la pauvre fille qui pleurait sans dire une syllabe, mais qui me tenait les mains, et les baisait à chaque instant.

Je demandai à Nanine si, pendant mon absence, sa maîtresse avait reçu une lettre ou une visite qui pût motiver l'état où je la trouvais, mais Nanine me répondit qu'il n'était venu personne et que l'on avait rien apporté.

Cependant il se passait depuis la veille quelque chose d'autant plus inquiétant que Marguerite me le cachait.

Elle parut un peu plus calme dans la soirée; et, me faisant asseoir au pied de son lit, elle me renouvela longuement l'assurance de son amour. Puis elle me souriait, mais avec effort, car, malgré elle, ses yeux se voilaient de larmes.

J'employai tous les moyens pour lui faire avouer la véritable cause de ce chagrin, mais elle s'obstina à me donner toujours les raisons vagues que je vous ai déjà dites.

Elle finit par s'endormir dans mes bras, mais de ce sommeil qui brise le corps au lieu de le reposer; de temps en temps elle poussait un cri, se réveillait en sursaut, et après s'être assurée que j'étais bien auprès d'elle, elle me faisait lui jurer de l'aimer toujours.

Je ne comprenais rien à ces intermittences de douleur qui se prolongèrent jusqu'au matin. Alors Marguerite tomba dans une sorte d'assoupissement. Depuis deux nuits elle ne dormait pas.

Ce repos ne fut pas de longue durée.

Vers onze heures, Marguerite se réveilla, et, me voyant levé, elle regarda autour d'elle en s'écriant :

« T'en vas-tu donc déjà ?

— Non, dis-je en lui prenant les mains, mais j'ai voulu te laisser dormir. Il est de bonne heure encore.

— A quelle heure vas-tu à Paris ?

— A quatre heures.

— Si tôt ? jusque-là tu resteras avec moi, n'est-ce pas ?

— Sans doute, n'est-ce pas mon habitude ?

— Quel bonheur !

— Nous allons déjeuner ? reprit-elle d'un air distrait.

— Si tu le veux.

— Et puis tu m'embrasseras bien jusqu'au moment de partir ?

— Oui, et je reviendrai le plus tôt possible.

— Tu reviendras ? fit-elle en me regardant avec des yeux hagards.

— Naturellement.

— C'est juste, tu reviendras ce soir, et moi, je t'attendrai, comme d'habitude, et tu m'aimeras, et nous serons heureux comme nous le sommes depuis que nous nous connaissons. »

Toutes ces paroles étaient dites d'un ton si saccadé, elles semblaient cacher une pensée douloureuse si

continue, que je tremblais à chaque instant de voir
Marguerite tomber en délire.

« Ecoute, lui dis-je, tu es malade, je ne puis pas te
laisser ainsi. Je vais écrire à mon père qu'il ne
m'attende pas.

— Non ! non ! s'écria-t-elle brusquement, ne fais
pas cela. Ton père m'accuserait encore de t'empêcher
d'aller chez lui quand il veut te voir; non, non, il faut
que tu y ailles, il le faut ! D'ailleurs, je ne suis pas
malade, je me porte à merveille. C'est que j'ai fait un
mauvais rêve, et que je n'étais pas bien réveillée ? »

A partir de ce moment, Marguerite essaya de
paraître plus gaie. Elle ne pleura plus.

Quand vint l'heure où je devais partir, je l'embrassai, et lui demandai si elle voulait m'accompagner
jusqu'au chemin de fer : j'espérais que la promenade
la distrairait et que l'air lui ferait du bien.

Je tenais surtout à rester le plus longtemps possible avec elle.

Elle accepta, prit un manteau et m'accompagna
avec Nanine, pour ne pas revenir seule.

Vingt fois je fus au moment de ne pas partir. Mais
l'espérance de revenir vite et la crainte d'indisposer
de nouveau mon père contre moi me soutinrent,
et le convoi m'emporta.

« A ce soir », dis-je à Marguerite en la quittant.
Elle ne me répondit pas.

Une fois déjà elle ne m'avait pas répondu à ce
même mot, et le comte de G..., vous vous le rappelez,
avait passé la nuit chez elle; mais ce temps était si
loin, qu'il semblait effacé de ma mémoire, et si je

craignais quelque chose, ce n'était certes plus que Marguerite me trompât.

En arrivant à Paris, je courus chez Prudence la prier d'aller voir Marguerite, espérant que sa verve et sa gaieté la distrairaient.

J'entrai sans me faire annoncer, et je trouvai Prudence à sa toilette.

« Ah ! me dit-elle d'un air inquiet. Est-ce que Marguerite est avec vous ?

— Non.

— Comment va-t-elle ?

— Elle est souffrante.

— Est-ce qu'elle ne viendra pas ?

— Est-ce qu'elle devait venir ? »

Mme Duvernoy rougit, et me répondit, avec un certain embarras :

« Je voulais dire : Puisque vous venez à Paris, est-ce qu'elle ne viendra pas vous y rejoindre ?

— Non. »

Je regardai Prudence; elle baissa les yeux, et sur sa physionomie je crus lire la crainte de voir ma visite se prolonger.

« Je venais même vous prier, ma chère Prudence, si vous n'avez rien à faire, d'aller voir Marguerite ce soir; vous lui tiendriez compagnie, et vous pourriez coucher là-bas. Je ne l'ai jamais vue comme elle était aujourd'hui, et je tremble qu'elle ne tombe malade.

— Je dîne en ville, me répondit Prudence, et je ne pourrai pas voir Marguerite ce soir; mais je la verrai demain. »

Je pris congé de Mme Duvernoy, qui me paraissait presque aussi préoccupée que Marguerite, et je me rendis chez mon père, dont le premier regard m'étudia avec attention.

Il me tendit la main.

« Vos deux visites m'ont fait plaisir, Armand, me dit-il, elles m'ont fait espérer que vous auriez réfléchi de votre côté, comme j'ai réfléchi, moi, du mien.

— Puis-je me permettre de vous demander, mon père, quel a été le résultat de vos réflexions ?

— Il a été, mon ami, que je m'étais exagéré l'importance des rapports que l'on m'avait faits, et que je me suis promis d'être moins sévère avec toi.

— Que dites-vous, mon père ! m'écriai-je avec joie.

— Je dis, mon cher enfant, qu'il faut que tout jeune homme ait une maîtresse, et que, d'après de nouvelles informations, j'aime mieux te savoir amant de Mlle Gautier que d'une autre.

— Mon excellent père ! que vous me rendez heureux ! »

Nous causâmes ainsi quelques instants, puis nous nous mîmes à table. Mon père fut charmant tout le temps que dura le dîner.

J'avais hâte de retourner à Bougival pour raconter à Marguerite cet heureux changement. A chaque instant je regardais la pendule.

« Tu regardes l'heure, me disait mon père, tu es impatient de me quitter. Oh ! jeunes gens ! vous sacrifierez donc toujours les affections sincères aux affections douteuses ?

— Ne dites pas cela mon père ! Marguerite m'aime, j'en suis sûr. »

Mon père ne répondit pas; il n'avait l'air ni de douter ni de croire.

Il insista beaucoup pour me faire passer la soirée entière avec lui, et pour que je ne repartisse que le lendemain; mais j'avais laissé Marguerite souffrante, je le lui dis, et je lui demandai la permission d'aller la retrouver de bonne heure, lui promettant de revenir le lendemain.

Il faisait beau; il voulut m'accompagner jusqu'au débarcadère. Jamais je n'avais été si heureux. L'avenir m'apparaissait tel que je cherchais à le voir depuis longtemps.

J'aimais plus mon père que je ne l'avais jamais aimé.

Au moment où j'allais partir, il insista une dernière fois pour que je restasse; je refusai.

« Tu l'aimes donc bien ? me demanda-t-il.

— Comme un fou.

— Va alors ! » et il passa la main sur son front comme s'il eût voulu en chasser une pensée, puis il ouvrit la bouche comme pour me dire quelque chose; mais il se contenta de me serrer la main, et me quitta brusquement en me criant :

« A demain ! donc. »

XXII

Il me semblait que le convoi ne marchait pas.

Je fus à Bougival à onze heures.

Pas une fenêtre de la maison n'était éclairée, et je sonnai sans que l'on me répondît.

C'était la première fois que pareille chose m'arrivait. Enfin le jardinier parut. J'entrai.

Nanine me rejoignit avec une lumière. J'arrivai à la chambre de Marguerite.

« Où est madame ?

— Madame est partie pour Paris, me répondit Nanine.

— Pour Paris !

— Oui, monsieur.

— Quand ?

— Une heure après vous.

— Elle ne vous a rien laissé pour moi ?

— Rien. »

Nanine me laissa.

« Elle est capable d'avoir eu des craintes, pensai-je, et d'être allée à Paris pour s'assurer si la visite que je

lui avais dit aller faire à mon père n'était pas un prétexte pour avoir un jour de liberté.

« Peut-être Prudence lui a-t-elle écrit pour quelque
affaire importante », me dis-je quand je fus seul;
mais j'avais vu Prudence à mon arrivée, et elle ne
m'avait rien dit qui pût me faire supposer qu'elle eût
écrit à Marguerite.

Tout à coup je me souvins de cette question que
Mme Duvernoy m'avait faite : « Elle ne viendra
donc pas aujourd'hui ? » quand je lui avais dit que
Marguerite était malade. Je me rappelai en même
temps l'air embarrassé de Prudence, lorsque je
l'avais regardée après cette phrase qui semblait
trahir un rendez-vous. A ce souvenir se joignait celui
des larmes de Marguerite pendant toute la journée,
larmes que le bon accueil de mon père m'avait fait
oublier un peu.

A partir de ce moment, tous les incidents du jour
vinrent se grouper autour de mon premier soupçon
et le fixèrent si solidement dans mon esprit que tout
le confirma, jusqu'à la clémence paternelle.

Marguerite avait presque exigé que j'allasse à Paris;
elle avait affecté le calme lorsque je lui avais proposé
de rester auprès d'elle. Etais-je tombé dans un piège ?
Marguerite me trompait-elle ? avait-elle compté être
de retour assez à temps pour que je ne m'aperçusse pas
de son absence, et le hasard l'avait-il retenue ? Pourquoi n'avait-elle rien dit à Nanine, ou pourquoi ne
m'avait-elle pas écrit ? Que voulaient dire ces larmes,
cette absence, ce mystère ?

Voilà ce que je me demandais avec effroi, au milieu

de cette chambre vide, et les yeux fixés sur la pendule qui, marquant minuit, semblait me dire qu'il était trop tard pour que j'espérasse encore voir revenir ma maîtresse.

Cependant, après les dispositions que nous venions de prendre, avec le sacrifice offert et accepté, était-il vraisemblable qu'elle me trompât ? Non. J'essayai de rejeter mes premières suppositions.

« La pauvre fille aura trouvé un acquéreur pour son mobilier, et elle sera allée à Paris pour conclure. Elle n'aura pas voulu me prévenir, car elle sait que, quoique je l'accepte, cette vente, nécessaire à notre bonheur à venir, m'est pénible, et elle aura craint de blesser mon amour-propre et ma délicatesse en m'en parlant. Elle aime mieux reparaître seulement quand tout sera terminé. Prudence l'attendait évidemment pour cela, et s'est trahie devant moi : Marguerite n'aura pu terminer son marché aujourd'hui, et elle couche chez elle, ou peut-être même va-t-elle arriver tout à l'heure, car elle doit se douter de mon inquiétude et ne voudra certainement pas m'y laisser.

« Mais alors, pourquoi ces larmes ? Sans doute, malgré son amour pour moi, la pauvre fille n'aura pu se résoudre sans pleurer à abandonner le luxe au milieu duquel elle a vécu jusqu'à présent et qui la faisait heureuse et enviée. »

Je pardonnais bien volontiers ces regrets à Marguerite. Je l'attendais impatiemment pour lui dire, en la couvrant de baisers, que j'avais deviné la cause de sa mystérieuse absence.

Cependant, la nuit avançait et Marguerite n'arrivait pas.

L'inquiétude resserrait peu à peu son cercle et m'étreignait la tête et le cœur. Peut-être lui était-il arrivé quelque chose ! Peut-être était-elle blessée, malade, morte ! Peut-être allais-je voir arriver un messager m'annonçant quelque douloureux accident ! Peut-être le jour me trouverait-il dans la même incertitude et dans les mêmes craintes !

L'idée que Marguerite me trompait à l'heure où je l'attendais au milieu des terreurs que me causait son absence ne me revenait plus à l'esprit. Il fallait une cause indépendante de sa volonté pour la retenir loin de moi, et plus j'y songeais, plus j'étais convaincu que cette cause ne pouvait être qu'un malheur quelconque. O vanité de l'homme ! tu te représentes sous toutes les formes.

Une heure venait de sonner. Je me dis que j'allais attendre une heure encore, mais qu'à deux heures, si Marguerite n'était pas revenue, je partirais pour Paris.

En attendant, je cherchai un livre, car je n'osais penser.

Manon Lescaut était ouvert sur la table. Il me sembla que d'endroits en endroits les pages étaient mouillées comme par des larmes. Après l'avoir feuilleté, je refermai ce livre dont les caractères m'apparaissaient vides de sens à travers le voile de mes doutes.

L'heure marchait lentement. Le ciel était couvert. Une pluie d'automne fouettait les vitres. Le lit vide me paraissait prendre par moments l'aspect d'une tombe. J'avais peur.

J'ouvris la porte. J'écoutais et n'entendais rien que le bruit du vent dans les arbres. Pas une voiture ne passait sur la route. La demie sonna tristement au clocher de l'église.

J'en étais arrivé à craindre que quelqu'un n'entrât. Il me semblait qu'un malheur seul pouvait venir me trouver à cette heure et par ce temps sombre.

Deux heures sonnèrent. J'attendis encore un peu. La pendule seule troublait le silence de son bruit monotone et cadencé.

Enfin je quittai cette chambre dont les moindres objets avaient revêtu cet aspect triste que donne à tout ce qui l'entoure l'inquiète solitude du cœur.

Dans la chambre voisine je trouvai Nanine endormie sur son ouvrage. Au bruit de la porte, elle se réveilla et me demanda si sa maîtresse était rentrée.

« Non, mais, si elle rentre, vous lui direz que je n'ai pu résister à mon inquiétude, et que je suis parti pour Paris.

— A cette heure ?

— Oui.

— Mais comment ? vous ne trouverez pas de voiture.

— J'irai à pied.

— Mais il pleut.

— Que m'importe ?

— Madame va rentrer, ou, si elle ne rentre pas, il sera toujours temps, au jour, d'aller voir ce qui l'a retenue. Vous allez vous faire assassiner sur la route.

— Il n'y a pas de danger, ma chère Nanine ; à demain. »

LA DAME AUX CAMÉLIAS   253

La brave fille alla me chercher mon manteau, me le
jeta sur les épaules, m'offrit d'aller réveiller la mère
Arnould, et de s'enquérir d'elle s'il était possible
d'avoir une voiture; mais je m'y opposai, convaincu
que je perdrais à cette tentative, peut-être infruc-
tueuse, plus de temps que je n'en mettrais à faire la
moitié du chemin.

Puis j'avais besoin d'air et d'une fatigue physique
qui épuisât la surexcitation à laquelle j'étais en proie.

Je pris la clef de l'appartement de la rue d'Antin,
et après avoir dit adieu à Nanine, qui m'avait accompagné jusqu'à la grille, je partis.

Je me mis d'abord à courir, mais la terre était fraî-
chement mouillée, et je me fatiguais doublement. Au
bout d'une demi-heure de cette course, je fus forcé de
m'arrêter, j'étais en nage. Je repris haleine et je continuai mon chemin. La nuit était si épaisse que je tremblais à chaque instant de me heurter contre un des
arbres de la route, lesquels, se présentant brusquement
à mes yeux, avaient l'air de grands fantômes courant
sur moi.

Je rencontrai une ou deux voitures de rouliers que
j'eus bientôt laissées en arrière.

Une calèche se dirigeait au grand trot du côté de
Bougival. Au moment où elle passait devant moi, l'espoir me vint que Marguerite était dedans.

Je m'arrêtai en criant : « Marguerite ! Marguerite ! »

Mais personne ne me répondit et la calèche continua
sa route. Je la regardai s'éloigner, et je repartis.

Je mis deux heures pour arriver à la barrière de
l'Etoile.

La vue de Paris me rendit des forces, et je descendis en courant la longue allée que j'avais parcourue tant de fois.

Cette nuit-là personne n'y passait.

On eût dit la promenade d'une ville morte.

Le jour commençait à poindre.

Quand j'arrivai à la rue d'Antin, la grande ville se remuait déjà un peu avant de se réveiller tout à fait.

Cinq heures sonnaient à l'église Saint-Roch au moment où j'entrais dans la maison de Marguerite.

Je jetai mon nom au portier, lequel avait reçu de moi assez de pièces de vingt francs pour savoir que j'avais le droit de venir à cinq heures chez Mlle Gautier.

Je passai donc sans obstacle.

J'aurais pu lui demander si Marguerite était chez elle, mais il eût pu me répondre que non, et j'aimais mieux douter deux minutes de plus, car en doutant j'espérais encore.

Je prêtai l'oreille à la porte, tâchant de surprendre un bruit, un mouvement.

Rien. Le silence de la campagne semblait se continuer jusque-là.

J'ouvris la porte, et j'entrai.

Tous les rideaux étaient hermétiquement fermés.

Je tirai ceux de la salle à manger, et je me dirigeai vers la chambre à coucher dont je poussai la porte.

Je sautai sur le cordon des rideaux et je le tirai violemment.

Les rideaux s'écartèrent; un faible jour pénétra, je courus au lit.

Il était vide !

J'ouvris les portes les unes après les autres, je visitai toutes les chambres.

Personne.

C'était à devenir fou.

Je passai dans le cabinet de toilette, dont j'ouvris la fenêtre, et j'appelai Prudence à plusieurs reprises.

La fenêtre de Mme Duvernoy resta fermée.

Alors je descendis chez le portier, à qui je demandai si Mlle Gautier était venue chez elle pendant le jour.

« Oui, me répondit cet homme, avec Mme Duvernoy.

— Elle n'a rien dit pour moi ?

— Rien.

— Savez-vous ce qu'elles ont fait ensuite ?

— Elles sont montées en voiture.

— Quel genre de voiture ?

— Un coupé de maître. »

Qu'est-ce que tout cela voulait dire ?

Je sonnai à la porte voisine.

« Où allez-vous, monsieur ? me demanda le concierge après m'avoir ouvert.

— Chez Mme Duvernoy.

— Elle n'est pas rentrée.

— Vous en êtes sûr ?

— Oui, monsieur; voilà même une lettre qu'on a apportée pour elle hier au soir et que je ne lui ai pas encore remise. »

Et le portier me montrait une lettre sur laquelle je jetai machinalement les yeux.

Je reconnus l'écriture de Marguerite.

Je pris la lettre.

L'adresse portait ces mots :

« A Mme Duvernoy, pour remettre à M. Duval. »

« Cette lettre est pour moi, dis-je au portier, et je lui montrai l'adresse.

— C'est vous monsieur Duval ? me répondit cet homme.

— Oui.

— Ah ! je vous reconnais, vous venez souvent chez Mme Duvernoy. »

Une fois dans la rue, je brisai le cachet de cette lettre.

La foudre fût tombée à mes pieds que je n'eusse pas été plus épouvanté que je le fus par cette lecture.

« A l'heure où vous lirez cette lettre, Armand, je serai déjà la maîtresse d'un autre homme. Tout est donc fini entre nous.

« Retournez auprès de votre père, mon ami, allez revoir votre sœur, jeune fille chaste, ignorante de toutes nos misères, et auprès de laquelle vous oublierez bien vite ce que vous aura fait souffrir cette fille perdue que l'on nomme Marguerite Gautier, que vous avez bien voulu aimer un instant, et qui vous doit les seuls moments heureux d'une vie qui, elle l'espère, ne sera pas longue maintenant. »

Quand j'eus lu le dernier mot, je crus que j'allais devenir fou.

Un moment j'eus réellement peur de tomber sur le pavé de la rue. Un nuage me passait sur les yeux et le sang me battait dans les tempes.

Enfin je me remis un peu, je regardai autour de

moi, tout étonné de voir la vie des autres se continuer sans s'arrêter à mon malheur.

Je n'étais pas assez fort pour supporter seul le coup que Marguerite me portait.

Alors je me souvins que mon père était dans la même ville que moi, que dans dix minutes je pourrais être auprès de lui, et que, quelle que fût la cause de ma douleur, il la partagerait.

Je courus comme un fou, comme un voleur, jusqu'à l'hôtel de Paris : je trouvai la clef sur la porte de l'appartement de mon père. J'entrai.

Il lisait.

Au peu d'étonnement qu'il montra en me voyant paraître, on eût dit qu'il m'attendait.

Je me précipitai dans ses bras sans lui dire un mot, je lui donnai la lettre de Marguerite, et me laissant tomber devant son lit, je pleurai à chaudes larmes.

XXIII

QUAND toutes les choses de la vie eurent repris leur cours, je ne pus croire que le jour qui se levait ne serait pas semblable pour moi à ceux qui l'avaient précédé. Il y avait des moments où je me figurais qu'une circonstance, que je ne me rappelais pas, m'avait fait passer la nuit hors de chez Marguerite, mais que, si je retournais à Bougival, j'allais la retrouver inquiète, comme je l'avais été, et qu'elle me demanderait qui m'avait ainsi retenu loin d'elle.

Quand l'existence a contracté une habitude comme celle de cet amour, il semble impossible que cette habitude se rompe sans briser en même temps tous les autres ressorts de la vie.

J'étais donc forcé de temps en temps de relire la lettre de Marguerite, pour bien me convaincre que je n'avais pas rêvé.

Mon corps, succombant sous la secousse morale, était incapable d'un mouvement. L'inquiétude, la marche de la nuit, la nouvelle du matin m'avaient épuisé. Mon père profita de cette prostration totale

de mes forces pour me demander la promesse for-
melle de partir avec lui.

Je promis tout ce qu'il voulut. J'étais incapable de
soutenir une discussion, et j'avais besoin d'une affection réelle pour m'aider à vivre après ce qui venait de
se passer.

J'étais trop heureux que mon père voulût bien me
consoler d'un pareil chagrin.

Tout ce que je me rappelle, c'est que ce jour-là, vers
cinq heures, il me fit monter avec lui dans une chaise
de poste. Sans rien me dire, il avait fait préparer mes
malles, les avait fait attacher avec les siennes derrière
la voiture, et il m'emmenait.

Je ne sentis ce que je faisais que lorsque la ville eut
disparu, et que la solitude de la route me rappela le
vide de mon cœur.

Alors les larmes me reprirent.

Mon père avait compris que des paroles, même de
lui, ne me consoleraient pas, et il me laissait pleurer
sans me dire un mot, se contentant parfois de me serrer la main, comme pour me rappeler que j'avais un
ami à côté de moi.

La nuit, je dormis un peu. Je rêvais de Marguerite.

Je me réveillai en sursaut, ne comprenant pas pourquoi j'étais dans une voiture.

Puis la réalité me revint à l'esprit et je laissai tomber ma tête sur ma poitrine.

Je n'osais entretenir mon père, je craignais toujours
qu'il ne me dît :

« Tu vois que j'avais raison quand je niais l'amour
de cette femme. »

Mais il n'abusa pas de son avantage, et nous arrivâmes à C... sans qu'il m'eût dit autre chose que des paroles complètement étrangères à l'événement qui m'avait fait partir.

Quand j'embrassai ma sœur, je me rappelai les mots de la lettre de Marguerite qui la concernaient, mais je compris tout de suite que, si bonne qu'elle fût, ma sœur serait insuffisante à me faire oublier ma maîtresse.

La chasse était ouverte, mon père pensa qu'elle serait une distraction pour moi. Il organisa donc des parties de chasse avec des voisins et des amis. J'y allai sans répugnance comme sans enthousiasme, avec cette sorte d'apathie qui était le caractère de toutes mes actions depuis mon départ.

Nous chassions au rabat. On me mettait à mon poste. Je posais mon fusil désarmé à côté de moi, et je rêvais.

Je regardais les nuages passer. Je laissais ma pensée errer dans les plaines solitaires, et de temps en temps je m'entendais appeler par quelque chasseur me montrant un lièvre à dix pas de moi.

Aucun de ces détails n'échappait à mon père, et il ne se laissait pas prendre à mon calme extérieur. Il comprenait bien que, si abattu qu'il fût, mon cœur aurait quelque jour une réaction terrible, dangereuse peut-être, et tout en évitant de paraître me consoler, il faisait son possible pour me distraire.

Ma sœur, naturellement, n'était pas dans la confidence de tous ces événements, elle ne s'expliquait donc pas pourquoi, moi, si gai autrefois, j'étais tout à coup devenu si rêveur et si triste.

Parfois, surpris au milieu de ma tristesse par le

regard inquiet de mon père, je lui tendais la main et je serrais la sienne comme pour lui demander tacitement pardon du mal que, malgré moi, je lui faisais.

Un mois se passa ainsi, mais ce fut tout ce que je pus supporter.

Le souvenir de Marguerite me poursuivait sans cesse. J'avais trop aimé et j'aimais trop cette femme pour qu'elle pût me devenir indifférente tout à coup. Il fallait surtout, quelque sentiment que j'eusse pour elle, que je la revisse, et cela tout de suite.

Ce désir entra dans mon esprit, et s'y fixa avec toute la violence de la volonté qui reparaît enfin dans un corps inerte depuis longtemps.

Ce n'était pas dans l'avenir, dans un mois, dans huit jours qu'il me fallait Marguerite, c'était le lendemain même du jour où j'en avais eu l'idée; et je vins dire à mon père que j'allais le quitter pour des affaires qui me rappelaient à Paris, mais que je reviendrais promptement.

Il devina sans doute le motif qui me faisait partir, car il insista pour que je restasse; mais, voyant que l'inexécution de ce désir, dans l'état irritable où j'étais, pourrait avoir des conséquences fatales pour moi, il m'embrassa, et me pria, presque avec des larmes, de revenir bientôt auprès de lui.

Je ne dormis pas avant d'être arrivé à Paris.

Une fois arrivé, qu'allais-je faire ? je l'ignorais; mais il fallait avant tout que je m'occupasse de Marguerite.

J'allai chez moi m'habiller, et comme il faisait beau, et qu'il en était encore temps, je me rendis aux Champs-Elysées.

Au bout d'une demi-heure, je vis venir de loin, et du rond-point à la place de la Concorde, la voiture de Marguerite.

Elle avait racheté ses chevaux, car la voiture était telle qu'autrefois; seulement elle n'était pas dedans.

A peine avais-je remarqué cette absence, qu'en reportant les yeux autour de moi, je vis Marguerite qui descendait à pied, accompagnée d'une femme que je n'avais jamais vue auparavant.

En passant à côté de moi, elle pâlit, et un sourire nerveux crispa ses lèvres. Quant à moi, un violent battement de cœur m'ébranla la poitrine; mais je parvins à donner une expression froide à mon visage, et je saluai froidement mon ancienne maîtresse, qui rejoignit presque aussitôt sa voiture, dans laquelle elle monta avec son amie.

Je connaissais Marguerite. Ma rencontre inattendue avait dû la bouleverser. Sans doute elle avait appris mon départ, qui l'avait tranquillisée sur la suite de notre rupture; mais me voyant revenir, et se trouvant face à face avec moi, pâle comme je l'étais, elle avait compris que mon retour avait un but, et elle devait se demander ce qui allait avoir lieu.

Si j'avais retrouvé Marguerite malheureuse, si, pour me venger d'elle, j'avais pu venir à son secours, je lui aurais peut-être pardonné, et n'aurais certainement pas songé à lui faire du mal; mais je la retrouvais heureuse, en apparence du moins; un autre lui avait rendu le luxe que je n'avais pu lui continuer; notre rupture, venue d'elle, prenait par conséquent le caractère du plus bas intérêt; j'étais humilié dans mon amour-propre comme dans mon amour, il fallait nécessairement qu'elle payât ce que j'avais souffert.

Je ne pouvais être indifférent à ce que faisait cette femme; par conséquent, ce qui devait lui faire le plus de mal, c'était mon indifférence; c'était donc ce sentiment-là qu'il fallait feindre, non seulement à ses yeux, mais aux yeux des autres.

J'essayai de me faire un visage souriant, et je me rendis chez Prudence.

La femme de chambre alla m'annoncer et me fit attendre quelques instants dans le salon.

Mme Duvernoy parut enfin, et m'introduisit dans son boudoir; au moment où je m'y asseyais, j'entendis ouvrir la porte du salon, et un pas léger fit crier le parquet, puis la porte du carré fut fermée violemment.

« Je vous dérange ? demandai-je à Prudence.

— Pas du tout, Marguerite était là. Quand elle vous a entendu annoncer, elle s'est sauvée : c'est elle qui vient de sortir.

— Je lui fais donc peur maintenant ?

— Non, mais elle craint qu'il ne vous soit désagréable de la revoir.

— Pourquoi donc ? fis-je en faisant un effort pour respirer librement, car l'émotion m'étouffait; la pauvre fille m'a quitté pour ravoir sa voiture, ses meubles et ses diamants, elle a bien fait, et je ne dois pas lui en vouloir. Je l'ai rencontrée aujourd'hui, continuai-je négligemment.

— Où ? » fit Prudence, qui me regardait et semblait se demander si cet homme était bien celui qu'elle avait connu si amoureux.

« Aux Champs-Elysées, elle était avec une autre femme fort jolie. Quelle est cette femme ?

— Comment est-elle ?

— Une blonde, mince, portant des anglaises; des yeux bleus, très élégante.

— Ah ! c'est Olympe; une très jolie fille, en effet.

— Avec qui vit-elle ?

— Avec personne, avec tout le monde.

— Et elle demeure ?

— Rue Tronchet, n° ... Ah ! çà, vous voulez lui faire la cour ?

— On ne sait pas ce qui peut arriver.

— Et Marguerite ?

— Vous dire que je ne pense plus du tout à elle, ce serait mentir; mais je suis de ces hommes avec qui la façon de rompre fait beaucoup. Or, Marguerite m'a donné mon congé d'une façon si légère, que je me suis trouvé bien sot d'en avoir été amoureux comme je l'ai été, car j'ai été vraiment fort amoureux de cette fille. »

Vous devinez avec quel ton j'essayais de dire ces choses-là : l'eau me coulait sur le front.

« Elle vous aimait bien, allez, et elle vous aime toujours : la preuve, c'est qu'après vous avoir rencontré aujourd'hui, elle est venue tout de suite me faire part de cette rencontre. Quand elle est arrivée, elle était toute tremblante, près de se trouver mal.

— Eh bien, que vous a-t-elle dit ?

— Elle m'a dit : « Sans doute il viendra vous voir », et elle m'a prié d'implorer de vous son pardon.

— Je lui ai pardonné, vous pouvez le lui dire. C'est

une bonne fille, mais c'est une fille, et ce qu'elle m'a fait, je devais m'y attendre. Je lui suis reconnaissant de sa résolution, car aujourd'hui je me demande à quoi nous aurait menés mon idée de vivre tout à fait avec elle. C'était de la folie.

— Elle sera bien contente en apprenant que vous avez pris votre parti de la nécessité où elle se trouvait. Il était temps qu'elle vous quittât, mon cher. Le gredin d'homme d'affaires à qui elle avait proposé de vendre son mobilier avait été trouver ses créanciers pour leur demander combien elle leur devait; ceux-ci avaient eu peur, et l'on allait vendre dans deux jours.

— Et maintenant, c'est payé ?

— A peu près.

— Et qui a fait les fonds ?

— Le comte de N... Ah ! mon cher ! il y a des hommes faits exprès pour cela. Bref, il a donné vingt mille francs, mais il en est arrivé à ses fins. Il sait bien que Marguerite n'est pas amoureuse de lui, ce qui ne l'empêche pas d'être très gentil pour elle. Vous avez vu, il lui a racheté ses chevaux, il lui a retiré ses bijoux et lui donne autant d'argent que le duc lui en donnait; si elle veut vivre tranquillement, cet homme-là restera longtemps avec elle.

— Et que fait-elle ? habite-t-elle tout à fait Paris ?

— Elle n'a jamais voulu retourner à Bougival depuis que vous êtes parti. C'est moi qui suis allée y chercher toutes ses affaires, et même les vôtres, dont j'ai fait un paquet que vous ferez prendre ici. Il y a tout, excepté un petit portefeuille avec votre chiffre. Marguerite a voulu le prendre et l'a chez elle. Si vous y tenez, je le lui redemanderai.

— Qu'elle le garde », balbutiai-je, car je sentais les larmes monter de mon cœur à mes yeux au souvenir de ce village où j'avais été si heureux, et à l'idée que Marguerite tenait à garder une chose qui venait de moi et me rappelait à elle.

Si elle était entrée à ce moment, mes résolutions de vengeance auraient disparu et je serais tombé à ses pieds.

« Du reste, reprit Prudence, je ne l'ai jamais vue comme elle est maintenant : elle ne dort presque plus, elle court les bals, elle soupe, elle se grise même. Dernièrement, après un souper, elle est restée huit jours au lit; et quand le médecin lui a permis de se lever, elle a recommencé, au risque d'en mourir. Irez-vous la voir ?

— A quoi bon ? Je suis venu vous voir, vous, parce que vous avez été toujours charmante pour moi, et que je vous connaissais avant de connaître Marguerite. C'est à vous que je dois d'avoir été son amant, comme c'est à vous que je dois de ne plus l'être, n'est-ce pas ?

— Ah ! dame, j'ai fait tout ce que j'ai pu pour qu'elle vous quittât, et je crois que, plus tard, vous ne m'en voudrez pas.

— Je vous en ai une double reconnaissance, ajoutai-je en me levant, car j'avais du dégoût pour cette femme, à la voir prendre au sérieux tout ce que je lui disais.

— Vous vous en allez ?

— Oui. »

J'en savais assez.

« Quand vous verra-t-on ?

— Bientôt. Adieu.

— Adieu. »

Prudence me conduisit jusqu'à la porte, et je rentrai chez moi des larmes de rage dans les yeux et un besoin de vengeance dans le cœur.

Ainsi Marguerite était décidément une fille comme les autres; ainsi, cet amour profond qu'elle avait pour moi n'avait pas lutté contre le désir de reprendre sa vie passée, et contre le besoin d'avoir une voiture et de faire des orgies.

Voilà ce que je me disais au milieu de mes insomnies, tandis que, si j'avais réfléchi aussi froidement que je l'affectais, j'aurais vu dans cette nouvelle existence bruyante de Marguerite l'espérance pour elle de faire taire une pensée continue, un souvenir incessant.

Malheureusement, la passion mauvaise dominait en moi, et je ne cherchai qu'un moyen de torturer cette pauvre créature.

Oh ! l'homme est bien petit et bien vif quand l'une de ses étroites passions est blessée.

Cette Olympe, avec qui je l'avais vue, était sinon l'amie de Marguerite, du moins celle qu'elle fréquentait le plus souvent depuis son retour à Paris. Elle allait donner un bal, et comme je supposais que Marguerite y serait, je cherchai à me faire donner une invitation et je l'obtins.

Quand, plein de mes douloureuses émotions, j'arrivai à ce bal, il était déjà fort animé. On dansait, on criait même, et, dans un des quadrilles, j'aperçus Marguerite dansant avec le comte de N..., lequel paraissait tout fier de la montrer, et semblait dire à tout le monde :

« Cette femme est à moi ! »

J'allai m'adosser à la cheminée, juste en face de Marguerite, et je la regardai danser. A peine m'eut-elle aperçu qu'elle se troubla. Je la vis et je la saluai distraitement de la main et des yeux.

Quand je songeais que, après le bal, ce ne serait plus avec moi, mais avec ce riche imbécile qu'elle s'en irait, quand je me représentais ce qui vraisemblablement allait suivre leur retour chez elle, le sang me montait au visage, et le besoin me venait de troubler leurs amours.

Après la contredanse, j'allai saluer la maîtresse de la maison, qui étalait aux yeux des invités des épaules magnifiques et la moitié d'une gorge éblouissante.

Cette fille-là était belle, et, au point de vue de la forme, plus belle que Marguerite. Je le compris mieux encore à certains regards que celle-ci jeta sur Olympe pendant que je lui parlais. L'homme qui serait l'amant de cette femme pourrait être aussi fier que l'était M. de N... et elle était assez belle pour inspirer une passion égale à celle que Marguerite m'avait inspirée.

Elle n'avait pas d'amant à cette époque. Il ne serait pas difficile de le devenir. Le tout était de montrer assez d'or pour se faire regarder.

Ma résolution fut prise. Cette femme serait ma maîtresse.

Je commençai mon rôle de postulant en dansant
avec Olympe.

Une demi-heure après, Marguerite, pâle comme une
morte, mettait sa pelisse et quittait le bal.

XXIV

C'ÉTAIT déjà quelque chose, mais ce n'était pas assez. Je comprenais l'empire que j'avais sur cette femme et j'en abusais lâchement.

Quand je pense qu'elle est morte maintenant, je me demande si Dieu me pardonnera jamais le mal que j'ai fait.

Après le souper, qui fut des plus bruyants, on se mit à jouer.

Je m'assis à côté d'Olympe et j'engageai mon argent avec tant de hardiesse qu'elle ne pouvait s'empêcher d'y faire attention. En un instant, je gagnai cent cinquante ou deux cents louis, que j'étalais devant moi et sur lesquels elle fixait des yeux ardents.

J'étais le seul que le jeu ne préoccupât point complètement et qui s'occupât d'elle. Tout le reste de la nuit je gagnai, et ce fut moi qui lui donnai de l'argent pour jouer, car elle avait perdu tout ce qu'elle avait devant elle et probablement chez elle.

A cinq heures du matin on partit.

Je gagnais trois cents louis.

Tous les joueurs étaient déjà en bas, moi seul étais

resté en arrière sans que l'on s'en aperçût, car je n'étais l'ami d'aucun de ces messieurs.

Olympe éclairait elle-même l'escalier et j'allais descendre comme les autres, quand, revenant vers elle, je lui dis :

« Il faut que je vous parle.

— Demain, me dit-elle.

— Non, maintenant.

— Qu'avez-vous à me dire ?

— Vous le verrez. »

Et je rentrai dans l'appartement.

« Vous avez perdu, lui dis-je.

— Oui.

— Tout ce que vous aviez chez vous ? »

Elle hésita.

« Soyez franche.

— Eh bien, c'est vrai.

— J'ai gagné trois cents louis, les voilà, si vous voulez me garder ici. »

Et, en même temps, je jetai l'or sur la table.

« Et pourquoi cette proposition ?

— Parce que je vous aime, pardieu !

— Non, mais parce que vous êtes amoureux de Marguerite et que vous voulez vous venger d'elle en devenant mon amant. On ne trompe pas une femme comme moi, mon cher ami; malheureusement je suis encore trop jeune et trop belle pour accepter le rôle que vous me proposez.

— Ainsi, vous refusez ?

— Oui.

— Préférez-vous m'aimer pour rien ? C'est moi qui

n'accepterais pas alors. Réfléchissez, ma chère Olympe ;
je vous aurais envoyé une personne quelconque vous
proposer ces trois cents louis de ma part aux conditions
que j'y mets, vous eussiez accepté. J'ai mieux aimé
traiter directement avec vous. Acceptez sans chercher
les causes qui me font agir ; dites-vous que vous êtes
belle, et qu'il n'y a rien d'étonnant que je sois amoureux de vous. »

Marguerite était une fille entretenue comme Olympe, et cependant je n'eusse jamais osé lui dire, la
première fois que je l'avais vue, ce que je venais de
dire à cette femme. C'est que j'aimais Marguerite, c'est
que j'avais deviné en elle des instincts qui man-
quaient à cette autre créature, et qu'au moment
même où je proposais ce marché, malgré son extrême
beauté, celle avec qui j'allais le conclure me dégoû-
tait.

Elle finit par accepter, bien entendu, et, à midi, je
sortis de chez elle son amant ; mais je quittai son lit
sans emporter le souvenir des caresses et des mots
d'amour qu'elle s'était crue obligée de me prodiguer
pour les six mille francs que je lui laissais.

Et cependant on s'était ruiné pour cette femme-là.

A compter de ce jour, je fis subir à Marguerite une
persécution de tous les instants. Olympe et elle ces-
sèrent de se voir, vous comprenez aisément pourquoi.
Je donnai à ma nouvelle maîtresse une voiture, des
bijoux, je jouai, je fis enfin toutes les folies propres à
un homme amoureux d'une femme comme Olympe.
Le bruit de ma nouvelle passion se répandit aussitôt.

Prudence elle-même s'y laissa prendre et finit par

croire que j'avais complètement oublié Marguerite.
Celle-ci, soit qu'elle eût deviné le motif qui me faisait
agir, soit qu'elle se trompât comme les autres, répondait par une grande dignité aux blessures que je lui
faisais tous les jours. Seulement elle paraissait souffrir,
car partout où je la rencontrais, je la revoyais toujours
de plus en plus pâle, de plus en plus triste. Mon amour
pour elle, exalté à ce point qu'il se croyait devenu de
la haine, se réjouissait à la vue de cette douleur quotidienne. Plusieurs fois, dans des circonstances où je fus
d'une cruauté infâme, Marguerite leva sur moi des
regards si suppliants que je rougissais du rôle que
j'avais pris, et que j'étais près de lui en demander pardon.

Mais ces repentirs avaient la durée de l'éclair et
Olympe, qui avait fini par mettre tout espèce d'amour-
propre de côté, et compris qu'en faisant du mal à
Marguerite elle obtiendrait de moi tout ce qu'elle voudrait, m'excitait sans cesse contre elle, et l'insultait
chaque fois qu'elle en trouvait l'occasion, avec cette
persistante lâcheté de la femme autorisée par un
homme.

Marguerite avait fini par ne plus aller ni au bal, ni
au spectacle, dans la crainte de nous y rencontrer,
Olympe et moi. Alors les lettres anonymes avaient
succédé aux impertinences directes, et il n'y avait
honteuses choses que je n'engageasse ma maîtresse à
raconter et que je ne racontasse moi-même sur Marguerite.

Il fallait être fou pour en arriver là. J'étais comme un
homme qui, s'étant grisé avec du mauvais vin, tombe

dans une de ces exaltations nerveuses où la main est
capable d'un crime sans que la pensée y soit pour quelque chose. Au milieu de tout cela, je souffrais le martyre. Le calme sans dédain, la dignité sans mépris, avec
lesquels Marguerite répondait à toutes mes attaques,
et qui à mes propres yeux la faisaient supérieure à moi,
m'irritaient encore contre elle.

Un soir, Olympe était allée je ne sais où, et s'y était
rencontrée avec Marguerite, qui cette fois n'avait pas
fait grâce à la sotte fille qui l'insultait, au point que
celle-ci avait été forcée de céder la place. Olympe était
rentrée furieuse, et l'on avait emporté Marguerite
évanouie.

En rentrant, Olympe m'avait raconté ce qui s'était
passé, m'avait dit que Marguerite, la voyant seule, avait
voulu se venger de ce qu'elle était ma maîtresse, et
qu'il fallait que je lui écrivisse de respecter, moi absent
ou non, la femme que j'aimais.

Je n'ai pas besoin de vous dire que j'y consentis, et
que tout ce que je pus trouver d'amer, de honteux et
de cruel, je le mis dans cette épître que j'envoyai le
jour même à son adresse.

Cette fois le coup était trop fort pour que la malheureuse le supportât sans rien dire.

Je me doutais bien qu'une réponse allait m'arriver;
aussi étais-je résolu à ne pas sortir de chez moi de tout
le jour.

Vers deux heures on sonna et je vis entrer Prudence.

J'essayai de prendre un air indifférent pour lui
demander à quoi je devais sa visite; mais ce jour-là
Mme Duvernoy n'était pas rieuse, et d'un ton sérieu-

sement ému elle me dit que, depuis mon retour, c'est-à-dire depuis trois semaines environ, je n'avais pas laissé échapper une occasion de faire de la peine à Marguerite; qu'elle en était malade, et que la scène de la veille et ma lettre du matin l'avaient mise dans son lit.

Bref, sans me faire de reproches, Marguerite m'envoyait demander grâce, en me faisant dire qu'elle n'avait plus la force morale ni la force physique de supporter ce que je lui faisais.

« Que Mlle Gautier, dis-je à Prudence, me congédie de chez elle, c'est son droit, mais qu'elle insulte une femme que j'aime, sous prétexte que cette femme est ma maîtresse, c'est ce que je ne permettrai jamais.

— Mon ami, me fit Prudence, vous subissez l'influence d'une fille sans cœur et sans esprit; vous en êtes amoureux, il est vrai, mais ce n'est pas une raison pour torturer une femme qui ne peut se défendre.

— Que Mlle Gautier m'envoie son comte de N..., et la partie sera égale.

— Vous savez bien qu'elle ne le fera pas. Ainsi, mon cher Armand, laissez-la tranquille; si vous la voyiez, vous auriez honte de la façon dont vous vous conduisez avec elle. Elle est pâle, elle tousse, elle n'ira pas loin maintenant. »

Et Prudence me tendit la main en ajoutant :

« Venez la voir, votre visite la rendra bien heureuse.

— Je n'ai pas envie de rencontrer M. de N...

— M. de N... n'est jamais chez elle. Elle ne peut le souffrir.

— Si Marguerite tient à me voir, elle sait où je demeure, qu'elle vienne, mais moi je ne mettrai pas les pieds rue d'Antin.

— Et vous la recevrez bien ?

— Parfaitement.

— Eh bien, je suis sûre qu'elle viendra.

— Qu'elle vienne.

— Sortirez-vous aujourd'hui ?

— Je serai chez moi toute la soirée.

— Je vais le lui dire. »

Prudence partit.

Je n'écrivis même pas à Olympe que je n'irais pas la voir. Je ne me gênais pas avec cette fille. A peine si je passais une nuit avec elle par semaine. Elle s'en consolait, je crois, avec un acteur de je ne sais quel théâtre du boulevard.

Je sortis pour dîner et je rentrai presque immédiatement. Je fis faire du feu partout et je donnai congé à Joseph.

Je ne pourrais pas vous rendre compte des impressions diverses qui m'agitèrent pendant une heure d'attente : mais, lorsque vers neuf heures j'entendis sonner, elles se résumèrent en une émotion telle, qu'en allant ouvrir la porte je fus forcé de m'appuyer contre le mur pour ne pas tomber.

Heureusement l'antichambre était dans la demi-teinte, et l'altération de mes traits était moins visible.

Marguerite entra.

Elle était tout en noir et voilée. A peine si je reconnaissais son visage sous la dentelle.

Elle passa dans le salon et releva son voile.

Elle était pâle comme le marbre.

« Me voici, Armand, dit-elle; vous avez désiré me
voir, je suis venue. »

Et, laissant tomber sa tête dans ses deux mains, elle
fondit en larmes.

Je m'approchai d'elle.

« Qu'avez-vous ? » lui dis-je d'une voix altérée.

Elle me serra la main sans me répondre, car les
larmes voilaient encore sa voix. Mais quelques instants après, ayant repris un peu de calme, elle me
dit :

« Vous m'avez bien fait du mal, Armand, et moi je
ne vous ai rien fait.

— Rien ? répliquai-je avec un sourire amer.

— Rien que ce que les circonstances m'ont forcée
à vous faire. »

Je ne sais pas si de votre vie vous avez éprouvé ou si
vous éprouverez jamais ce que je ressentais à la vue
de Marguerite.

La dernière fois qu'elle était venue chez moi, elle
s'était assise à la place où elle venait de s'asseoir; seulement, depuis cette époque, elle avait été la maîtresse d'un autre; d'autres baisers que les miens avaient
touché ses lèvres, auxquelles, malgré moi, tendaient
les miennes, et pourtant je sentais que j'aimais cette
femme autant et peut-être plus que je ne l'avais jamais
aimée.

Cependant il était difficile pour moi d'entamer la

conversation sur le sujet qui l'amenait. Marguerite le
comprit sans doute, car elle reprit :

« Je viens vous ennuyer, Armand, parce que j'ai
deux choses à vous demander; pardon de ce que j'ai
dit hier à Mlle Olympe, et grâce de ce que vous êtes
peut-être prêt à me faire encore. Volontairement ou
non, depuis votre retour, vous m'avez fait tant de mal,
que je serais incapable maintenant de supporter le
quart des émotions que j'ai supportées jusqu'à ce
matin. Vous aurez pitié de moi, n'est-ce pas ? et vous
comprendrez qu'il y a pour un homme de cœur de plus
nobles choses à faire que de se venger d'une femme
malade et triste comme je le suis. Tenez, prenez ma
main. J'ai la fièvre, j'ai quitté mon lit pour venir
vous demander, non pas votre amitié, mais votre
indifférence. »

En effet, je pris la main de Marguerite. Elle était
brûlante, et la pauvre femme frissonnait sous son manteau de velours.

Je roulai auprès du feu le fauteuil dans lequel elle
était assise.

« Croyez-vous donc que je n'ai pas souffert, repris-je,
la nuit où, après vous avoir attendue à la campagne,
je suis venu vous chercher à Paris, où je n'ai trouvé
que cette lettre qui a failli me rendre fou ?

« Comment avez-vous pu me tromper, Marguerite,
moi qui vous aimais tant !

— Ne parlons pas de cela, Armand, je ne suis pas
venue pour en parler. J'ai voulu vous voir autrement
qu'en ennemi, voilà tout, et j'ai voulu vous serrer
encore une fois la main. Vous avez une maîtresse jeune,

jolie, que vous aimez, dit-on : soyez heureux avec elle et oubliez-moi.

— Et vous, vous êtes heureuse, sans doute ?

— Ai-je le visage d'une femme heureuse, Armand ? ne raillez pas ma douleur, vous qui savez mieux que personne quelles en sont la cause et l'étendue.

— Il ne dépendait que de vous de n'être jamais malheureuse, si toutefois vous l'êtes comme vous le dites.

— Non, mon ami, les circonstances ont été plus fortes que ma volonté. J'ai obéi, non pas à mes instincts de fille, comme vous paraissez le dire, mais à une nécessité sérieuse et à des raisons que vous saurez un jour, et qui vous feront me pardonner.

— Pourquoi ne me dites-vous pas ces raisons aujourd'hui ?

— Parce qu'elles ne rétabliraient pas un rapprochement impossible entre nous, et qu'elles vous éloigneraient peut-être des gens dont vous ne devez pas vous éloigner.

— Quelles sont ces gens ?

— Je ne puis vous le dire.

— Alors, vous mentez. »

Marguerite se leva et se dirigea vers la porte.

Je ne pouvais assister à cette muette et expressive douleur sans en être ému, quand je comparais en moi-même cette femme pâle et pleurante à cette fille folle qui s'était moquée de moi à l'Opéra-Comique.

« Vous ne vous en irez pas, dis-je en me mettant devant la porte.

— Pourquoi ?

— Parce que, malgré ce que tu m'as fait, je t'aime toujours et que je veux te garder ici.

— Pour me chasser demain, n'est-ce pas ? Non, c'est impossible ! Nos deux destinées sont séparées, n'essayons pas de les réunir; vous me mépriseriez peut-être, tandis que maintenant vous ne pouvez que me haïr.

— Non, Marguerite, m'écriai-je en sentant tout mon amour et tous mes désirs se réveiller au contact de cette femme. Non, j'oublierai tout, et nous serons heureux comme nous nous étions promis de l'être. »

Marguerite secoua la tête en signe de doute, et dit :

« Ne suis-je pas votre esclave, votre chien ? Faites de moi ce que vous voudrez, prenez-moi, je suis à vous. »

Et ôtant son manteau et son chapeau, elle les jeta sur le canapé et se mit à dégrafer brusquement le corsage de sa robe, car, par une de ces réactions si fréquentes de sa maladie, le sang lui montait du cœur à la tête et l'étouffait.

Une toux sèche et rauque s'ensuivit.

« Faites dire à mon cocher, reprit-elle, de reconduire ma voiture. »

Je descendis moi-même congédier cet homme.

Quand je rentrai, Marguerite était étendue devant le feu et ses dents claquaient de froid.

Je la pris dans mes bras, je la déshabillai sans qu'elle fît un mouvement, et je la portai toute glacée dans mon lit.

Alors je m'assis auprès d'elle et j'essayai de la réchauffer sous mes caresses. Elle ne me disait pas une parole, mais elle me souriait.

Oh ! ce fut une nuit étrange. Toute la vie de Marguerite semblait être passée dans les baisers dont elle me couvrait, et je l'aimais tant, qu'au milieu des transports de mon amour fiévreux, je me demandais si je n'allais pas la tuer pour qu'elle n'appartînt jamais à un autre.

Un mois d'un amour comme celui-là, et de corps comme de cœur, on ne serait plus qu'un cadavre.

Le jour nous trouva éveillés tous deux.

Marguerite était livide. Elle ne disait pas une parole. De grosses larmes coulaient de temps en temps de ses yeux et s'arrêtaient sur sa joue, brillantes comme des diamants. Ses bras épuisés s'ouvraient de temps en temps pour me saisir, et retombaient sans force sur le lit.

Un moment je crus que je pourrais oublier ce qui s'était passé depuis mon départ de Bougival, et je dis à Marguerite :

« Veux-tu que nous partions, que nous quittions Paris ?

— Non, non, me dit-elle presque avec effroi, nous serions trop malheureux, je ne puis plus servir à ton bonheur, mais tant qu'il me restera un souffle, je serai l'esclave de tes caprices. A quelque heure du jour ou de la nuit que tu me veuilles, viens, je serai à toi; mais n'associe plus ton avenir au mien, tu serais trop malheureux et tu me rendrais trop malheureuse.

« Je suis encore pour quelque temps une jolie fille,

profites-en, mais ne me demande pas autre chose. »

Quand elle fut partie, je fus épouvanté de la solitude dans laquelle elle me laissait. Deux heures après
son départ, j'étais encore assis sur le lit qu'elle venait
de quitter, regardant l'oreiller qui gardait les plis de
sa forme, et me demandant ce que j'allais devenir
entre mon amour et ma jalousie.

A cinq heures, sans savoir ce que j'y allais faire, je
me rendis rue d'Antin.

Ce fut Nanine qui m'ouvrit.

« Madame ne peut pas vous recevoir, me dit-elle
avec embarras.

— Pourquoi ?

— Parce que M. le comte de N... est là, et qu'il a
entendu que je ne laisse entrer personne.

— C'est juste, balbutiai-je, j'avais oublié. »

Je rentrai chez moi comme un homme ivre, et savez-
vous ce que je fis pendant la minute de délire jaloux
qui suffisait à l'action honteuse que j'allais commettre,
savez-vous ce que je fis ? Je me dis que cette femme se
moquait de moi, je me la représentais dans son tête-
à-tête inviolable avec le comte, répétant les mêmes
mots qu'elle m'avait dits la nuit, et, prenant un
billet de cinq cent francs, je lui envoyai avec ces
mots :

« Vous êtes partie si vite ce matin, que j'ai oublié
de vous payer.

« Voici le prix de votre nuit. »

Puis, quand cette lettre fut portée, je sortis comme
pour me soustraire au remords instantané de cette
infamie.

J'allai chez Olympe, que je trouvai essayant des robes, et qui, lorsque nous fûmes seuls, me chanta des obscénités pour me distraire.

Celle-là était bien le type de la courtisane sans honte, sans cœur et sans esprit, pour moi du moins, car peut-être un homme avait-il fait avec elle le rêve que j'avais fait avec Marguerite.

Elle me demanda de l'argent, je lui en donnai, et libre alors de m'en aller, je rentrai chez moi.

Marguerite ne m'avait pas répondu.

Il est inutile que je vous dise dans quelle agitation je passai la journée du lendemain.

A six heures et demie, un commissionnaire apporta une enveloppe contenant ma lettre et le billet de cinq cents francs, pas un mot de plus.

« Qui vous a remis cela ? dis-je à cet homme.

— Une dame qui partait avec sa femme de chambre dans la malle de Boulogne, et qui m'a recommandé de ne l'apporter que lorsque la voiture serait hors de la cour. »

Je courus chez Marguerite.

« Madame est partie pour l'Angleterre aujourd'hui à six heures », me répondit le portier.

Rien ne me retenait plus à Paris, ni haine ni amour. J'étais épuisé par toutes ces secousses. Un de mes amis allait faire un voyage en Orient; j'allai dire à mon père le désir que j'avais de l'accompagner; mon père me donna des traites, des recommandations, et huit ou dix jours après je m'embarquai à Marseille.

Ce fut à Alexandrie que j'appris par un attaché de

l'ambassade, que j'avais vu quelquefois chez Marguerite, la maladie de la pauvre fille.

Je lui écrivis alors la lettre à laquelle elle a fait la réponse que vous connaissez et que je reçus à Toulon.

Je partis aussitôt et vous savez le reste.

Maintenant, il ne vous reste plus qu'à lire les quelques feuilles que Julie Duprat m'a remises et qui sont le complément indispensable de ce que je viens de vous raconter.

XXXV

Armand, fatigué de ce long récit souvent interrompu par ses larmes, posa ses deux mains sur son front et ferma les yeux, soit pour penser, soit pour essayer de dormir, après m'avoir donné les pages écrites de la main de Marguerite.

Quelques instants après, une respiration un peu plus rapide me prouvait qu'Armand dormait, mais de ce sommeil léger que le moindre bruit fait envoler.

Voici ce que je lus, et que je transcris sans ajouter ni retrancher aucune syllabe :

« C'est aujourd'hui le 15 décembre. Je suis souffrante depuis trois ou quatre jours. Ce matin j'ai pris le lit ; le temps est sombre, je suis triste ; personne n'est auprès de moi, je pense à vous, Armand. Et vous, où êtes-vous à l'heure où j'écris ces lignes ? Loin de Paris, bien loin, m'a-t-on dit, et peut-être avez-vous déjà oublié Marguerite. Enfin, soyez heureux, vous à qui je dois les seuls moments de joie de ma vie.

« Je n'avais pu résister au désir de vous donner l'explication de ma conduite, et je vous avais écrit une lettre ; mais écrite par une fille comme moi, une

pareille lettre peut être regardée comme un mensonge,
à moins que la mort ne la sanctifie de son autorité,
et, qu'au lieu d'être une lettre, elle ne soit une confession.

« Aujourd'hui, je suis malade; je puis mourir de
cette maladie, car j'ai toujours eu le pressentiment
que je mourrais jeune. Ma mère est morte de la poitrine, et la façon dont j'ai vécu jusqu'à présent n'a pu
qu'empirer cette affection, le seul héritage qu'elle
m'ait laissé; mais je ne veux pas mourir sans que vous
sachiez bien à quoi vous en tenir sur moi, si toutefois,
lorsque vous reviendrez, vous vous inquiétez encore de
la pauvre fille que vous aimiez avant de partir.

« Voici ce que contenait cette lettre, que je serai
heureuse de récrire, pour me donner une nouvelle
preuve de ma justification :

« Vous vous rappelez, Armand, comment l'arrivée
de votre père nous surprit à Bougival; vous vous sou-
venez de la terreur involontaire que cette arrivée me
causa, de la scène qui eut lieu entre vous et lui et que
vous me racontâtes le soir.

« Le lendemain, pendant que vous étiez à Paris
et que vous attendiez votre père qui ne rentrait pas,
un homme se présentait chez moi, et me remettait
une lettre de M. Duval.

« Cette lettre, que je joins à celle-ci, me priait, dans
les termes les plus graves de vous éloigner le lendemain sous un prétexte quelconque et de recevoir votre
père; il avait à me parler et me recommandait surtout
de ne vous rien dire de sa démarche.

« Vous savez avec quelle insistance je vous conseil-

lai à votre retour d'aller de nouveau à Paris le lendemain.

« Vous étiez parti depuis une heure quand votre
père se présenta. Je vous fais grâce de l'impression que
me causa son visage sévère. Votre père était imbu des
vieilles théories, qui veulent que toute courtisane soit
un être sans cœur, sans raison, une espèce de machine
à prendre l'or, toujours prête, comme les machines de
fer, à broyer la main qui lui tend quelque chose, et à
déchirer sans pitié, sans discernement celui qui la fait
vivre et agir.

« Votre père m'avait écrit une lettre très convenable pour que je consentisse à le recevoir; il ne se présenta pas tout à fait comme il avait écrit. Il y eut assez
de hauteur, d'impertinence et même de menaces, dans
ses premières paroles, pour que je lui fisse comprendre
que j'étais chez moi et que je n'avais de compte à lui
rendre de ma vie qu'à cause de la sincère affection que
j'avais pour son fils.

« M. Duval se calma un peu, et se mit cependant
à me dire qu'il ne pouvait souffrir plus longtemps que
son fils se ruinât pour moi; que j'étais belle, il est
vrai, mais que, si belle que je fusse, je ne devais pas
me servir de ma beauté pour perdre l'avenir d'un
jeune homme par des dépenses comme celles que je
faisais.

« A cela, il n'y avait qu'une chose à répondre, n'est-
ce pas ? c'était de montrer les preuves que, depuis que
j'étais votre maîtresse, aucun sacrifice ne m'avait coûté
pour vous rester fidèle sans vous demander plus d'argent que vous ne pouviez en donner. Je montrai les

reconnaissances du mont-de-piété, les reçus des gens
à qui j'avais vendu les objets que je n'avais pu engager, je fis part à votre père de ma résolution de me
défaire de mon mobilier pour payer mes dettes, et pour
vivre avec vous sans vous être une charge trop lourde.
Je lui racontai notre bonheur, la révélation que vous
m'aviez donnée d'une vie plus tranquille et plus heureuse, et il finit par se rendre à l'évidence, et me tendre
la main, en me demandant pardon de la façon dont
il s'était présenté d'abord.

« Puis il me dit :

« Alors, madame, ce n'est plus par des remontrances
« et des menaces, mais par des prières, que j'essayerai
« d'obtenir de vous un sacrifice plus grand que tous
« ceux que vous avez encore faits pour mon fils. »

« Je tremblai à ce préambule.

« Votre père se rapprocha de moi, me prit les deux
mains et continua d'un ton affectueux :

« Mon enfant, ne prenez pas en mauvaise part ce
« que je vais vous dire; comprenez seulement que la
« vie a parfois des nécessités cruelles pour le cœur,
« mais qu'il faut s'y soumettre. Vous êtes bonne, et
« votre âme a des générosités inconnues à bien des
« femmes qui peut-être vous méprisent et ne vous
« valent pas. Mais songez qu'à côté de la maîtresse il
« y a la famille; qu'outre l'amour il y a les devoirs; qu'à
« l'âge des passions succède l'âge où l'homme, pour
« être respecté, a besoin d'être solidement assis dans
« une position sérieuse. Mon fils n'a pas de fortune,
« et cependant il est prêt à vous abandonner l'héri-
« tage de sa mère. S'il acceptait de vous le sacrifice

« que vous êtes sur le point de faire, il serait de son
« honneur et de sa dignité de vous faire en échange
« cet abandon qui vous mettrait toujours à l'abri
« d'une adversité complète. Mais ce sacrifice, il ne
« peut l'accepter, parce que le monde, qui ne vous
« connaît pas, donnerait à ce consentement une
« cause déloyale qui ne doit pas atteindre le nom que
« nous portons. On ne regarderait pas si Armand vous
« aime, si vous l'aimez, si ce double amour est un
« bonheur pour lui et une réhabilitation pour vous;
« on ne verrait qu'une chose, c'est qu'Armand Duval
« a souffert qu'une fille entretenue, pardonnez-moi,
« mon enfant, tout ce que je suis forcé de vous dire,
« vendît pour lui ce qu'elle possédait. Puis le jour des
« reproches et des regrets arriverait, soyez-en sûre,
« pour vous comme pour les autres, et vous porteriez
« tous deux une chaîne que vous ne pourriez briser.
« Que feriez-vous alors ? Votre jeunesse serait perdue,
« l'avenir de mon fils serait détruit; et moi, son père,
« je n'aurais que de l'un de mes enfants la récompense
« que j'attends des deux.

« Vous êtes jeune, vous êtes belle, la vie vous con-
« solera; vous êtes noble, et le souvenir d'une bonne
« action rachètera pour vous bien des choses passées.
« Depuis six mois qu'il vous connaît, Armand m'ou-
« blie. Quatre fois je lui ai écrit sans qu'il songeât une
« fois à me répondre. J'aurais pu mourir sans qu'il le
« sût !

« Quelle que soit votre résolution de vivre autre-
« ment que vous n'avez vécu, Armand qui vous aime
« ne consentira pas à la réclusion à laquelle sa modeste

« position vous condamnerait, et qui n'est pas faite
« pour votre beauté. Qui sait ce qu'il ferait alors ! Il a
« joué, je l'ai su; sans vous en rien dire, je le sais encore;
« mais, dans un moment d'ivresse, il eût pu perdre
« une partie de ce que j'amasse, depuis bien des
« années, pour la dot de ma fille, pour lui, et pour
« la tranquillité de mes vieux jours. Ce qui eût pu
« arriver peut arriver encore.

« Etes-vous sûre en outre que la vie que vous quitte-
« riez pour lui ne vous attirerait pas de nouveau ?
« Etes-vous sûre, vous qui l'avez aimé, de n'en point
« aimer un autre ? Ne souffrirez-vous pas enfin des
« entraves que votre liaison mettra dans la vie de votre
« amant, et dont vous ne pourrez peut-être pas le
« consoler, si, avec l'âge, des idées d'ambition succè-
« dent à des rêves d'amour ? Réfléchissez à tout
« cela, madame : vous aimez Armand, prouvez-le-lui
« par le seul moyen qui vous reste de le lui prouver
« encore : en faisant à son avenir le sacrifice de votre
« amour. Aucun malheur n'est encore arrivé, mais il
« en arriverait, et peut-être de plus grands que ceux
« que je prévois. Armand peut devenir jaloux d'un
« homme qui vous a aimée; il peut le provoquer, il
« peut se battre, il peut être tué enfin, et songez à ce
« que vous souffririez devant ce père qui vous deman-
« derait compte de la vie de son fils.

« Enfin, mon enfant, sachez tout, car je ne vous ai
« pas tout dit, sachez donc ce qui m'amenait à Paris.
« J'ai une fille, je viens de vous le dire, jeune, belle,
« pure comme un ange. Elle aime, et elle aussi elle a
« fait de cet amour le rêve de sa vie. J'avais écrit tout

« cela à Armand, mais, tout occupé de vous, il ne m'a
« pas répondu. Eh bien, ma fille va se marier. Elle
« épouse l'homme qu'elle aime, elle entre dans une
« famille honorable qui veut que tout soit honorable
« dans la mienne. La famille de l'homme qui doit
« devenir mon gendre a appris comment Armand vit
« à Paris, et m'a déclaré reprendre sa parole si
« Armand continuait cette vie. L'avenir d'une enfant
« qui ne vous a rien fait, et qui a le droit de compter
« sur l'avenir, est entre vos mains.

« Avez-vous le droit et vous sentez-vous la force de
« le briser ? Au nom de votre amour et de votre
« repentir, Marguerite, accordez-moi le bonheur de
« ma fille. »

« Je pleurais silencieusement, mon ami, devant
toutes ces réflexions que j'avais faites bien souvent,
et qui, dans la bouche de votre père, acquéraient
encore une plus sérieuse réalité. Je me disais tout ce
que votre père n'osait pas me dire, et ce qui vingt
fois lui était venu sur les lèvres : que je n'étais après
tout qu'une fille entretenue, et que, quelque raison que
je donnasse à notre liaison, elle aurait toujours l'air
d'un calcul; que ma vie passée ne me laissait aucun
droit de rêver un pareil avenir, et que j'acceptais des
responsabilités auxquelles mes habitudes et ma réputation ne donnaient aucune garantie. Enfin, je vous
aimais, Armand. La manière paternelle dont me parlait M. Duval, les chastes sentiments qu'il évoquait en
moi, l'estime de ce vieillard loyal que j'allais conquérir, la vôtre que j'étais sûre d'avoir plus tard, tout cela
éveillait en mon cœur de nobles pensées qui me rele-

vaient à mes propres yeux, et faisaient parler de saintes vanités, inconnues jusqu'alors. Quand je songeais qu'un jour ce vieillard, qui m'implorait pour l'avenir de son fils, dirait à sa fille de mêler mon nom à ses prières, comme le nom d'une mystérieuse amie, je me transformais et j'étais fière de moi.

« L'exaltation du moment exagérait peut-être la vérité de ces impressions; mais voilà ce que j'éprouvais, ami, et ces sentiments nouveaux faisaient taire les conseils que me donnait le souvenir des jours heureux passés avec vous.

« C'est bien, monsieur, dis-je à votre père en essuyant « mes larmes. Croyez-vous que j'aime votre fils ?

« — Oui, me dit M. Duval.

« — D'un amour désintéressé ?

« — Oui.

« — Croyez-vous que j'avais fait de cet amour l'es-« poir, le rêve et le pardon de ma vie ?

« — Fermement.

« — Eh bien, monsieur, embrassez-moi une fois « comme vous embrasseriez votre fille, et je vous jure « que ce baiser, le seul vraiment chaste que j'aie reçu, « me fera forte contre mon amour, et qu'avant huit « jours votre fils sera retourné auprès de vous, peut-« être malheureux pour quelque temps, mais guéri « pour jamais.

« — Vous êtes une noble fille, répliqua votre père « en m'embrassant sur le front, et vous tentez une « chose dont Dieu vous tiendra compte; mais je crains « bien que vous n'obteniez rien de mon fils.

« — Oh ! soyez tranquille, monsieur, il me haïra. »

« Il fallait entre nous une barrière infranchissable, pour l'un comme pour l'autre.

« J'écrivis à Prudence que j'acceptais les propositions de M. le comte de N..., et qu'elle allât lui dire que je souperais avec elle et lui.

« Je cachetai la lettre, et sans lui dire ce qu'elle renfermait, je priai votre père de la faire remettre à son adresse en arrivant à Paris.

« Il me demanda néanmoins ce qu'elle contenait.

« C'est le bonheur de votre fils », lui répondis-je.

« Votre père m'embrassa une dernière fois. Je sentis sur mon front deux larmes de reconnaissance qui furent comme le baptême de mes fautes d'autrefois, et au moment où je venais de consentir à me livrer à un autre homme, je rayonnai d'orgueil en songeant à ce que je rachetais par cette nouvelle faute.

« C'était bien naturel, Armand; vous m'aviez dit que votre père était le plus honnête homme que l'on pût rencontrer.

« M. Duval remonta en voiture et partit.

« Cependant j'étais femme, et quand je vous revis, je ne pus m'empêcher de pleurer, mais je ne faiblis pas.

« Ai-je bien fait ? voilà ce que je me demande aujourd'hui qué j'entre malade dans un lit que je ne quitterai peut-être que morte.

« Vous avez été témoin de ce que j'éprouvais à mesure que l'heure de notre inévitable séparation approchait; votre père n'était plus là pour me soutenir, et il y eut un moment où je fus bien près de tout vous avouer, tant j'étais épouvantée de l'idée que vous alliez me haïr et me mépriser.

« Une chose que vous ne croirez peut-être pas, Armand, c'est que je priai Dieu de me donner de la force, et ce qui prouve qu'il acceptait mon sacrifice, c'est qu'il me donna cette force que j'implorais.

« A ce souper, j'eus besoin d'aide encore, car je ne voulais pas savoir ce que j'allais faire, tant je craignais que le courage ne me manquât !

« Qui m'eût dit, à moi, Marguerite Gautier, que je souffrirais tant à la seule pensée d'un nouvel amant ?

« Je bus pour oublier, et quand je me réveillai le lendemain, j'étais dans le lit du comte.

« Voilà la vérité tout entière, ami, jugez et pardonnez-moi, comme je vous ai pardonné tout le mal que vous m'avez fait depuis ce jour. »

XXVI

« Ce qui suivit cette nuit fatale, vous le savez aussi bien que moi, mais ce que vous ne savez pas, ce que vous ne pouvez pas soupçonner, c'est ce que j'ai souffert depuis notre séparation.

« J'avais appris que votre père vous avait emmené, mais je me doutais bien que vous ne pourriez pas vivre longtemps loin de moi, et le jour où je vous rencontrai aux Champs-Elysées, je fus émue, mais non étonnée.

« Alors commença cette série de jours dont chacun m'apporta une nouvelle insulte de vous, insulte que je recevais presque avec joie, car outre qu'elle était la preuve que vous m'aimiez toujours, il me semblait que, plus vous me persécuteriez, plus je grandirais à vos yeux le jour où vous sauriez la vérité.

« Ne vous étonnez pas de ce martyre joyeux, Armand, l'amour que vous aviez eu pour moi avait ouvert mon cœur à de nobles enthousiasmes.

« Cependant je n'avais pas été tout de suite aussi forte.

« Entre l'exécution du sacrifice que je vous avais

fait et votre retour, un temps assez long s'était écoulé pendant lequel j'avais eu besoin d'avoir recours à des moyens physiques pour ne pas devenir folle et pour m'étourdir sur la vie dans laquelle je me rejetais. Prudence vous a dit, n'est-ce pas, que j'étais de toutes les fêtes, de tous les bals, de toutes les orgies ?

« J'avais comme l'espérance de me tuer rapidement, à force d'excès, et je crois, cette espérance ne tardera pas à se réaliser. Ma santé s'altéra nécessairement de plus en plus, et le jour où j'envoyai Mme Duvernoy vous demander grâce, j'étais épuisée de corps et d'âme.

« Je ne vous rappellerai pas, Armand, de quelle façon vous avez récompensé la dernière preuve d'amour que je vous ai donnée, et par quel outrage vous avez chassé de Paris la femme qui, mourante n'avait pu résister à votre voix quand vous lui demandiez une nuit d'amour, et qui, comme une insensée, a cru, un instant, qu'elle pourrait ressouder le passé et le présent. Vous aviez le droit de faire ce que vous avez fait, Armand : on ne m'a pas toujours payé mes nuits aussi cher !

« J'ai tout laissé alors ! Olympe m'a remplacée auprès de M. de N... et s'est chargée, m'a-t-on dit, de lui apprendre le motif de mon départ. Le comte de G... était à Londres. C'est un de ces hommes qui, ne donnant à l'amour avec les filles comme moi que juste assez d'importance pour qu'il soit un passe-temps agréable, restent les amis des femmes qu'ils ont eues et n'ont pas de haine, n'ayant jamais eu de jalousie; c'est enfin un de ces grands seigneurs qui ne nous ouvrent qu'un côté de leur cœur, mais qui nous ouvrent les deux côtés de leur bourse. C'est à lui que je pensai tout de suite. J'allai le rejoindre. Il me reçut à merveille, mais il était là-bas l'amant d'une femme du monde, et craignait de se compromettre en s'affichant avec moi. Il me présenta à ses amis qui me donnèrent un souper après lequel l'un d'eux m'emmena.

« Que vouliez-vous que je fisse, mon ami ?

« Me tuer ? c'eût été charger votre vie, qui doit être heureuse, d'un remords inutile; puis, à quoi bon se tuer quand on est si près de mourir ?

« Je passai à l'état de corps sans âme, de chose sans pensée; je vécus pendant quelque temps de cette vie automatique, puis je revins à Paris et je demandai après vous; j'appris alors que vous étiez parti pour un long voyage. Rien ne me soutenait plus. Mon existence redevint ce qu'elle avait été deux ans avant que je vous connusse. Je tentai de ramener le duc, mais j'avais trop rudement blessé cet homme, et les vieillards ne sont pas patients, sans doute parce qu'ils s'aperçoivent qu'ils ne sont pas éternels. La maladie m'envahissait de jour en jour, j'étais pâle, j'étais triste, j'étais plus maigre encore. Les hommes qui achètent l'amour examinent la marchandise avant de la prendre. Il y avait à Paris des femmes mieux portantes, plus grasses que moi; on m'oublia un peu. Voilà le passé jusqu'à hier.

« Maintenant je suis tout à fait malade. J'ai écrit au duc pour lui demander de l'argent, car je n'en ai pas, et les créanciers sont revenus, et m'apportent leurs notes avec un acharnement sans pitié. Le duc me répondra-t-il ? Que n'êtes-vous à Paris, Armand ! vous viendriez me voir et vos visites me consoleraient. »

« 20 décembre.

« Il fait un temps horrible, il neige, je suis seule chez moi. Depuis trois jours j'ai été prise d'une telle fièvre que je n'ai pu vous écrire un mot. Rien de nouveau, mon ami; chaque jour j'espère vaguement une lettre de vous, mais elle n'arrive pas et n'arrivera sans doute jamais. Les hommes seuls ont la force de ne pas pardonner. Le duc ne m'a pas répondu.

« Prudence a recommencé ses voyages au mont-de-piété.

« Je ne cesse de cracher le sang. Oh ! je vous ferais peine si vous me voyiez. Vous êtes bien heureux d'être sous un ciel chaud et de n'avoir pas comme moi tout un hiver de glace qui vous pèse sur la poitrine. Aujourd'hui, je me suis levée un peu, et, derrière les rideaux de ma fenêtre, j'ai regardé passer cette vie de Paris avec laquelle je crois bien avoir tout à fait rompu. Quelques visages de connaissance sont passés dans la rue, rapides, joyeux, insouciants. Pas un n'a levé les yeux sur mes fenêtres. Cependant, quelques jeunes gens sont venus s'inscrire. Une fois déjà, je fus malade, et vous, qui ne me connaissiez pas, qui n'aviez rien obtenu de moi qu'une impertinence le jour où je vous ai vu pour la première fois, vous veniez savoir de mes nouvelles tous les matins. Me voilà malade de nouveau. Nous avons passé six mois ensemble. J'ai eu pour vous autant d'amour que le cœur de la femme peut en contenir et en donner, et vous êtes loin, et vous me maudissez, et il ne me vient pas un mot de consolation de vous. Mais c'est le hasard seul qui fait cet abandon, j'en suis sûre, car si vous étiez à Paris, vous ne quitteriez pas mon chevet et ma chambre. »

« 25 décembre.

« Mon médecin me défend d'écrire tous les jours. En effet, mes souvenirs ne font qu'augmenter ma fièvre, mais, hier, j'ai reçu une lettre qui m'a fait du bien, plus par les sentiments dont elle était l'expression que par le secours matériel qu'elle m'apportait. Je puis donc vous écrire aujourd'hui. Cette lettre était de votre père, et voici ce qu'elle contenait :

« Madame,
« J'apprends à l'instant que vous êtes malade. Si
« j'étais à Paris, j'irais moi-même savoir de vos nou-
« velles; si mon fils était auprès de moi, je lui dirais
« d'aller en chercher, mais je ne puis quitter C...,
« et Armand est à six ou sept cents lieues d'ici;
« permettez-moi donc simplement de vous écrire,
« madame, combien je suis peiné de cette maladie,
« et croyez aux vœux sincères que je fais pour votre
« prompt rétablissement.
« Un de mes bons amis, M. H..., se présentera chez
« vous, veuillez le recevoir. Il est chargé par moi

« d'une commission dont j'attends impatiemment
« le résultat.

« Veuillez agréer, Madame, l'assurance de mes
« sentiments les plus distingués. »

« Telle est la lettre que j'ai reçue. Votre père est
un noble cœur, aimez-le bien, mon ami; car il y a
peu d'hommes au monde aussi dignes d'être aimés.
Ce papier signé de son nom m'a fait plus de bien que
toutes les ordonnances de notre grand médecin.

« Ce matin, M. H... est venu. Il semblait fort
embarrassé de la mission délicate dont l'avait chargé
M. Duval. Il venait tout bonnement m'apporter
mille écus de la part de votre père. J'ai voulu refuser d'abord, mais M. H... m'a dit que ce refus offen-
serait M. Duval, qui l'avait autorisé à me donner
d'abord cette somme, et à me remettre tout ce dont
j'aurais besoin encore. J'ai accepté ce service qui,
de la part de votre père, ne peut pas être une aumône. Si je suis morte quand vous reviendrez, montrez
à votre père ce que je viens d'écrire pour lui, et
dites-lui qu'en traçant ces lignes, la pauvre fille
à laquelle il a daigné écrire cette lettre consolante
versait des larmes de reconnaissance, et priait Dieu
pour lui. »

                                        « 4 janvier.

« Je viens de passer une suite de jours bien douloureux. J'ignorais que le corps pût faire souffrir ainsi.
Oh ! ma vie passée ! je la paye deux fois aujourd'hui.

« On m'a veillée toutes les nuits. Je ne pouvais plus

respirer. Le délire et la toux se partageaient le reste de ma pauvre existence.

« Ma salle à manger est pleine de bonbons, de cadeaux de toutes sortes que mes amis m'ont apportés. Il y en a sans doute, parmi ces gens, qui espèrent que je serai leur maîtresse plus tard. S'ils voyaient ce que la maladie a fait de moi, ils s'enfuiraient épouvantés.

« Prudence donne des étrennes avec celles que je reçois.

« Le temps est à la gelée, et le docteur m'a dit que je pourrai sortir d'ici à quelques jours si le beau temps continue. »

« 8 janvier.

« Je suis sortie hier dans ma voiture. Il faisait un temps magnifique. Les Champs-Elysées étaient pleins de monde. On eût dit le premier sourire du printemps. Tout avait un air de fête autour de moi. Je n'avais jamais soupçonné dans un rayon de soleil tout ce que j'y ai trouvé hier de joie, de douceur et de consolation.

« J'ai rencontré presque tous les gens que je connais, toujours gais, toujours occupés de leurs plaisirs. Que d'heureux qui ne savent pas qu'ils le sont ! Olympe est passée dans une élégante voiture que lui a donnée M. de N... Elle a essayé de m'insulter du regard. Elle ne sait pas combien je suis loin de toutes ces vanités-là. Un brave garçon que je connais depuis longtemps m'a demandé si je voulais aller souper avec lui et un de ses amis qui désire beaucoup, disait-il, faire ma connaissance.

« J'ai souri tristement, et lui ai tendu ma main brûlante de fièvre.

« Je n'ai jamais vu visage plus étonné.

« Je suis rentrée à quatre heures, j'ai dîné avec assez d'appétit.

« Cette sortie m'a fait du bien.

« Si j'allais guérir !

« Comme l'aspect de la vie et du bonheur des autres fait désirer de vivre ceux-là qui, la veille, dans la solitude de leur âme et dans l'ombre de leur chambre de malade, souhaitaient de mourir vite ? »

                                    « 10 janvier.

« Cette espérance de santé n'était qu'un rêve. Me voici de nouveau dans mon lit, le corps couvert d'emplâtres qui me brûlent. Va donc offrir ce corps que l'on payait si cher autrefois, et vois ce que l'on t'en donnera aujourd'hui !

« Il faut que nous ayons bien fait du mal avant de naître, ou que nous devions jouir d'un bien grand bonheur après notre mort, pour que Dieu permette que cette vie ait toutes les tortures de l'expiation et toutes les douleurs de l'épreuve. »

                                    « 12 janvier.

« Je souffre toujours.

« Le comte de N... m'a envoyé de l'argent hier, je

ne l'ai pas accepté. Je ne veux rien de cet homme. C'est lui qui est cause que vous n'êtes pas près de moi.

« Oh ! nos beaux jours de Bougival ! où êtes-vous ?

« Si je sors vivante de cette chambre, ce sera pour faire un pèlerinage à la maison que nous habitions ensemble, mais je n'en sortirai plus que morte.

« Qui sait si je vous écrirai demain ? »

« 25 janvier.

« Voilà onze nuits que je ne dors pas, que j'étouffe et que je crois à chaque instant que je vais mourir. Le médecin a ordonné qu'on ne me laissât pas toucher une plume. Julie Duprat, qui me veille, me permet encore de vous écrire ces quelques lignes. Ne reviendrez-vous donc point avant que je meure ? Est-ce donc éternellement fini entre nous ? Il me semble que, si vous veniez, je guérirais. A quoi bon guérir ? »

« 28 janvier.

« Ce matin j'ai été réveillé par un grand bruit. Julie, qui dormait dans ma chambre, s'est précipitée dans la salle à manger. J'ai entendu des voix d'hommes contre lesquelles la sienne luttait en vain. Elle est rentrée en pleurant.

« On venait saisir. Je lui ai dit de laisser faire ce qu'ils appellent la justice. L'huissier est entré dans ma chambre, le chapeau sur la tête. Il a ouvert les tiroirs, a inscrit tout ce qu'il a vu, et n'a pas eu l'air de s'apercevoir qu'il y avait une mourante dans le lit qu'heureusement la charité de la loi me laisse.

« Il a consenti à me dire en partant que je pouvais mettre opposition avant neuf jours, mais il a laissé un gardien ! Que vais-je devenir, mon Dieu ! Cette scène m'a rendue encore plus malade. Prudence voulait demander de l'argent à l'ami de votre père, je m'y suis opposée. »

« J'ai reçu votre lettre ce matin. J'en avais besoin. Ma réponse vous arriyera-t-elle à temps ? Me verrez-vous encore ? Voilà une journée heureuse qui me fait oublier toutes celles que j'ai passées depuis six semaines. Il me semble que je vais mieux, malgré le sentiment de tristesse sous l'impression duquel je vous ai répondu.

« Après tout, on ne doit pas toujours être malheureux.

« Quand je pense qu'il peut arriver que je ne meure pas, que vous reveniez, que je revoie le printemps, que vous m'aimiez encore et que nous recommencions notre vie de l'année dernière !

« Folle que je suis ! c'est à peine si je puis tenir la plume avec laquelle je vous écris ce rêve insensé de mon cœur.

« Quoi qu'il arrive, je vous aimais bien, Armand, et je serais morte depuis longtemps si je n'avais pour m'assister le souvenir de cet amour, et comme un vague espoir de vous revoir encore près de moi. »

« 4 février.

« Le comte de G... est revenu. Sa maîtresse l'a trompé. Il est fort triste, il l'aimait beaucoup. Il est venu me conter tout cela. Le pauvre garçon est assez mal dans ses affaires, ce qui ne l'a pas empêché de payer mon huissier et de congédier le gardien.

« Je lui ai parlé de vous et il m'a promis de vous parler de moi. Comme j'oubliais dans ces moments-là que j'avais été sa maîtresse et comme il essayait de me le faire oublier aussi ! C'est un brave cœur.

« Le duc a envoyé savoir de mes nouvelles hier, et il est venu ce matin. Je ne sais pas ce qui peut faire vivre encore ce vieillard. Il est resté trois heures auprès de moi, et il ne m'a pas dit vingt mots. Deux grosses larmes sont tombées de ses yeux quand il m'a vue si pâle. Le souvenir de la mort de sa fille le faisait pleurer sans doute.

« Il l'aura vue mourir deux fois. Son dos est courbé, sa tête penche vers la terre, sa lèvre est pendante, son regard est éteint. L'âge et la douleur pèsent de leur double poids sur son corps épuisé. Il ne m'a pas fait un reproche. On eût même dit qu'il jouissait secrètement du ravage que la maladie avait fait en moi. Il semblait fier d'être debout, quand moi, jeune encore, j'étais écrasée par la souffrance.

« Le mauvais temps est revenu. Personne ne vient me voir. Julie veille le plus qu'elle peut auprès de moi. Prudence, à qui je ne peux plus donner autant d'argent qu'autrefois, commence à prétexter des affaires pour s'éloigner.

« Maintenant que je suis près de mourir, malgré ce que me disent les médecins, car j'en ai plusieurs, ce qui prouve que la maladie augmente, je regrette presque d'avoir écouté votre père; si j'avais su ne prendre qu'une année à votre avenir, je n'aurais pas résisté au désir de passer cette année avec vous, et au moins je mourrais en tenant la main d'un ami. Il est vrai que si nous avions vécu ensemble cette année, je ne serais pas morte si tôt.

« La volonté de Dieu soit faite ! »

« 5 février.

« Oh ! venez, Armand, je souffre horriblement, je vais mourir, mon Dieu. J'étais si triste hier que j'ai voulu passer autre part que chez moi la soirée qui promettait d'être longue comme celle de la veille. Le duc était venu le matin. Il me semble que la vue de ce vieillard oublié par la mort me fait mourir plus vite.

« Malgré l'ardente fièvre qui me brûlait, je me suis fait habiller et conduire au Vaudeville. Julie m'avait mis du rouge, sans quoi j'aurais eu l'air d'un cadavre. Je suis allée dans cette loge où je vous ai donné notre premier rendez-vous; tout le temps j'ai eu les yeux fixés sur la stalle que vous occupiez ce jour-là, et qu'occupait hier une sorte de rustre, qui riait bruyamment de toutes les sottes choses que débitaient les acteurs. On m'a rapportée à moitié morte chez moi. J'ai toussé et craché le sang toute la nuit. Aujourd'hui je ne peux plus parler, à peine si je peux remuer les bras. Mon Dieu ! mon Dieu ! je vais mourir. Je m'y attendais, mais je ne puis me faire à l'idée de souffrir plus que je ne souffre, et si... »

A partir de ce mot les quelques caractères que Marguerite avait essayé de tracer étaient illisibles, et c'était Julie Duprat qui avait continué.

« 18 février.

« Monsieur Armand,

« Depuis le jour où Marguerite a voulu aller au spectacle, elle a été toujours plus malade. Elle a perdu complètement la voix, puis l'usage de ses membres. Ce que souffre notre pauvre amie est impossible à dire. Je ne suis pas habituée à ces sortes d'émotions, et j'ai des frayeurs continuelles.

« Que je voudrais que vous fussiez auprès de nous ! Elle a presque toujours le délire, mais délirante ou lucide, c'est toujours votre nom qu'elle prononce quand elle arrive à pouvoir dire un mot.

« Le médecin m'a dit qu'elle n'en avait plus pour longtemps. Depuis qu'elle est si malade, le vieux duc n'est pas revenu.

« Il a dit au docteur que ce spectacle lui faisait trop de mal.

« Mme Duvernoy ne se conduit pas bien. Cette femme, qui croyait tirer plus d'argent de Marguerite, aux dépens de laquelle elle vivait presque complètement, a pris des engagements qu'elle ne peut tenir,

et, voyant que sa voisine ne lui sert plus de rien, elle
ne vient même pas la voir. Tout le monde l'abandonne. M. de G..., traqué par ses dettes, a été forcé
de repartir pour Londres. En partant, il nous a
envoyé quelque argent; il a fait tout ce qu'il a
pu, mais on est revenu saisir, et les créanciers n'attendent que la mort pour faire vendre.

« J'ai voulu user de mes dernières ressources pour
empêcher toutes ces saisies, mais l'huissier m'a dit
que c'était inutile, et qu'il avait d'autres jugements
encore à exécuter. Puisqu'elle va mourir, il vaut
mieux abandonner tout que de le sauver pour sa
famille qu'elle n'a pas voulu voir, et qui ne l'a jamais
aimée. Vous ne pouvez vous figurer au milieu de
quelle misère dorée la pauvre fille se meurt. Hier
nous n'avions pas d'argent du tout. Couverts, bijoux,
cachemires, tout est en gage, le reste est vendu ou
saisi. Marguerite a encore la conscience de ce qui se
passe autour d'elle, et elle souffre du corps, de l'esprit
et du cœur. De grosses larmes coulent sur ses joues,
si amaigries et si pâles que vous ne reconnaîtriez
plus le visage de celle que vous aimiez tant, si vous
pouviez la voir. Elle m'a fait promettre de vous
écrire quand elle ne pourrait plus, et j'écris devant
elle. Elle porte les yeux de mon côté, mais elle ne me
voit pas, son regard est déjà voilé par la mort prochaine; cependant elle sourit, et toute sa pensée,
toute son âme sont à vous, j'en suis sûre.

« Chaque fois que l'on ouvre la porte, ses yeux
s'éclairent, et elle croit toujours que vous allez
entrer; puis, quand elle voit que ce n'est pas vous, son

visage reprend son expression douloureuse, se mouille d'une sueur froide, et les pommettes deviennent pourpres. »

« 19 février, minuit.

« La triste journée que celle d'aujourd'hui, mon pauvre monsieur Armand ! Ce matin Marguerite étouffait, le médecin l'a saignée, et la voix est un peu revenue. Le docteur lui a conseillé de voir un prêtre. Elle a dit qu'elle y consentait, et il est allé lui-même chercher un abbé à Saint-Roch.

« Pendant ce temps, Marguerite m'a appelée près de son lit, m'a priée d'ouvrir son armoire, puis elle m'a désigné un bonnet, une chemise longue toute couverte de dentelles, et m'a dit d'une voix affaiblie :

« Je vais mourir après m'être confessée, alors tu
« m'habilleras avec ces objets : c'est une coquetterie
« de mourante.

« Puis elle m'a embrassée en pleurant, et elle a
« ajouté :

« Je puis parler, mais j'étouffe trop quand je
« parle; j'étouffe ! de l'air ! »

« Je fondais en larmes, j'ouvris la fenêtre, et quelques instants après le prêtre entra.

« J'allai au-devant de lui.

« Quand il sut chez qui il était, il parut craindre d'être mal accueilli.

« Entrez hardiment, mon père », lui ai-je dit.

« Il est resté peu de temps dans la chambre de la malade, et il en est ressorti en me disant :

« Elle a vécu comme une pécheresse, mais elle
« mourra comme une chrétienne. »

« Quelques instants après, il est revenu accompagné d'un enfant de chœur qui portait un crucifix,
et d'un sacristain qui marchait devant eux en
sonnant, pour annoncer que Dieu venait chez la
mourante.

« Ils sont entrés tous trois dans cette chambre à
coucher qui avait retenti autrefois de tant de mots
étranges, et qui n'était plus à cette heure qu'un
tabernacle saint.

« Je suis tombée à genoux. Je ne sais pas combien
de temps durera l'impression que m'a produite ce
spectacle, mais je ne crois pas que, jusqu'à ce que
j'en sois arrivée au même moment, une chose
humaine pourra m'impressionner autant.

« Le prêtre oignit des huiles saintes les pieds, les
mains et le front de la mourante, récita une courte
prière, et Marguerite se trouva prête à partir pour
le Ciel où elle ira sans doute, si Dieu a vu les épreuves
de sa vie et la sainteté de sa mort.

« Depuis ce temps elle n'a pas dit une parole
et n'a pas fait un mouvement. Vingt fois je l'aurais
crue morte, si je n'avais entendu l'effort de sa
respiration. »

« 20 février, cinq heures du soir.

« Tout est fini.

« Marguerite est entrée en agonie cette nuit à
deux heures environ. Jamais martyre n'a souffert

pareilles tortures, à en juger par les cris qu'elle poussait. Deux ou trois fois elle s'est dressée tout debout sur son lit, comme si elle eût voulu ressaisir sa vie qui remontait vers Dieu.

« Deux ou trois fois aussi, elle a dit votre nom, puis tout s'est tu, elle est retombée épuisée sur son lit. Des larmes silencieuses ont coulé de ses yeux et elle est morte.

« Alors, je me suis approchée d'elle, je l'ai appelée, et comme elle ne répondait pas, je lui ai fermé les yeux et je l'ai embrassée sur le front.

« Pauvre chère Marguerite, j'aurais voulu être une sainte femme, pour que ce baiser te recommandât à Dieu.

« Puis, je l'ai habillée comme elle m'avait priée de le faire, je suis allée chercher un prêtre à Saint-Roch, j'ai brûlé deux cierges pour elle, et j'ai prié pendant une heure dans l'église.

« J'ai donné à des pauvres de l'argent qui venait d'elle.

« Je ne me connais pas bien en religion, mais je pense que le bon Dieu reconnaîtra que mes larmes étaient vraies, ma prière fervente, mon aumône sincère, et qu'il aura pitié de celle, qui, morte jeune et belle, n'a eu que moi pour lui fermer les yeux et l'ensevelir. »

« 22 février.

« Aujourd'hui l'enterrement a eu lieu. Beaucoup des amies de Marguerite sont venues à l'église.

Quelques-unes pleuraient avec sincérité. Quand le convoi a pris le chemin de Montmartre, deux hommes seulement se trouvaient derrière, le comte de G..., qui était revenu exprès de Londres, et le duc qui marchait soutenu par deux valets de pied.

« C'est de chez elle que je vous écris tous ces détails, au milieu de mes larmes et devant la lampe qui brûle tristement près d'un dîner auquel je ne touche pas, comme bien vous pensez, mais que Nanine m'a fait faire, car je n'ai pas mangé depuis plus de vingt-quatre heures.

« Ma vie ne pourra pas garder longtemps ces impressions tristes, car ma vie ne m'appartient pas plus que la sienne n'appartenait à Marguerite, c'est pourquoi je vous donne tous ces détails sur les lieux mêmes où ils se sont passés, dans la crainte, si un long temps s'écoulait entre eux et votre retour, de ne pas pouvoir vous les donner avec toute leur triste exactitude. »

XXVII

« Vous avez lu ? me dit Armand quand j'eus terminé
la lecture de ce manuscrit.

— Je comprends ce que vous avez dû souffrir, mon
ami, si tout ce que j'ai lu est vrai !

— Mon père me l'a confirmé dans une lettre. »

Nous causâmes encore quelque temps de la triste
destinée qui venait de s'accomplir, et je rentrai chez
moi prendre un peu de repos.

Armand, toujours triste, mais soulagé un peu par
le récit de cette histoire, se rétablit vite, et nous allâmes ensemble faire visite à Prudence et à Julie
Duprat.

Prudence venait de faire faillite. Elle nous dit
que Marguerite en était la cause; que pendant sa maladie, elle lui avait prêté beaucoup d'argent pour
lequel elle avait fait des billets qu'elle n'avait pu
payer, Marguerite étant morte sans le lui rendre et ne
lui ayant pas donné de reçus avec lesquels elle pût
se présenter comme créancière.

A l'aide de cette fable que Mme Duvernoy racon-

tait partout pour excuser ses mauvaises affaires, elle
tira un billet de mille francs à Armand, qui n'y
croyait pas, mais qui voulut bien avoir l'air d'y
croire, tant il avait de respect pour tout ce qui avait
approché sa maîtresse.

Puis nous arrivâmes chez Julie Duprat qui nous
raconta les tristes événements dont elle avait été
témoin, versant des larmes sincères au souvenir de
son amie.

Enfin, nous allâmes à la tombe de Marguerite sur
laquelle les premiers rayons du soleil d'avril faisaient
éclore les premières feuilles.

Il restait à Armand un dernier devoir à remplir,
c'était d'aller rejoindre son père. Il voulut encore
que je l'accompagnasse.

Nous arrivâmes à C... où je vis M. Duval tel que
je me l'étais figuré d'après le portrait que m'en avait
fait son fils : grand, digne, bienveillant.

Il accueillit Armand avec des larmes de bonheur,
et me serra affectueusement la main. Je m'aperçus
bientôt que le sentiment paternel était celui qui
dominait tous les autres chez le receveur.

Sa fille, nommée Blanche, avait cette transparence
des yeux et du regard, cette sérénité de la bouche
qui prouvent que l'âme ne conçoit que de saintes
pensées et que les lèvres ne disent que de pieuses
paroles. Elle souriait au retour de son frère, ignorant, la chaste jeune fille, que loin d'elle une courtisane avait sacrifié son bonheur à la seule invocation
de son nom.

Je restai quelque temps dans cette heureuse

famille, tout occupée de celui qui leur apportait la convalescence de son cœur.

Je revins à Paris où j'écrivis cette histoire telle qu'elle m'avait été racontée. Elle n'a qu'un mérite qui lui sera peut-être contesté, celui d'être vraie.

Je ne tire pas de ce récit la conclusion que toutes les filles comme Marguerite sont capables de faire ce qu'elle a fait; loin de là, mais j'ai connaissance qu'une d'elles avait éprouvé dans sa vie un amour sérieux, qu'elle en avait souffert et qu'elle en était morte. J'ai raconté au lecteur ce que j'avais appris. C'était un devoir.

Je ne suis pas l'apôtre du vice, mais je me ferai l'écho du malheur noble partout où je l'entendrai prier.

L'histoire de Marguerite est une exception, je le répète; mais si c'eût été une généralité, ce n'eût pas été la peine de l'écrire.

APPENDICE

MADEMOISELLE MARIE DUPLESSIS

par Jules Janin [1]

Il y avait en l'an de grâce 1845, dans ces années d'abondance et de paix où toutes les faveurs de l'esprit, du talent, de la beauté et de la fortune entouraient cette France d'un jour, une jeune et belle personne de la figure la plus charmante, qui attirait à elle, par sa seule présence, une certaine admiration mêlée de déférence pour quiconque, la voyant pour la première fois, ne savait ni le nom ni la profession de cette femme. Elle avait en effet, et de la façon la plus naturelle, le regard ingénu, le geste décevant, la démarche hardie et décente tout ensemble, d'une femme du plus grand monde. Son visage était sérieux, son sourire était imposant, et rien qu'à la voir marcher, on pouvait dire ce que disait un jour Elleviou [2] d'une femme de la cour : « Evidemment, voici une fille ou une duchesse. »

Hélas ! ce n'était pas une duchesse, elle était née au bas de l'échelle difficile, et il avait fallu qu'elle fût en effet belle et charmante pour avoir remonté d'un pied si léger les premiers échelons, dès l'âge de dix-huit ans qu'elle pouvait avoir en ce temps-là. Je me rappelle l'avoir rencontrée un jour, pour la première fois, dans un abominable foyer d'un théâtre du boulevard, mal éclairé et tout rempli de cette foule bourdonnante qui juge d'ordinaire les mélodrames à grand spectacle. Il y avait là plus de blouses que d'habits, plus de bonnets ronds que de chapeaux à plumes, et plus de paletots usés que de frais costumes; on causait de tout, de l'art dramatique et des pommes de terre frites; des pièces du Gymnase et de la galette du Gymnase; eh bien, quand cette femme parut sur ce seuil étrange, on eût dit qu'elle illuminait toutes ces choses burlesques ou féroces d'un regard de ses beaux yeux. Elle touchait du pied ce parquet boueux, comme si en effet elle eût traversé le boulevard un jour de pluie; elle relevait sa robe par instinct, pour ne pas effleurer ces fanges desséchées, et sans songer à nous montrer, à quoi bon? son pied bien chaussé, attaché à une jambe ronde que recouvrait un bas de soie à petits jours. Tout l'ensemble de sa toilette était en harmonie avec cette taille souple et jeune; ce visage d'un bel ovale, un peu pâle, répondait à la grâce qu'elle répandait autour d'elle comme un indicible parfum.

Elle entra donc; elle traversa, la tête haute, cette

cohue étonnée, et nous fûmes très surpris, Liszt et moi, lorsqu'elle vint s'asseoir familièrement sur le banc où nous étions, car ni moi ni Liszt ne lui avions jamais parlé; elle était femme d'esprit, de goût et de bon sens, et elle s'adressa tout d'abord au grand artiste, elle lui raconta qu'elle l'avait entendu naguère, et qu'il l'avait fait rêver. Lui, cependant, semblable à ces instruments sonores qui répondent au premier souffle de la brise de mai, il écoutait avec une attention soutenue ce beau langage plein d'idées, cette langue sonore, éloquente et rêveuse tout ensemble. Avec cet instinct merveilleux qui est en lui, et cette grande habitude du plus grand monde officiel, et du plus grand monde parmi les artistes, il se demandait quelle était cette femme, si familière et si noble, qui l'abordait la première et qui, après les premières paroles échangées, le traitait avec une certaine hauteur, et comme si ce fût lui-même qui lui eût été présenté, à Londres, au cercle de la reine ou de la duchesse de Sutherland?

Cependant les trois coups solennels du régisseur avaient retenti dans la salle, et le foyer s'était vidé de toute cette foule de spectateurs et de jugeurs. La dame inconnue était restée seule avec sa compagne et nous — elle s'était même approchée du feu, et elle avait posé ses deux pieds frissonnants à ces bûches avares, si bien que nous pouvions la voir, tout à notre aise, des plis brodés de son jupon aux crochets de ses cheveux noirs, sa main gantée à faire croire à une peinture, son mouchoir merveilleusement orné d'une dentelle royale; aux oreilles, deux perles d'Orient à rendre une reine jalouse. Elle portait toutes ces belles choses, comme si elle fût née dans la soie et dans le velours, sous quelque lambris doré des grands faubourgs, une couronne sur la tête, un monde de flatteurs à ses pieds. Ainsi son maintien répondait à son langage, sa pensée à son sourire, sa toilette à sa personne, et l'on eût cherché vainement, dans les plus haut sommets du monde, une créature qui fût en plus belle et plus complète harmonie avec sa parure, ses habits et ses discours.

Liszt cependant, très étonné de cette merveille en un pareil lieu, de cet entracte galant à un si terrible mélodrame, s'abandonnait à toute sa fantaisie. C'est non seulement un grand artiste, mais encore un homme éloquent. Il sait parler aux femmes, passant comme elles d'une idée à l'autre idée, et choisissant les plus opposées. Il adore le paradoxe, il touche au sérieux, au burlesque, et je ne saurais vous dire avec quel art, quel tact, quel goût infini il parcourut, avec cette femme dont il ne savait pas le nom, toutes les gammes vulgaires et toutes les fioritures élégantes de la conversation de chaque jour.

Ils causèrent ainsi pendant tout le troisième acte du susdit mélodrame, car, pour ma part, je fus à peine interrogé une ou deux fois, par politesse; mais comme j'étais justement dans un de ces moments de mauvaise humeur, où toute espèce d'enthousiasme est défendu à l'âme humaine, je me tins pour assuré que la dame me trouva parfaitement maussade, parfaitement absurde, et qu'elle eut complètement raison.

Cet hiver passa, puis l'été, et à l'automne suivant

une fois encore, mais cette fois dans tout l'éclat d'une représentation à bénéfice, en plein Opéra, nous vîmes tout à coup s'ouvrir, avec un certain fracas, une des grandes loges de l'avant-scène, et, sur le devant de cette loge, s'avancer, un bouquet à la main, cette même beauté que j'avais vue au boulevard. C'était elle ! mais, cette fois, dans le grand habit d'une femme à la mode, et brillante de toutes les splendeurs de la conquête. Elle était coiffée à ravir, ses beaux cheveux mêlés aux diamants et aux fleurs, et relevés avec cette grâce étudiée qui leur donnait le mouvement et la vie; elle avait les bras nus et la poitrine nue, et des colliers, et des bracelets, et des émeraudes. Elle tenait à la main un bouquet : de quelle couleur? je ne saurais le dire; il faut avoir les yeux d'un jeune homme et l'imagination d'un enfant pour bien distinguer la couleur de la fleur sur laquelle se penche un beau visage. A notre âge on ne regarde que la joue et l'éclat du regard, on s'inquiète peu de l'accessoire, et si l'on s'amuse à tirer des conséquences, on les tire de la personne même, et l'on se trouve assez occupé, en vérité.

Ce soir-là, Duprez[1] venait d'entrer en lutte avec cette voix rebelle dont il pressentait déjà les révoltes définitives; mais il était seul à les pressentir, et le public ne s'en doutait pas encore. Seulement, dans le public le plus attentif, quelques amateurs devinaient la fatigue sous l'habileté, et l'épuisement de l'artiste sous ses efforts immenses pour se mentir à lui-même. Evidemment, la belle personne dont je parle était un juge habile, et, après les premières minutes d'attention, on put voir qu'elle n'était pas sous le charme habituel, car elle se rejeta violemment au fond de sa loge, et, n'écoutant plus, elle se mit à interroger, sa lorgnette à la main, la physionomie de la salle.

A coup sûr elle connaissait beaucoup de gens parmi les spectateurs les plus choisis. Rien qu'au mouvement de sa lorgnette, on jugeait que la belle spectatrice aurait pu raconter plus d'une histoire, à propos de jeunes gens du plus grand nom; elle regardait tantôt l'un, tantôt l'autre, sans choisir, n'accordant pas à celui-ci plus d'attention qu'à celui-là, indifférente à tous, et chacun lui rendant, d'un sourire ou d'un petit geste très bref, ou d'un regard vif et rapide, l'attention qu'elle lui avait accordée. Du fond des loges obscures et du milieu de l'orchestre, d'autres regards, brûlants comme des volcans, s'élançaient vers la belle personne, mais ceux-là elle ne les voyait pas. Enfin, si par hasard sa lorgnette se portait sur les dames du vrai monde parisien, il y avait soudain, dans son attitude, je ne sais quel air résigné et humilié qui faisait peine. Au contraire, elle détournait la tête avec amertume, si par malheur son regard venait à se poser sur quelqu'une de ces renommées douteuses et de ces têtes charmantes qui usurpent les plus belles stalles du théâtre dans les grands jours.

Son compagnon, car cette fois elle avait un cavalier, était un beau jeune homme à moitié Parisien, et conservant encore quelques reliques opulentes de la maison paternelle qu'il était venu manger, arpent par arpent, dans cette ville de perdition. Le jeune homme, à son aurore, était fier de cette beauté à son apogée, et il n'était pas fâché de s'en faire honneur en montrant qu'elle était bien à lui, et en l'obsédant de ces mille prévenances si chères à une jeune femme quand elles viennent de l'amant aimé, si déplaisantes lorsqu'elles s'adressent à une âme occupée autre part... On l'écoutait sans l'entendre, on le regardait sans le voir... Qu'a-t-il dit ? la dame n'en savait rien ; mais elle essayait de répondre, et ces quelques paroles, qui n'avaient pas de sens, devenaient pour elle une fatigue.

Ainsi, à leur insu, ils n'étaient pas seuls dans cette loge dont le prix représentait le pain d'une famille pour six mois. Entre elle et lui s'était placé le compagnon assidu des âmes malades, des cœurs blessés, des esprits à bout de tout : l'ennui, cet immense Méphistophélès des Marguerites errantes, des Clarisses perdues, de toutes ces divinités, filles du hasard, qui s'en vont dans la vie, à l'abandon.

Elle s'ennuyait donc, cette pécheresse, entourée des adorations et des hommages de la jeunesse, et cet ennui même doit lui servir de pardon et d'excuse, puisqu'il a été le châtiment de ses prospérités passagères. L'ennui a été le grand mal de sa vie. A force d'avoir vu ses affections brisées, à force d'obéir à la nécessité de ses liaisons éphémères et de passer d'un amour à un autre amour, sans savoir, hélas ! pourquoi donc elle étouffait si vite ce penchant qui commençait à naître et ces tendresses à leur aurore, elle était devenue indifférente à toutes choses, oubliant l'amour d'hier et ne songeant guère plus à l'amour d'aujourd'hui qu'à la passion de demain.

L'infortunée ! elle avait besoin de solitude..., elle se voyait obsédée. Elle avait besoin de silence..., elle entendait sans fin et sans cesse les mêmes paroles à son oreille lassée ! Elle voulait être calme !... on la traînait dans les fêtes et dans les tumultes. Elle eût voulu être aimée !... on lui disait qu'elle était belle ! Aussi s'abandonnait-elle, sans résistance, à ce tourbillon qui la dévorait ! Quelle jeunesse !... et comme on comprend cette parole de mademoiselle de Lenclos, lorsque, arrivée au comble de ses prospérités, pareilles à des fables, amie du prince de Condé et de madame de Maintenon, elle disait avec un profond soupir de regret : « Qui m'eût proposé une pareille vie, je serais morte d'effroi et de douleur ! »

L'opéra achevé, cette belle personne quitta la place; la soirée était à peine au milieu de son cours. On attendait Bouffé, mademoiselle Déjazet et les farceurs du Palais-Royal, sans compter le ballet où la Carlotta[1] devait danser, légère et charmante, à ses premiers jours d'enivrement et de poésie... Elle ne voulut pas attendre le vaudeville; elle voulut partir tout de suite et rentrer chez elle, quand tant de gens avaient encore trois heures de plaisir, au son de ces musiques et sous ces lustres enflammés !

Je la vis sortir de sa loge, et s'envelopper elle-même dans son manteau doublé de la fourrure d'une hermine précoce. Le jeune homme qui l'avait amenée là paraissait contrarié, et comme il n'avait plus à se parer de cette femme, il ne s'inquiétait plus qu'elle eût froid. Je me souviens même de lui avoir aidé à relever son manteau sur son épaule, qui était très

blanche, et elle me regarda, sans me reconnaître, avec
un petit sourire douloureux qu'elle reporta sur le
grand jeune homme, qui était occupé en ce moment à
payer l'ouvreuse de loges et à lui faire changer une
pièce de cinq francs. « Gardez tout, madame », dit-
elle à l'ouvreuse en lui faisant un beau salut. Je la vis
descendre le grand escalier à droite, sa robe blanche
se détachant de son manteau rouge, et son mouchoir
attaché sur sa tête, par-dessous son menton; la dentelle jalouse retombait un peu sur ses yeux, mais
qu'importe! la dame avait joué son rôle, sa journée
était achevée, et elle ne songeait plus à être belle...
Elle a dû laisser le jeune homme à sa porte ce soir-là.

Une chose digne de remarque et tout à sa louange,
c'est que cette jeune femme, qui a dépensé dans les
heures de sa jeunesse l'or et l'argent à pleines mains,
car elle unissait le caprice à la bienfaisance, et elle
estimait peu ce triste argent qui lui coûtait si cher, n'a
été l'héroïne d'aucune de ces histoires de ruine et de
scandale, de jeu, de dettes et de duels, que tant d'autres femmes, à sa place, eussent soulevées sur leur
passage. Au contraire, on n'a parlé autour d'elle que
de sa beauté, de ses triomphes, de son goût pour les
beaux ajustements, des modes qu'elle savait trouver
et de celles qu'elle imposait. On n'a jamais raconté, à
son propos, les fortunes disparues, les captivités de la
prison pour dettes, et les trahisons, qui sont l'accompagnement ordinaire des ténébreuses amours. Il y
avait certainement autour de cette personne, enlevée
si tôt par la mort, une certaine tenue, une certaine
décence irrésistible. Elle a vécu à part, même dans le

monde à part qu'elle habitait, et dans une région plus calme et plus sereine, bien qu'à tout prendre, hélas ! elle habitât les régions où tout se perd.

Je l'ai revue une troisième fois, à l'inauguration du chemin de fer du Nord, dans ces fêtes que donna Bruxelles[1] à la France, devenue sa voisine et sa commensale. Dans cette gare, immense rendez-vous des chemins de fer de tout le Nord, la Belgique avait réuni toutes ses splendeurs : les arbustes de ses serres, les fleurs de ses jardins, les diamants de ses couronnes. Une foule incroyable d'uniformes, de cordons, de diamants et de robes de gaze encombraient cet emplacement d'une fête qu'on ne reverra pas. La pairie française et la noblesse allemande, et la Belgique espagnole, et les Flandres et la Hollande parée de ses antiques bijoux, contemporains du roi Louis XIV et de sa cour, toutes les lourdes et massives fortunes de l'industrie, et plus d'une élégante Parisienne, semblables à autant de papillons dans une ruche d'abeilles, étaient accourues à cette fête de l'industrie et du voyage, et du fer dompté et de la flamme obéissant au temps vaincu. Pêle-mêle étrange, où toutes les forces et toutes les grâces de la création étaient représentées, depuis le chêne jusqu'à la fleur, et de la houille à l'améthyste. Au milieu de ce mouvement des peuples, des rois, des princes, des artistes, des forgerons et des grandes coquettes de l'Europe, on vit apparaître, ou plutôt moi seul je vis apparaître, plus pâle encore et plus blanche que d'habitude, cette charmante personne déjà frappée du mal invisible qui devait la traîner au tombeau.

Elle était entrée dans ce bal, malgré son nom, et à
la faveur de son éblouissante beauté ! Elle attirait tous
les regards, elle était suivie de tous les hommages. Un
murmure flatteur la saluait sur son passage, et ceux
même qui la connaissaient s'inclinaient devant elle;
elle cependant, toujours aussi calme et retranchée
dans son dédain habituel, elle acceptait ces hommages, comme si ces hommages lui étaient dus. Elle ne
s'étonnait pas, tant s'en faut, de fouler les tapis que la
reine elle-même avait foulés ! Plus d'un prince s'arrêta
pour la voir, et ses regards lui firent entendre ce que
les femmes comprennent si bien : Je vous trouve belle
et je m'éloigne à regret ! Elle donnait le bras, ce
soir-là, à un autre étranger, à un nouveau venu, blond
comme un Allemand, impassible comme un Anglais,
très vêtu, très serré dans son habit, très roide, et qui
croyait faire, en ce moment, on le voyait à sa démarche, une de ces hardiesses sans nom que les hommes
se reprochent jusqu'à leur dernier jour.

L'attitude de cet homme était déplaisante certes
pour la sensitive qui lui donnait le bras; elle le sentait, avec ce sixième sens qui était en elle, et elle
redoublait de hauteur, car son merveilleux instinct lui
disait que plus cet homme était étonné de son action,
plus elle-même en devait être insolente, et fouler d'un
pied méprisant les remords de ce garçon effarouché.
Peu de gens ont compris ce qu'elle a dû souffrir en ce
moment, femme sans nom, au bras d'un homme sans
nom, cet homme semblant donner le signal de l'im-
probation, et son attitude menaçante indiquant suffisamment une âme inquiète, un cœur indécis, un

esprit mal à l'aise. Mais cet Anglo-Allemand fut cruellement châtié de ses angoisses intimes, lorsqu'au détour d'un grand sentier de lumière et de verdure, notre Parisienne eut fait la rencontre d'un ami à elle, d'un ami sans prétention, qui lui demandait, de temps à autre, un doigt de sa main et un sourire de ses lèvres; un artiste de notre monde, un peintre qui savait mieux que personne, l'ayant si peu vue, à quel point elle était un parfait modèle de toutes les élégances et de toutes les séductions de la jeunesse.

« Ah! vous voilà, lui dit-elle, donnez-moi le bras et dansons! » Et, quittant le bras officiel de son cavalier, la voilà qui se met à valser la valse à deux temps, qui est la séduction même, quand elle obéit à l'inspiration de Strauss, et qu'elle arrive tout énamourée des bords du Rhin allemand, sa vraie patrie! Elle dansait à merveille, ni trop vive, ni trop penchée, obéissant à la cadence intérieure autant qu'à la mesure visible, touchant à peine d'un pied léger ce sol élastique, et bondissante et reposée, et les yeux sur les yeux de son danseur.

On fit cercle autour de l'un et de l'autre, et c'était à qui serait touché par ces beaux cheveux qui suivaient le mouvement de la valse rapide, et c'était à qui frôlerait cette robe légère empreinte de ces parfums légers, et peu à peu, le cercle se retrécissant, et les autres danseurs s'arrêtant pour les voir, il advint que le grand jeune homme... celui qui l'avait amenée en ce bal, la perdit dans la foule, et qu'il voulut en vain retrouver ce bras charmant, auquel il avait prêté le

sien avec tant de répugnance... Le bras et la personne
et l'artiste, on ne put pas les retrouver.

Le surlendemain de cette fête, elle vint à Bruxelles
à Spa[1] par une belle journée, à l'heure où ces montagnes couvertes de verdure laissent pénétrer le soleil,
heure charmante ! On voit alors accourir tout sorte de
malades heureux, qui viennent se reposer des fêtes de
l'hiver passé, afin d'être mieux préparés aux joies de
l'hiver à venir. A Spa on ne connaît pas d'autre fièvre
que la fièvre du bal, et pas d'autres langueurs que
celles de l'absence, et pas d'autres remèdes que la
causerie et la danse et la musique, et l'émotion du jeu,
le soir, lorsque la Redoute s'illumine de toutes ses
clartés, que l'écho des montagnes renvoie en mille
éclats les sons enivrants de l'orchestre. A Spa, la Parisienne fut accueillie avec un empressement assez rare
dans ce village un peu effarouché, qui abandonne
volontiers à Bade[2] sa rivale, les belles personnes sans
nom, sans mari et sans position officielle. A Spa aussi,
ce fut un étonnement général quand on apprit qu'une
si jeune femme était sérieusement malade, et les
médecins affligés avouèrent qu'en effet ils avaient
rarement rencontré plus de résignation unie à plus de
courage.

Sa santé fut interrogée avec un grand soin, avec un
grand zèle, et après une consultation sérieuse on lui
conseilla le calme, le repos, le sommeil, le silence, ces
beaux rêves de sa vie ! A ces conseils elle se prit à
sourire en hochant la tête d'un petit air d'incrédulité,
car elle savait que tout lui était possible, excepté la
possession de ces heures choisies, qui sont le partage

de certaines femmes, et qui n'appartiennent qu'à elles seules. Elle promit cependant d'obéir pendant quelques jours, et de s'astreindre à ce régime d'isolement; mais, vains efforts! on la vit quelque temps après, ivre et folle d'une joie factice, franchissant, à cheval, les passages les plus difficiles, étonnant de sa gaieté cette allée de *Sept-Heures* qui l'avait trouvée rêveuse et lisant tout bas sous les arbres.

Bientôt elle devint la lionne de ces beaux lieux. Elle présida à toutes les fêtes; elle donnait le mouvement au bal; elle imposait ses airs favoris à l'orchestre, et, la nuit venue, à l'heure où un peu de somme lui eût fait tant de bien, elle épouvantait les plus intrépides joueurs par les masses d'or qui s'amoncelaient devant elle, et qu'elle perdait tout d'un coup, indifférente au gain, indifférente à la perte. Elle avait appelé le jeu comme un appendice à sa profession, comme un moyen de tuer les heures qui la tuaient. Telle qu'elle était, cependant, elle eut encore cette chance heureuse, dans le jeu cruel de sa vie, qu'elle avait conservé des amis, chose rare! et c'est même un des signes de ces liaisons funestes de ne laisser que cendre et poussière, vanité et néant, après les adorations! — et que de fois l'amant a passé près de sa maîtresse sans la reconnaître, et que de fois la malheureuse a appelé, mais en vain, à son secours!... Que de fois cette main vouée aux fleurs s'est vainement tendue à l'aumône et au pain dur!

Il n'en fut pas ainsi pour notre héroïne, elle tomba sans se plaindre, et tombée, elle retrouva aide, appui et protection parmi les adorateurs passionnés de ses beaux jours. Ces gens qui avaient été rivaux, et peut-être ennemis, s'entendirent pour veiller au chevet de la malade, pour expier les nuits folles par des nuits sérieuses, quand la mort approche, et que le voile se déchire, et que la victime couchée là et son complice comprennent enfin la vérité de cette parole sérieuse : *Vae ridentibus !* Malheur à celles qui rient ! Malheur ! c'est-à-dire malheur aux joies profanes, malheur aux amours vagabondes, malheur aux changeantes passions, malheur à la jeunesse qui s'égare dans les sentiers mauvais, car, à certains détours du sentier, il faut nécessairement revenir sur ses pas, et tomber dans les abîmes où l'on tombe à vingt ans.

Elle mourut ainsi, doucement bercée et consolée en mille paroles touchantes, en mille soins fraternels; elle n'avait plus d'amants... jamais elle n'avait eu tant d'amis, et cependant elle ne regretta pas la vie. Elle savait ce qui l'attendait si elle revenait à la santé, et qu'il faudrait reporter, de nouveau, à ses lèvres décolorées, cette coupe du plaisir dont elle avait touché la lie avant le temps; elle mourut donc en silence, cachée en sa mort encore plus qu'elle ne s'était montrée dans sa vie, et après tant de luxe et tant de scandales, elle eut le bon goût suprême de vouloir être enterrée à la pointe du jour, à quelque place cachée et solitaire, sans embarras, sans bruit, absolument comme une honnête mère de famille qui s'en irait rejoindre son mari, son père, sa mère et ses enfants, et tout ce qu'elle aimait, dans ce cimetière qui est là-bas.

Il arriva cependant, malgré elle, que sa mort fut

une espèce d'événement; on en parla trois jours; et
c'est beaucoup dans cette ville des passions savantes
et des fêtes sans cesse renaissantes et jamais assou-
vies. On ouvrit, au bout de trois jours, la porte fermée
de sa maison. — Les longues fenêtres qui donnaient
sur le boulevard[1], vis-à-vis de l'église de la Madeleine, sa patronne, laissèrent de nouveau pénétrer
l'air et le soleil dans ces murailles où elle s'était
éteinte. On eût dit que la jeune femme allait reparaître en ces demeures. Pas une des senteurs de la mort
n'était restée entre ces rideaux soyeux, dans ces longues draperies aux reflets favorables, sur ces tapis des
Gobelins où la fleur semblait naître, touchée à peine
par ce pied d'enfant.

Chaque meuble de cet appartement somptueux
était encore à la même place; le lit sur lequel elle
était morte était à peine affaissé. Au chevet du lit, un
tabouret conservait l'empreinte des genoux de
l'homme qui lui avait fermé les yeux. Cette horloge
des temps anciens qui avait sonné l'heure à Mme de
Pompadour et à Mme du Barry sonnait l'heure
encore, comme autrefois; les candélabres d'argent
étaient chargés de bougies préparées pour la dernière
causerie du soir; dans les jardinières, la rose des quatre saisons et la bruyère durable se débattaient, à leur
tour, contre la mort. Elles se mouraient faute d'un
peu d'eau..., leur maîtresse était morte faute d'un peu
de bonheur et d'espérance.

Hélas! aux murailles étaient suspendus les
tableaux de Diaz[2] qu'elle avait adopté une des premières, comme le peintre véritable du printemps de

l'année, et son portrait que Vidal avait tracé aux trois crayons. Vidal avait fait de cette belle tête une tête ravissante et chaste, d'une élégance finie, et depuis que cette déesse est morte, il n'a plus voulu dessiner que d'honnêtes femmes, ayant fait pour celle-là une exception qui a tant servi à la naissante renommée du peintre et du modèle !

Tout parlait d'elle encore ! Les oiseaux chantaient dans leur cage dorée; dans les meubles de Boule, à travers les glaces transparentes, on voyait réunis, choix admirable et digne d'un antiquaire excellent et riche, les plus rares chefs-d'œuvre de la manufacture de Sèvres, les peintures les plus exquises de la Saxe, les émaux de Petitot[1], les nudités de Klinstadt, les Pampines de Boucher. Elle aimait ce petit art coquet, gracieux, élégant, où le vice même a son esprit, où l'innocence a ses nudités; elle aimait les bergers et les bergères en biscuit, les bronzes florentins, les terres cuites, les émaux, toutes les recherches du goût et du luxe des sociétés épuisées. Elle y voyait autant d'emblèmes de sa beauté et de sa vie. Hélas ! elle était, elle aussi, un ornement inutile, une fantaisie, un jouet frivole qui se brise au premier choc, un produit brillant d'une société expirante, un oiseau de passage, une aurore d'un instant.

Elle avait poussé si loin la science du bien-être intérieur et l'adoration du soi-même, que rien ne saurait se comparer à ses habits, à son linge, aux plus petits détails de son service, car la parure de sa beauté était, à tout prendre, la plus chère et la plus charmante occupation de sa jeunesse.

J'ai entendu les plus grandes dames et les plus habiles coquettes de Paris s'étonner de l'art et de la recherche de ses moindres instruments de toilette. Son peigne fut poussé à un prix fou; sa brosse pour les cheveux s'est payée au poids de l'or. On a vendu des gants qui lui avaient servi, tant sa main était belle. On a vendu des bottines qu'elle avait portées, et les honnêtes femmes ont lutté entre elles à qui mettrait ce soulier de Cendrillon. Tout s'est vendu, même son plus vieux châle qui avait déjà trois ans, même son ara au brillant plumage, qui répétait une petite mélodie assez triste que sa maîtresse lui avait apprise; on a vendu ses portraits, on a vendu ses billets d'amour, on a vendu ses cheveux, tout y passa, et sa famille, qui détournait la vue quand cette femme se promenait dans sa voiture armoriée, au grand galop de ses chevaux anglais, se gorgea triomphalement de tout l'or que ces dépouilles avaient produit. Ils n'ont rien gardé de ce qui lui avait appartenu, pour eux-mêmes. Chastes gens !

Telle était cette femme à part, même dans les passions parisiennes, et vous pensez si je fus étonné quand parut ce livre d'un intérêt si vif, et surtout d'une vérité toute récente et toute jeune, intitulé : *La Dame aux camélias*. On en a parlé tout d'abord, comme on parle d'ordinaire des pages empreintes de l'émotion sincère de la jeunesse, et chacun se plaisait à dire que le fils d'Alexandre Dumas, à peine échappé du collège, marchait déjà d'un pas sûr à la trace brillante de son père. Il en avait la vivacité et l'émotion intérieure; il en avait le style vif, rapide et avec un peu de ce dialogue si naturel, si facile et si varié qui donne aux romans de ce grand inventeur le charme, le goût et l'accent de la comédie.

Ainsi le livre obtint un grand succès, mais bientôt les lecteurs, en revenant sur leur impression fugitive, firent cette observation que *La Dame aux camélias* n'était pas un roman en l'air, que cette femme avait dû vivre et qu'elle avait vécu d'une vie récente; que ce drame n'était pas un drame imaginé à plaisir, mais au contraire une tragédie intime, dont la représentation était toute vraie et toute saignante. Alors on s'inquiéta fort du nom de l'héroïne, de sa position dans le monde, de la fortune, de l'ornement et du bruit de ses amours. Le public, qui veut tout savoir et qui sait tout en fin de compte, apprit l'un après l'autre tous ces détails, et le livre lu, on voulait le relire, et il arriva naturellement que la vérité, étant connue, rejaillit sur l'intérêt du récit.

Or, voilà comme il se fait, par un bonheur extraordinaire, que ce livre imprimé avec le sans-gêne d'un futile roman, à peine destiné à vivre un jour, se réimprime aujourd'hui, avec tous les honneurs d'un livre accepté de tous ! Lisez-le, et vous reconnaîtrez dans ses moindres détails l'histoire touchante dont ce jeune homme si heureusement doué a écrit l'élégie et le drame avec tant de larmes, de succès et de bonheur.

Jules Janin.

COMMENTAIRES

par

Antoine Livio

L'originalité de l'œuvre

Plume en main, Dumas fils s'est naturellement révélé le fils d'Alexandre Dumas. Cette lapalissade n'en recèle pourtant pas moins l'originalité première de *La Dame aux camélias*. A savoir que dans le flot des confidences romantiques où l'outrance verbale, la boursouflure du ton se marient avec un certain sens du mystère, un coloris exotique, le tout nimbé des brumes d'Ecosse ou d'Allemagne, parsemé de ruines habitées de délicats fantômes, *La Dame aux camélias* est un cas. La franchise des images, ce semblant de froideur clinique dans l'énoncé des événements, tout révèle le conteur, l'habile homme qui n'a pas besoin de noyer l'intrigue dans un discours échevelé, pour créer ce flou artistique cher aux timides de la parole.

Car Alexandre Dumas fils raconte sa première aventure amoureuse, comme son père raconte celles de la Reine Margot. Et encore, n'étant pas payé à la ligne, il économise l'effet au maximum, et joue de la pudeur comme un jeune homme bien élevé dans un salon. Si Dumas père a hérité sa faconde de ces conteurs de villages noirs, de quelque colonie qu'ils soient, Dumas fils a d'abord entendu son père, et Nodier, et Balzac, et Musset... mais il a aussi lu Voltaire et Montesquieu. Car il y a du roman voltairien dans cette façon de manier la langue, de gommer l'émotion et de noter l'impression la plus stricte. En quelque sorte, nous nous trouvons face à un des premiers textes qui annonce le grand style journalistique du XXᵉ siècle.

Ce réalisme peut paraître une franchise totale dans l'aveu, à moins que ce ne soit le comble de l'art. Et si le roman a obtenu aussitôt les faveurs, non seulement du public mais aussi des critiques, c'est bien la preuve qu'il recèle des qualités de nouveauté et de fraîcheur qui étonnent, convainquent, séduisent. Il suffit de relire les premières lignes pour saisir l'exact prix de ce texte, écrit — ne l'oublions jamais — par un jeune garçon de vingt-trois ans (p. 25, § 1-3).

Or ce jeune garçon vient de vivre sa première grande « affaire amoureuse ». C'est un de ces drames qui mènent au suicide ou à la poésie. Dumas fils fit d'abord des vers qu'il nomma, avec cet humour que l'on sent déjà percer sous sa plume mais qui n'est peut-être qu'un besoin d'économie dans l'énoncé et de précision dans l'aveu : « Péchés de Jeunesse ». Puis devant la mort de celle qu'il a si mal aimée, il quitte Paris et s'enferme pour coucher sur le papier les grandes lignes de ce qu'il a vécu, comme il aurait pu couvrir un cahier d'esquisses du visage, des mains, du corps de celle qui n'était plus... s'il avait su dessiner.

Mais lui ne sait qu'écrire, et encore ignore-t-il l'exacte limite de ses possibilités. C'est sans doute pour cela qu'il prend avec lui le livre de l'abbé Prévost et qu'il commence par lire *Manon Lescaut*.

Dans sa préface à l'édition de Jacques Vautrain (Paris, 1947), Robert Jouanny note, entre autres, deux traits qui n'échappent pas à Dumas fils :

« Ces qualités de narrateur qui impose la vraisemblance de son récit par la sobriété du ton et l'absence de littérature, ne se retrouvent pas au même degré dans les autres œuvres de Prévost. » Et plus loin :

« La résonance si particulière du livre, il faut en chercher la raison profonde à la fois dans la vérité d'un portrait féminin et dans la vraisemblance d'une passion d'homme » (*op. cit.*, p. XXIV).

Dumas fils possède donc le vécu de l'histoire (la passion d'homme, à laquelle il ne lui reste plus qu'à donner le plus de vraisemblance possible), le poids de la mémoire (pour ce portrait de femme qu'il ne doit parer que de vérité) et un mentor, un guide, un maître : l'abbé Prévost. Ce qu'il apporte de neuf, c'est en plus de cette vraisemblance, si essentielle, que lui apprend Prévost, un sens de la phrase, du rythme dans la concision, tout ce qui donne, avec le jeu subtil des mots, plus de poids et de profondeur à quelque chose que l'on paraît raconter du bout des lèvres, en épargnant l'auditeur (ou le lecteur) de tout pathos. Pudeur ou humour, il sait créer des oppositions de mots, jongler avec les idées, et styler en orfèvre son discours. Ainsi écrit-il, pour évoquer la curiosité des femmes vertueuses à la vente des biens de Marguerite :

« ... Ces dames ne surprirent que ce qui était à vendre depuis le décès, et rien de ce qui se vendait du vivant de la locataire » (p. 27).

« ... mais autant la vie recherchée de ces femmes fait du bruit, autant leur mort en fait peu. Ce sont de ces soleils qui se couchent comme ils se sont levés, sans éclat » (p. 33).

ou des remarques qui font mouche :

« Quel sublime enfantillage que l'amour » (p. 87).

« Les femmes sont impitoyables avec les gens qu'elles n'aiment pas » (p. 106).

« S'il fallait que j'écoutasse tous ceux qui sont amoureux de moi, je n'aurais seulement pas le temps de dîner » (p. 108).

« Mais ceux qui avaient aimé Marguerite ne se comptaient plus, et ceux qu'elle avait aimés ne se comptaient pas encore.

« Bref, on reconnaissait dans cette fille la vierge qu'un rien avait fait courtisane, et la courtisane dont un rien eût fait la vierge la plus amoureuse et la plus pure » (p. 110).

On peut ainsi constater que le roman contient déjà toutes les répliques qui, sur un plateau de théâtre, pimentent une scène et suscitent les applaudissements. Dumas fils sera très tôt passé maître dans les mots d'auteur. Et bon nombre de ses contemporains, et de ses successeurs surtout, le lui reprocheront amèrement, comme Paterne Berrichon, le beau-frère d'Arthur Rimbaud :

« Langue de modiste, boniment de perruquier, esprit de haut commis-voyageur, idéologie de journaliste, passions de boulevardier, morale d'obèse grincheux. »

Et Emile Verhaeren dira :

« Ce qui empêche M. Dumas fils d'être un maître au théâtre c'est son esprit ! »

L'étude des personnages

Aussi nombreux sont-ils sur la scène du théâtre, vingt très exactement, plus les invités chez Olympe (IVᵉ acte), aussi invisibles sont-ils dans le roman, car il n'y a d'important que Marguerite Gautier et Armand Duval. Nanine, si efficace et si attachée à sa maîtresse, ne mérite pas un regard et ne reçoit pas un adjectif qui la sorte de l'ombre. Le comte de N... qui essuie tous les refus dès le début de l'histoire (chapitre VIII) et pourtant paiera les dettes de Marguerite pour tenter de lui rendre sa splendeur passée, après l'échec de Bougival (chapitre XXIV), n'est que l'incarnation de l'ennui. C'est à peine si l'on apprend que « le comte avait heureusement une fort bonne éducation et un excellent caractère. Il se contenta... » (p. 107).

Avant tout *La Dame aux camélias* prouve l'égoïsme de l'amour et de la passion. Même M. Duval père n'a pas une réelle épaisseur humaine. Il incarne, avec une parfaite mauvaise foi, les vertus bourgeoises de cette fin de siècle. Nul ne met en doute ses propos, et

l'histoire du mariage raté de sa fille ou qui menace de
l'être à cause de la liaison d'Armand, cela peut émouvoir une Marguerite Gautier à la rigueur, cela ne
donne pas au personnage cette densité que lui confé-
rera l'opéra de Verdi et les admirables pages de
musique que le compositeur lui offre. M. Duval père
n'est là que pour mettre en évidence, par comparaison, les qualités et les défauts de son fils. Tout comme
Prudence Duvernoy, personnage tout de même mieux
dessiné, n'existe qu'en tant que faire-valoir de Marguerite Gautier. Elle fut une courtisane. Elle ne l'est
plus et montre par sa seule présence la déchéance,
misérable moralement parlant, qui attend toute
femme vénale sur le retour. Ce qui est important, ce
n'est pas qu'elle soit devenue modiste, mais bien
qu'elle habite à côté de Marguerite, qui elle seule lui
achète des chapeaux qu'elle ne met jamais, qui lui
offre les cadeaux négligemment oubliés sur sa cheminée par des soupirants dont elle ne veut pas, qui lui
prête de l'argent qui ne lui sera jamais rendu et qui
cependant ne se plaindra pas lorsque Prudence
l'abandonnera totalement, dès l'instant où elle ne
pourra plus l'aider financièrement. Il y a pourtant
certaines scènes importantes où Prudence Duvernoy
fait la morale à Armand. Mais une morale qui, si elle
ne manque pas de bon sens, paraît totalement
dévoyée et respire la trivialité la plus basse (voir
pp. 157-159 et 217-219). Une fois encore, ces pages
ne sont là que pour souligner davantage l'élévation
de pensée et la grandeur d'âme de Marguerite Gautier.

Elle est belle. Or toutes les qualités dont l'auteur la pare au physique sont l'éblouissant commentaire de son moral. Qu'elle apparaisse dès l'abord coquette, spirituelle voire méchante — et c'est elle qui le dira à propos du ricanement dont elle a salué la première rencontre avec Armand ! — ce n'est que pour mieux montrer la transformation qui s'opère, dès l'instant où elle tombe réellement amoureuse. Cet amour la purifie et lui rend comme une espèce de nouvelle virginité.

Il ne faut pas oublier Marie Duplessis, transcendée, métamorphosée en Marguerite. Dumas fils veut sublimer un amour, pour oublier peut-être que lui ne fut alors guère reluisant. Marie n'a tout de même jamais été Marguerite. Pas plus qu'elle n'a non plus connu avec Alexandre les instants de félicité idyllique de Bougival ! Tout cela ne vient qu'appuyer la beauté de la vision poétique. Le but est double pour Dumas fils : laver sa conscience, retrouver un certain équilibre émotif d'une part et, d'autre part, faire un livre moral. Il veut donner une leçon, à son père évidemment dont il réprouve la conduite, et à tous ceux qui liront son édifiante histoire.

Heureusement, les personnages échappent parfois à la volonté moralisatrice de l'auteur. Et la scène superbe des retrouvailles de Marguerite et d'Armand vaut tous les prêches du monde (pp. 277-281) au point qu'on se demande pourquoi une telle scène n'existe ni dans la pièce, ni dans l'opéra. La psychologie de la femme malade, de la jeune amoureuse à laquelle la maladie confère une maturité surprenante, une acuité dans la perception des autres et dans sa propre sensibilité, tout cela est non pas étudié par Dumas fils, mais raconté. Et c'est là où il retrouve à la fois la leçon de l'abbé Prévost et celle de ce conteur inégalable qu'est son père.

Son propre personnage est moins intéressant, bien que le simple fait de le dédoubler laisse entrevoir une subtilité du propos assez rare chez un si jeune écrivain. Dumas et Duval, Alexandre et Armand... les mêmes initiales! ce n'est pas qu'un jeu, c'est sans doute une volonté de montrer qu'il n'est pas dupe de son propre stratagème, de cette coquetterie d'auteur qui met dans la bouche d'un autre ce qu'il a dans le cœur. Les élans, la générosité, l'abandon, mais aussi les exigences insupportables, la jalousie et ses bassesses, les colères et leurs conséquences brutales, les gestes irréfléchis, il y a tout dans ce portrait double d'A.D., même de quoi noircir à dessein le trait, à le forcer... à peine pour frapper davantage et émouvoir à coup sûr. Le seul point où, psychologiquement et pour notre sensibilité contemporaine, Armand paraît moins coller à la réalité que Marguerite, ce sont les sanglots. On pleure beaucoup et un peu trop en cette fin de XIXe siècle. Et ce sont les hommes qui pleurent et non les femmes. C'est curieux et assez révélateur somme toute. Cette faiblesse masculine apparaît également dans les conséquences physiques de la douleur : Armand tombe malade, et cette maladie, en regard de celle de Marguerite, si fièrement, si courageusement assumée, frise le ridicule.

Mais ne serait-ce pas là encore une coquetterie

d'auteur pour prouver, à son père ou à soi-même, qu'il n'a pas agi ainsi, quand il a quitté Marie Duplessis, ni quand il a appris sa mort. Pure hypothèse certes, mais rien n'est à négliger chez un homme comme Dumas fils qui n'a pas encore appris l'étendue de son talent et qui a mis tout son génie dans le récit de son premier amour.

Le livre et son public

« Parbleu ! j'ai fait l'auteur », répondit Dumas père à un journaliste qui lui demandait s'il avait collaboré à *La Dame aux camélias.*

Rémy de Gourmont réalisa pour le *Mercure de France*, à la mort de Dumas fils (numéro du premier trimestre de 1896), une enquête auprès des écrivains. Sur les quatre-vingt-une réponses, rares sont celles dont l'auteur jouit, aujourd'hui encore, d'une réputation comparable à celle d'Alexandre Dumas fils :

HENRY BATAILLE : « *La Dame aux camélias* sera la Dame de notre siècle comme Manon celle d'un autre, comme Peau d'Ane, comme toutes les autres. »

TRISTAN BERNARD : « Avec tout le parti pris qu'il sied d'avoir contre son œuvre, je crois qu'il est bien difficile de refuser à Dumas toute espèce de talent. »

LÉON BLOY : « Ce mûlatre... fut un sot et un hypocrite. »

FRANCIS JAMMES : « Il a été célèbre parce qu'il a été riche. »

PIERRE LOUŸS : « C'est le meilleur auteur dramatique que la France ait eu depuis Racine. La génération nouvelle ferait preuve de clairvoyance en cultivant de très près le maître d'Ibsen et de Tolstoï. »

Quant à RÉMY DE GOURMONT, il s'octroie la conclusion : « Alexandre Dumas fils n'est pas un grand écrivain. »

En revanche, dans *Quarante ans de théâtre* (*Annales politiques et littéraires*, 1900-1902), FRANCISQUE SARCEY, critique dramatique (1827-1899) écrit à propos de la pièce que Dumas tira de son roman :

« Ce jeune homme ne s'était point embarrassé de règles, ni de conventions qu'il ne connaissait pas. Il avait transporté cette histoire toute chaude et toute vivante sur la scène, avec tous les détails de la vie quotidienne... il opérait une révolution. » Et plus loin « C'est une des œuvres les plus vraies et les plus émouvantes qui aient jamais paru au théâtre. »

Dans son journal, JULES RENARD mentionne trois fois le nom de Dumas et il s'agit toujours du fils, à l'exception de la première mention où il oppose le père et le fils :

En date du 17 avril, on ne lit que ces deux lignes :

« Les deux Dumas ont renversé la théorie de l'économie. C'est le père qui fut le prodigue, et le fils qui fut l'avare. » (Pléiade, p. 62).

En août 1896, sans précision de date : « Je n'aime que le théâtre des hommes de théâtre amateurs, Musset, Banville, Gautier. Au théâtre des professionnels, Sardou, Augier, Dumas, je préfère mon lit. » (Pléiade, p. 344).

Enfin, le 14 août 1905, après quelques souvenirs sur la femme-sculpteur Judic, il évoque son compagnon : « Dubrujeaud a sur sa table un buste de Dumas fils, qu'il a reçu après un article sur Francillon. »

Le *Journal* des GONCOURT n'épargne guère Dumas fils; en date du 20 janvier 1885, on peut lire : « Dumas a un grand talent : il a le secret de parler à son public des premières, de putains, des hommes et des femmes du monde tachées : il est leur poète, il leur sert, dans une langue à leur portée, l'idéal des lieux communs de leur cœur. »

Enfin EMILE ZOLA, dans *Auteurs dramatiques — Documents littéraires* écrit en 1881 : « Ce n'est pas un coin de la vie ordinaire que M. Dumas nous représente : c'est un carnaval philosophique dans lequel on voit vingt, trente, cinquante petits Dumas déguisés en hommes, femmes ou enfants... *La Dame aux camélias* seule a demeuré. »

Il est vrai que la pièce de théâtre a quelque peu éclipsé l'éclat du livre. Les plus grandes comédiennes, de Sarah Bernhardt à Edwige Feuillère et Loleh Bellon ont incarné Marguerite Gautier. En 1980, Jean Aurenche et Wladimir Pozner ont écrit pour les Films du Losange le scénario d'une *Dame aux camé-*

lias qui retraçait la vie de Marie Duplessis qu'incarna Isabelle Huppert dans la mise en scène de Mauro Bolognini. Mais il est indéniable que la popularité de *La Dame aux camélias* a été totalement estompée par *La Traviata*. C'est à la fois la même histoire et tout autre chose, tant le compositeur a su inscrire de vérité (sans doute personnelle) dans une œuvre qui précisément exige vraisemblance et vérité! Tout comme Marguerite Gautier a exigé les interprètes du plus haut niveau, Violetta Valery exige des cantatrices aux qualités rares, vocales et physiques.

Phrases clefs — Pensées principales

Si Alexandre Dumas fils s'est fait la réputation d'un des écrivains les plus spirituels de sa génération, c'est surtout parce qu'il émaillait ses œuvres dramatiques de mots d'auteur et de répliques à l'emporte-pièce. Dans *La Dame aux camélias* (le roman aussi bien que la pièce), nous ne sommes qu'à l'aube de sa carrière, ce qui explique que les mots d'esprit ne soient peut-être pas aussi mordants, les formules moins percutantes que dans les œuvres suivantes. Pourtant le roman qui paraît en 1848, à Paris, en deux volumes chez Cadot et presque conjointement à Bruxelles, chez Méline, Cans et Cie, comprend un certains nombre de phrases remarquables, voire de définitions spirituelles.

« ... avant la vieillesse, cette première mort des courtisanes » (p. 28).

« Cela paraîtra peut-être ridicule à bien des gens, mais j'ai une indulgence inépuisable pour les courtisanes, et je ne me donne même pas la peine de discuter cette indulgence » (p. 31).

« Aujourd'hui quand on a vingt-cinq ans, les larmes deviennent une chose si rare qu'on ne peut les donner à la première venue. C'est tout au plus si les parents qui paient pour être pleurés le sont en raison du prix qu'ils y mettent » (pp. 33-34).

« Dans un ovale d'une grâce indescriptible, mettez des yeux noirs surmontés de sourcils d'un arc si pur qu'il semblait peint; voilez ces yeux de grands cils qui, lorsqu'ils s'abaissaient, jetaient de l'ombre sur la teinte rose des joues; tracez un nez fin, droit, spirituel, aux narines un peu ouvertes par une aspiration ardente vers la vie sensuelle; dessinez une bouche régulière, dont les lèvres s'ouvraient gracieusement sur des dents blanches comme du lait; colorez la peau de ce velouté qui couvre les pêches qu'aucune main n'a touchées, et vous aurez l'ensemble de cette charmante tête » (pp. 35-36).

« ... avec Mme M..., une de nos plus spirituelles conteuses qui veut bien de temps en temps écrire ce qu'elle dit et signer ce qu'elle écrit... » (p. 41).

« Pauvres créatures ! Si c'est un tort de les aimer, c'est bien le moins qu'on les plaigne » (p. 46).

« Les efforts de tous les hommes intelligents tendent au même but, et toutes les grandes volontés s'attellent au même principe : soyons bons, soyons jeunes, soyons vrais ! » (p. 48).

« Ne réduisons plus l'estime à la famille, l'indulgence à l'égoïsme » (p. 48).

« On voyait qu'elle en était encore à la virginité du vice » (p. 109).

« Si je me soignais, je mourrais. Ce qui me soutient, c'est la vie fiévreuse que je mène. Puis, se soigner, c'est bon pour les femmes du monde qui ont une famille et des amis... » (p. 118).

« ... car la prostitution a sa foi, et l'on use peu à peu son cœur, son corps et sa beauté; on est redoutée comme une bête fauve, méprisée comme un paria, on n'est entourée que de gens qui vous prennent toujours plus qu'ils ne vous donnent, et on s'en va un beau jour crever comme un chien, après avoir perdu les autres et s'être perdue soi-même » (p. 138).

« S'emparer d'un cœur qui n'a pas l'habitude des attaques, c'est entrer dans une ville ouverte et sans garnison » (p. 145).

« Chez elles (les courtisanes), le corps a usé l'âme, les sens ont brûlé le cœur, la débauche a cuirassé les sentiments. Les mots qu'on leur dit, elles les savent depuis longtemps, les moyens que l'on emploie, elles les connaissent, l'amour même qu'elles inspirent, elles l'ont vendu. Elles aiment par métier et non par entraînement. Elles sont mieux gardées par leurs calculs qu'une vierge par sa mère et son couvent; aussi ont-elles inventé le mot caprice pour ces amours sans trafic qu'elles se donnent de temps en temps comme repos, comme excuse, ou comme consolation... » (pp. 146-147).

« ... cette liaison... devient un obstacle à tout, elle ne permet ni la famille, ni l'ambition, ces secondes et dernières amours de l'homme » (p. 158).

« Si les hommes savaient ce qu'on peut avoir avec une larme, ils seraient plus aimés et nous serions moins ruineuses » (p. 184).

« ... une nature toute parée de son printemps, ce pardon annuel... » (p. 197).

« C'est enfin un de ces grands seigneurs qui ne nous ouvrent qu'un côté de leur cœur, mais qui nous ouvrent les deux côtés de leur bourse » (pp. 296-297).

« Les hommes seuls ont la force de ne pas pardonner » (p. 298).

« Il me semble que la vue de ce vieillard oublié par la mort me fait mourir plus vite » (p. 306).

A titre de comparaison, voici quelques phrases extraites d'œuvres postérieures :

« Quand on voit la vie telle que Dieu l'a faite, il n'y a qu'à le remercier d'avoir fait la mort » (*Denise*).

« Quand on veut arriver quelque part, il ne faut pas regarder sur quoi l'on marche, il faut marcher; on en est quitte pour ôter ses bottines en arrivant » (*La Princesse Georges*).

« Il faut aimer n'importe qui, n'importe quoi, n'importe comment, pourvu qu'on aime » (*Les Idées de Madame Aubrey*).

« Le pardon, vous savez ce que c'est ? C'est l'indifférence pour ce qui ne touche pas » (*Les Idées de Madame Aubrey*).

« Quand on est le fils de ses œuvres, on est toujours de la meilleure famille du monde » (*Le Fils naturel*).

« Quand on tombe, on ne tombe jamais bien » (*Le Demi-Monde*).

« Ce qu'il y a de triste, ce n'est pas d'être vieux, c'est de ne plus être jeune » (*Un Père prodigue*).

« Dans les poches des petites filles, on trouve tout, excepté leur mouchoir » (*L'Ami des femmes*).

« Si les hommes n'entendent rien au cœur des femmes, les femmes n'entendent rien à l'honneur des hommes » (*Denise*).

« Il y a des femmes qui passent leur vie à rembourrer le fossé où leur vertu comptait choir, et qui furieuses de rester sur le bord à attendre qu'on les pousse, jettent des pierres aux femmes qui passent » (*Diane de Lys*).

« Quand nous nous marions, c'est pour trouver dans notre femme ce que nous avons inutilement demandé aux femmes des autres » (*Le Demi-Monde*).

« On peut toujours vivre avec sa femme quand on a autre chose à faire » (*L'Ami des femmes*).

Biobibliographie

La biographie d'Alexandre Dumas fils ne peut être isolée du contexte historique, et encore moins du contexte familial. Fait assez surprenant pour un homme qui n'avait pas de famille, au sens premier du terme, et dont toute l'énergie eut pour but d'obtenir de son père qu'il épousât sa mère, ce que Dumas père fera sur son lit de mort, ou presque.

A la tête de cette dynastie d'hommes, il y a une femme, Marie Dumas. C'est une esclave noire qui, à la fin du règne de Louis XV, fut achetée par un ancien officier du Royal-Artillerie, M. de la Pailleterie. Celui-ci, ayant dépassé le demi-siècle, avait décidé de quitter l'armée et de tenter sa chance dans les plantations de canne à sucre, « aux Amériques ». Il s'installe donc au Trou-de-Jérémie, à la pointe ouest de l'île de Saint-Domingue, dans un mas important. Pour le servir, il s'est procuré une jeune Noire, Cessette, que depuis son baptême, convertie par les religieuses, on appelle Marie-Cessette. Et travaillant désormais au mas de M. de la Pailleterie, elle devint Marie-Cessette du mas... et bientôt Marie Dumas !

Il paraît que le 27 mars 1702, l'ancien officier, qui s'attribuait de temps à autre le titre de marquis — puisque sa famille avait été anoblie en 1669 — fut tout étonné de devenir père d'un superbe rejeton dont l'intelligence précoce allait séduire les vieux jours d'Alexandre Davy de la Pailleterie. A défaut de lui offrir son nom, il lui octroya son prénom et, à la mort de Marie-Cessette, l'emmena avec lui en France.

Nous retrouvons cet Alexandre... Dumas donc parmi les Dragons de la Reine (ces ancêtres du 6ᵉ Dragon) venus au secours des notables de Villers-Cotterêts contre les bandes de marauders qui sévissaient sur la route de Soissons, comme ailleurs en France. Parmi ces notables, Claude Labouret, le propriétaire de l'hôtel de l'Ecu, porte son choix sur ce mulâtre à la belle prestance pour le protéger, lui, ainsi que sa fille Marie-Louise et son établissement. La fillette n'a que dix-huit ans, mais elle tombe aussitôt amoureuse de cet Apollon bistre. Elle peut attendre pour se marier, songe le père, que le dragon soit devenu brigadier. C'était le 15 août 1789. Le 28 novembre 1792, Alexandre Dumas (que ses camarades disaient fils d'un seigneur de Saint-Domingue et qui en avait les manières, disait Marie-Louise) revient à Villers-Cotterêts, non pas brigadier mais — grâce aux événements qui accélèrent l'histoire et les promotions — colonel des Hussards. Et il n'a que trente ans. Dix mois plus tard, il est promu général. Et en novembre 1793, il est général de division. Il ne le restera pas longtemps, car il participe à la campagne d'Egypte, peut-on dire contre son gré. D'abord il s'ennuie — nostalgie créole — et surtout, il ne comprend pas les visées du proconsul et redoute les « folies » d'un nouveau César. Il se retrouve avec quelques officiers pour demander à Bonaparte le retour en France du corps expéditionnaire et l'arrêt pur et simple des opérations en Egypte. Toute la bravoure légendaire du général Dumas ne lui est d'aucun recours, ni sa conduite héroïque qui avait fait de lui un des enfants chéris de la Révolution ! Il est renvoyé non seulement d'Egypte, mais de l'armée et c'est en simple citoyen qu'il assiste, le 5 thermidor an X (24 juillet 1802) à la naissance de son fils, Alexandre... comme il se doit.

Mais cette vie oisive, consacrée en grande partie à la chasse, ne satisfait guère le fier mulâtre. L'ex-général s'éteint prématurément, à l'âge de quarante-quatre ans, à Villers-Cotterêts, en 1806. Seul subsiste son nom gravé sur la face sud de l'Arc de Triomphe.

La colère de Bonaparte ayant supprimé jusqu'à la

pension de sa veuve, Marie-Louise dut élever seule le petit Alexandre avec les revenus d'un bureau de tabac, obtenu grâce à l'entremise d'amis de son père. Éducation sommaire qui ne put contrecarrer une curiosité sans borne, tant pour le petit monde de la forêt, gibier de toutes sortes, oiseaux aux chants qui le fascine, que pour les livres qu'il feuillette d'abord, dévore ensuite. A quinze ans, il doit gagner sa vie et entre comme « saute-ruisseau » chez maître Mennesson, le notaire du lieu, puis passe chez le notaire de Crépy-en-Valois où il sera mieux payé et même nourri et logé. Il obtient ensuite un emploi au secrétariat du duc d'Orléans et s'installe à Paris. L'été 1823, il s'escrime à inventer des intrigues de drames, vaguement inspirés du Shakespeare qu'il vit à Soissons, lors d'une tournée de province, ou du « Sylla » qu'il voit à la Comédie-Française avec Talma. Il habite exactement en face de l'entrée de la salle Favart, place des Italiens, « une chambre du haut », une chambre de bonne. Sa voisine est une jolie lingère, Catherine Labay, qu'il lui arrive d'emmener les beaux dimanches dans les bois de Meudon. Elle a trente ans, un certain esprit de repartie et beaucoup de gaieté. Il a vingt et un ans et une confiance illimitée en sa bonne étoile. Et le 27 juillet 1824, un magnifique bébé, à la chevelure prometteuse, naissait « de père inconnu ». Tout comme son grand-père, Alexandre Dumas donne d'abord son prénom à ce fils dont il ne sait trop que faire. Heureusement son chef de bureau s'intéresse à ce garçon stupéfiant et bon vivant, dont le teint soutenu et la chevelure crépue trahissent les origines. Ils lisent beaucoup, se mettent à écrire et, le 21 novembre 1826, ils font jouer au Théâtre de la Porte-Saint-Martin *La Noce et l'Enterrement*. Vont suivre, jusqu'en 1870 date de sa mort, 91 pièces de théâtre, 200 nouvelles ou romans, 10 volumes de mémoires et 19 volumes d'impressions de voyage. Il fonde huit journaux qu'il dirigera. Il visite l'Europe et participe à trois révolutions, tout en rédigeant un dictionnaire de cuisine, en affichant trente-quatre maîtresses dont il aura deux enfants qu'il reconnaît, deux autres qui sont connus et — selon son mot — des centaines d'inconnus !

Pourtant sa gloire, tant romanesque que dramatique, tant littéraire que mondaine sera éclipsée par celle de son fils, Alexandre, qu'il reconnaîtra en 1831, après son premier triomphe, *Henri III et sa cour*, qui en fait l'égal de Hugo. Jusqu'alors il a totalement négligé ses devoirs familiaux. Quand le duc d'Orléans le nomme bibliothécaire-adjoint du Palais-Royal, il croit préférable d'éloigner sa femme et son fils, pour lesquels il trouve un logement à Passy. Mais quelles que soient les difficultés dans ses rapports avec le jeune auteur désormais célèbre, Catherine Labay élèvera toujours le petit Alexandre dans le culte de son père, grand homme et génie littéraire. Balzac, Gautier, Sainte-Beuve, Berlioz... et le Tout-Paris n'ont-ils pas assisté à la création d'*Antony*, dont l'interprète principale est la belle Marie Dorval, la maîtresse du moment. C'est elle qui, en grande partie, est responsable du triomphe fait à la pièce et à son auteur.

La jeunesse de Dumas fils n'est guère dorée. Il

émaillera ses romans futurs ou leurs préfaces de scènes autobiographiques, telle celle que l'on trouve dans la préface de *La Femme de Claude* : l'épisode se situe place des Italiens, dans la chambre de sa mère; son père tente d'écrire alors que lui hurle, sans doute à cause de ses premières dents. N'y tenant plus, Alexandre Dumas prend l'enfant et le jette à l'autre extrémité de la chambre. Dumas fils dit qu'il s'agit de son plus ancien souvenir. Ne serait-ce pas sa mère qui lui aurait rappelé l'incident, dès l'instant où Alexandre Dumas, ayant reconnu son fils, l'a fait mettre en pension, par décision du tribunal. Il est vrai que Catherine s'était enfuie, enlevant l'enfant, le cachant, le faisant passer par la fenêtre et autres exercices périlleux dont seule une mère peut être capable pour défendre les droits de sa maternité. Dumas fils en fera un mot, plus tard, dans *Francillon* : « La maternité, c'est le patriotisme des femmes. »

Dès 1831, Dumas fils entre donc en pension. D'abord à la pension Vauthier, puis rue Blanche à la pension Saint-Victor. Les heures noires qu'il passe, éloigné de sa mère, maltraité par ses camarades qui le traitent de bâtard, devant subir les caprices des maîtresses de son père, quand il sort avec son « grand camarade »... tout cela il le raconte dans les préfaces de *La Femme de Claude*, du *Fils naturel* ou dans *L'Affaire Clemenceau*. Mais il n'y a pas que les heures noires, il le reconnaît, car grâce à son père il pénètre très jeune dans le monde des théâtres et des cafés. Il apprend ainsi à quelle heure il faut se rendre au Café Anglais ou à la Maison Dorée, ce qu'on y boit et qui l'on rencontre, c'est-à-dire la grande comédienne, Mlle George (sociétaire de la Comédie-Française qui, après avoir brillé dans les tragédies classiques, a mis son talent à défendre le drame romantique : elle créera entre autres les rôles-titres de *Lucrèce Borgia* et de *Marie Tudor* de Victor Hugo) Franz Liszt, Alfred de Musset, Frédérick Lemaître...

Vers sa quinzième année, il passe par un moment de dégoût, dégoût de son propre corps (il ne grandit pas), dégoût des études qui lui paraissent vaines, dégoût même du jeu. Peu à peu, il traverse une période d'intense mysticisme. C'est sa façon de lutter contre les attaques de ses condisciples qui le traitent de « fils de lingère... fils de mère entretenue... fils naturel, de père inconnu... bâtard... face de nègre... sans le sou... »

Dumas père, qui n'a jamais été effleuré par la moindre séduction mystique, pense qu'il est suffisant de modifier l'environnement de son fils et l'inscrit comme externe au collège Bourbon (aujourd'hui, le lycée Condorcet). Il lui trouve une pension de famille, dans laquelle son fils se sente plus à l'aise, tout comme il se sentira mieux en compagnie de ses nouveaux camarades, qui sont en majeure partie républicains et romantiques. En revanche, il pique une colère, lorsqu'il apprend que son père s'apprête à épouser Ida Ferrier, une des maîtresses dont il a moins supporté, enfant, les caprices (« Dans mon enfance, j'ai eu beaucoup à supporter à cause de l'attitude de Mademoiselle Ida » écrira-t-il plus tard). Ce mariage a lieu le 5 février 1840. Chateaubriand et

Charles Nodier sont les témoins de Dumas. Six ans
plus tard, ce n'est plus qu'un mauvais souvenir. Les
époux se séparent, sans cris. Mais entre-temps,
Dumas fils est devenu un grand et élégant jeune
homme, gâté par son père, habillé à la dernière mode
et lancé dans le sillage de l'auteur dramatique qui
vient de triompher coup sur coup avec *La Tour de
Nesle* (1832) et *Kean* (1836). On le voit de plus en
plus souvent dans son appartement de la Chaussée-
d'Antin, où le Tout-Paris romantique défile. Mais il
suit aussi son père dans les coulisses du théâtre des
Variétés, où il croise Frédérick Lemaître qui en est
presque pensionnaire ou le directeur Théaulon, ou
sur le « Boulevard », du boulevard Montmartre au
boulevard des Italiens, du Café Tortoni au Café de
Paris où il est de tradition de prendre un verre avec
Balzac. Il n'en rate pas moins son baccalauréat, alors
que son père arbore un énorme ruban de la Légion
d'honneur.

Les honneurs, la célébrité, rien n'émeut le fils qui
ne cesse de faire la morale à son père, ce qui crée
certaines tensions, de temps à autres, que Dumas père
racontera avec humour :

« Il se moque de moi de tout son esprit, et il
m'aime de tout son cœur... de temps en temps nous
nous brouillons : ce jour-là, j'achète un veau et je
l'engraisse... »

Les leçons de morale qu'il assène à son père ne
l'empêchent pas de s'offrir une maîtresse pour ses
dix-huit ans. C'est la jeune femme du sculpteur James
Pradier dont les statuettes galantes, diffusées par la

manufacture de Sèvres, ornent les salons à la mode.
Sous l'influence de Canova, Pradier réalisera également les douze « Victoires » du tombeau de Napoléon, ainsi que les « Renommées » de l'Arc de Triomphe. Pendant ce temps, Dumas fils fait son éducation
sentimentale, fréquente les filles et possède bientôt
une garçonnière. Mme Pradier réapparaîtra, quelques
années plus tard, sous les traits de la sensuelle Iza,
dans *L'Affaire Clemenceau.*

Puis, un jour de 1842, il aperçoit une mystérieuse
inconnue, toute de blanc vêtu, robe de mousseline et
chapeau de paille d'Italie. La scène se passe place de
la Bourse, non loin du théâtre du Vaudeville. Il la
racontera plus tard dans *La Dame aux camélias* (p. 84)
puisque cette jeune personne, qui n'a que six mois de
plus que lui, est Marie Duplessis.

Est-elle à l'époque l'amie ou a-t-elle été lancée par
Antoine de Guiche ? le fait est que le fils aîné du duc
de Gramont a protégé longtemps et s'intéresse encore
à cette jeune fille dont l'élégance rare est un subtil
complément de la sienne propre, car de Guiche passe
pour un des hommes les plus élégants du Second
Empire. Cette élégance, l'a-t-elle naturellement ou
l'a-t-elle apprise de lui ? Marie Duplessis, de son vrai
nom Alphonsine Plessis, promène dans Paris cette
distinction supérieure et sophistiquée qui est l'apa-
nage des dames de l'aristocratie ou des grandes hétaï-
res. Dumas fils est fort impressionné, moins par la
liberté qu'elle affiche à l'égard des hommes les plus
riches et les plus en vue de la capitale, que par le
mystère et le rayonnement qui émanent d'elle. Il la

rencontre un soir de 1844 au théâtre des Variétés. Elle est en compagnie de son protecteur du moment, le vieux mais très riche comte de Stackelberg. Il y a près d'une année que Dumas fils fantasme sur l'apparition de la belle, place de la Bourse. Or au théâtre des Variétés, il se sent presque chez lui. Il aborde Marie Duplessis et très vite devient son amant de cœur. Il fait des folies pour elle. Il s'endette et doit avoir recours à la bourse paternelle.

Au cours de l'été de 1845, une altercation à peine plus épicée que les précédentes met un point final à la liaison. La rupture est sanctionnée par l'envoi d'une lettre demeurée célèbre car, après la mort de Marie, Dumas fils la récupérera pour l'offrir à Sarah Bernhardt, incomparable Marguerite Gautier. Et il ajoute ce mot de commentaire : « Cette lettre est la seule preuve palpable qui soit de cette histoire. »

Et alors que Marie Duplessis se console avec Franz Liszt, Dumas fils apprend que son père amorce une liaison avec Lola Montès. Pour tenter d'oublier ce qui demeure pour lui un échec, le fils écrit des poèmes que le père éditera, à ses frais. On vendra quatorze exemplaires de ces *Péchés de jeunesse* qui précèdent de peu la tentative d'un premier roman, *Histoire de quatre femmes et d'un perroquet*. Le père, lui, écrit *Mémoires d'un médecin : Joseph Balsamo*.

Le 3 février 1846, Marie Duplessis part pour Londres, où elle épouse dans le plus grand secret le comte de Perrégaux qui paie une partie de ses dettes et souhaite, de cette façon, l'arracher à cette existence qui mine sa santé, déjà fort chancelante. Elle revient

sur le continent pour courir les cures, particulièrement celle de Baden-Baden, où la soigne le professeur
Koreff, médecin à la mode. Alors que les Dumas, père
et fils, partent pour Cadix, Marie Duplessis revient à
Paris et s'installe à l'entresol du numéro 11, boulevard de la Madeleine, où elle loue à l'année pour
3 200 francs une antichambre, un salon, une salle à
manger, une chambre et un boudoir. Elle y mourra le
3 février 1847. Le comte de Stackelberg, le comte de
Perrégaux suivront son cercueil — recouvert de
camélias — jusqu'au cimetière de Montmartre. Ce
n'est que le 10 février qu'Alexandre Dumas fils
apprendra la nouvelle, il s'était arrêté à Marseille
chez le poète Joseph Autran. L'écrivain anglais Charles Dickens assistera à la vente du mobilier et des
objets d'art et autres cadeaux que possédait encore
Marie Duplessis. Le 16 février, le comte de Perrégaux
obtient que le cercueil de Marie soit déposé dans une
concession perpétuelle du cimetière de Montmartre.
On ignore s'il demanda à Dumas fils, qui était rentré à
Paris, de l'accompagner et de le soutenir durant ces
pénibles instants, où il lui faudra reconnaître le corps.
Cette scène, Dumas fils la racontera avec beaucoup
d'émotion dans le roman qu'il écrit d'une traite, en un
mois, s'étant retiré à l'auberge du Cheval-Blanc de
Saint-Germain. Il avait auparavant lu et annoté
Manon Lescaut de l'abbé Prévost. Ainsi naît en 1848
le roman de *La Dame aux camélias* qui obtient aussitôt un succès fou. Les Dumas, père et fils, connaissent
une période faste depuis l'année précédente. Dumas
père a pris la direction du Théâtre Historique, où il a

d'abord affiché son adaptation de *La Reine Margot*.
Parallèlement, il surveille l'édification d'un château
Renaissance, à mi-chemin entre Saint-Germain et
Port-Marly. Le 27 juillet 1847, un déjeuner de
500 couverts inaugure ce château de Monte-Cristo,
dans lequel Lola Montès passera huit jours. Le château avait coûté 400 000 francs (sans compter les
sculptures de Pradier !), il sera vendu d'autorité de
justice, en 1849, pour 30 000 francs à un dentiste
américain. La révolution de 1848 a en effet vidé le
Théâtre Historique. Le goût change et la mode abandonne les grandes fresques romantiques. Dumas fils
n'est guère enchanté par la tournure que prennent les
événements politiques : il regrette amèrement l'Ancien Régime. Pour se consoler, il se met à écrire et va
produire une douzaine de romans, dans lesquels il
règle ses comptes avec la société et avec son propre
passé. Toutes ses rancœurs, toutes ses haines, toutes
ses blessures mal cicatrisées, il va en faire matière
romanesque : quelque seize titres inaugurent le
« roman à thèse » (*Césarine, Le Docteur Servans, Anto-
nine, Le Roman d'une femme, Tristan le Roux, Les
Revenants, Diane de Lys, Trois hommes forts, Le
Régent Mustel, Sophie Printemps, La Vie à vingt ans,
Antoine, La Dame aux perles, L'Affaire Clemenceau*).
Mais c'est davantage pour la scène qu'il préfère travailler, après l'immense succès de *La Dame aux camélias*, adaptée pour le théâtre du Vaudeville. Or tout
n'a pas été simple dans cette réalisation, même si le
roman avait préparé le public et surtout les censeurs.
On peut toujours lire certaines choses, il est plus

difficile de les accepter (en chair et en os) sur la scène d'un théâtre, avec certains mots passant par-dessus la rampe.

Au printemps de 1851, la direction du Vaudeville accepte donc la pièce et la met en répétitions, avec Eugénie Doche (Marguerite Gautier) et Fechter (Armand Duval); mais Léon Faucher, ministre de l'Intérieur, fait interdire la représentation sous prétexte que l'œuvre est par trop immorale. Comme ses affaires financières ne sont guère florissantes, Dumas fils va vivre chez sa mère et profite des dîners de son père pour tenter de faire lever l'interdiction du ministre Faucher. Il obtient en un premier temps que le duc de Morny présente le texte de la pièce au prince président Louis Napoléon Bonaparte, puis dans un second temps la convocation d'un jury de moralité composé de Jules Janin, Léon Gozlan et Emile Augier, qui concluent que la pièce n'est nullement immorale. Comme le coup d'Etat du 2 décembre 1851 fait de Morny le nouveau ministre de l'Intérieur, celui-ci évidemment se hâte d'autoriser la représentation de *La Dame aux camélias*. La première a lieu le 2 février 1852, en l'absence de Dumas père qui a dû s'exiler à Bruxelles, vu son activité politique qui est un échec. A l'issue de la première, Dumas fils lui envoie un télégramme « *Grand succès, si grand que j'ai cru assister à la première représentation d'un de tes ouvrages.* » Ce à quoi Dumas père répond, également par télégramme : « *Mon meilleur ouvrage, c'est toi, mon enfant.* »

Ce triomphe qui inaugure la « comédie de

mœurs » et instaure le réalisme au théâtre va prouver à Dumas fils que l'impact de la scène est supérieur à celui du roman. Aussi, après *L'Affaire Clemenceau*, il ne travaillera plus que pour la scène, à l'exception de quelques essais de morale ou de politique (*La Question du divorce*, 1880; *La Recherche de la paternité*, 1883). Il va s'imposer comme le grand moraliste de cette seconde partie du XIXᵉ siècle (d'abord du Second Empire, puis de la IIIᵉ République). Il fustige la femme, la courtisane surtout pour laquelle il crée le mot de « demi-mondaine ». L'argent et la corruption sont également ses thèmes favoris. Comme il avait pris l'habitude de donner des leçons à son père, il va désormais en donner à la France entière. Et si sa vie privée fait moins de bruit que celle de son père, il en nourrit en revanche les préfaces de ses pièces.

Les femmes occupent une grande place dans sa vie. Il y a celles qu'il aime et il y a les amies, au premier rang desquelles s'impose la figure tyrannique de George Sand, qu'il appelle « maman », et qui aurait préféré situer leurs relations sur un tout autre plan ! Très attiré par la femme slave, il tomba d'abord amoureux de la comtesse de Nesselrode, une aristocrate russe mariée, avec laquelle il a une liaison et qu'il suit jusqu'à Myslowitz, sur la frontière polonaise. Là, le mari intervient et lui fait interdire toute entrée en Russie. Quelques années plus tard, après la création du *Demi-Monde*, il tombe à nouveau amoureux d'une femme mariée (lui qui ne cesse de vitupérer contre l'adultère dans ses écrits), Nadia Knorring, « la sirène aux yeux verts », qui est l'épouse du prince

Naryschkine. Il met aussitôt George Sand dans la confidence, lui écrivant qu'il est « aussi prêt à l'adorer comme un ange qu'à la tuer comme une bête fauve ».

Il connaît alors au théâtre des fortunes diverses, transposant à peine ses rapports avec son père dans *Le Fils naturel* (1858) et dans *Un Père prodigue* (1859). L'année suivante, le 20 novembre, la princesse Naryschkine accouche d'une petite fille... naturelle donc, du fils naturel d'Alexandre Dumas, père prodigue... même de ses défauts ou de sa légèreté. Elle s'appellera Colette.

Deux ans plus tard, il achète au numéro 98 de l'avenue de Villiers un hôtel particulier fort agréable et doté d'un jardin minuscule. Ce qui faisait dire à son père : « Il faudra penser à ouvrir un peu la fenêtre de ton salon pour donner de l'air à ton jardin. »

En 1864, l'échec de *L'Ami des femmes* l'incite à tourner un temps le dos au théâtre pour suivre son père dans un voyage en Italie. A Naples, il a une crise de dépression nerveuse : il lui prend des envies d'étrangler son père.

La mort du prince Naryschkine lui permet de se changer heureusement les idées en épousant « la sirène aux yeux verts ». Mais ce mariage se révèle très vite une erreur, car Nadia n'est pas une femme d'intérieur et elle conjugue un certain nombre de défauts, dont la jalousie n'est pas le moindre. Seule consolation, la petite Colette a l'intelligence éveillée et, à cinq ans, parle déjà couramment le russe, le français et l'allemand. Est-ce pour se venger de Nadia, mais il écrit et publie en cette année 1866 son dernier roman, *L'Affaire Clemenceau*, dans lequel le personnage principal assassine son épouse ! La critique louera le réalisme audacieux de l'écrivain.

Il rêve d'avoir un fils. Malheureusement, en 1867, naît une seconde fille, Jeannine, qu'il élèvera comme un garçon, allant même jusqu'à l'appeler Jeannot. Or il se veut un père exemplaire et s'affiche comme tel, pendant que son propre père poursuit une carrière de libertin que l'âge ne freine pas, bien au contraire. Ils se voient peu, au point que Dumas père dira : « Je ne le vois plus qu'aux enterrements. Peut-être maintenant ne le verrai-je plus qu'au mien ! » Les honneurs se succèdent pour Dumas fils : le 7 août 1867, il est officier de la Légion d'honneur et sera commandeur, le 13 juillet 1888. Il éclipse de plus en plus la célébrité de son père qui, à côté de lui, ne fait vraiment pas sérieux, avec ses nègres, ses feuilletons, ses dettes, sa gourmandise et son goût des filles. Dumas fils vit dans les salons, celui de Jeanne Detaubey, de Mme Aubernon, de la princesse Mathilde surtout. Il sème des mots, mais n'est guère féroce, si ce n'est sur scène et sur ses sujets favoris. Il a acheté deux villas à Puys, près de Dieppe. Son père vient y mourir, en 1870.

Il poursuit son portrait réquisitoire de la Femme : *Une Visite de noces* (1871), *La Femme de Claude* (1872). Il s'attire de méchantes ripostes d'Emile Zola et d'Emile de Girardin, avec son pamphlet *L'Homme-Femme*. Il lui arrive parfois de louer chez la femme certaines qualités : dans *La Princesse Georges* (1871), une femme trompée pardonne avec générosité, et dans *Monsieur Alphonse* (1874), il tente une sorte de réhabilitation de la gent féminine. Ses pièces, créées d'abord au Vaudeville puis au Gymnase, le seront bientôt à la Comédie-Française, sous l'administration d'Emile Perrin qui y est nommé en 1871. Peintre de formation, Perrin avait été placé à la tête de l'Opéra-Comique en 1848 (il y créa entre autres *Si j'étais roi, Les Dragons de Villars, Les Noces de Jeannette...*). Puis il passe à la direction de l'Opéra (il n'y crée que deux ouvrages mais d'importance : *L'Africaine* de Meyer-beer et *Don Carlos* de Verdi). Il fit engager à la Comédie-Française Mounet-Sully, Sarah Bernhardt (après son incartade), Worms, Julia Bartet, Le Bargy, Féraudy, etc. Il choisit deux « fournisseurs » qui étaient les dramaturges les plus célèbres de cette fin du XIXᵉ siècle : Dumas fils et Emile Augier. En moins de dix ans, leurs répertoires totalisèrent presque un millier de représentations. Il y avait de quoi ne plus connaître de souci financier !

Le 11 mai 1875, Alexandre Dumas fils est reçu à l'Académie française par le comte d'Haussonville. Il a pour parrains Paul Bourget et Guy de Maupassant. Cette élection, à quarante-neuf ans, paraît telle une réhabilitation de tous les procès faits à son père, dont il fait brillamment l'éloge. Du reste Victor Hugo, après vingt-deux ans d'exil, revient sous la Coupole pour applaudir le fils d'un de ses amis les plus fidèles, tant dans les batailles du romantisme, que contre « Napoléon-le-Petit ».

Dumas fils écrit peu désormais. Il se consacre à la correction de *La Dame aux camélias* dont il donne

(édition de 1872) une version à peine transformée :
certains passages sont supprimés, dans d'autres certaines tournures s'allègent ou au contraire prennent
plus de poids. Mais ces corrections ôtent une certaine
fraîcheur à l'ouvrage, pour lui conférer un ton plus
académique. Il signe également quelques préfaces
pour le *Faust* de Goethe, pour *Manon Lescaut* et *Les
Plaisirs vicieux* de Léon Tolstoï. En fait, il souhaite
donner un sens à sa mission littéraire en justifiant le
rôle social de l'écrivain. Il tente d'améliorer le sort
des enfants naturels et surtout de rétablir le divorce
qui avait été supprimé à la fin du Premier Empire, et
qui fut rétabli, grâce à lui, en 1884.

En 1889, il écrit un ultime article, « Une Main »,
dans lequel il fait preuve d'un certain mysticisme laïc,
reconnaissant l'importance désormais des sciences
occultes et de la chiromancie.

Puis à la mort de sa femme Nadia et contre l'avis
de ses filles — particulièrement de Jeannine — il
épouse Henriette Régnier, son dernier amour. Il a
quarante ans de plus qu'elle et mourra six mois plus
tard, le 27 novembre, à Marly-le-Roy.

NOTES

La Dame aux camélias situe la vie parisienne dans un périmètre très restreint puisqu'il s'agit des boulevards (boulevard Montmartre et boulevard des Italiens), de la place de la Bourse avec incursion jusqu'à l'Opéra, au Café de Paris et à la Comédie-Française. Le boulevard des Italiens s'est d'abord appelé boulevard de Coblentz (à cause des émigrés), puis de Gand (Louis XVIII avait fui à Gand durant les Cent-Jours).

P. 26

1. Durant la période qui nous intéresse, l'Opéra de Paris est situé au n° 12, rue Le Peletier, depuis le 16 août 1821, et brûlera le 29 octobre 1873. On y avait introduit l'éclairage au gaz en 1822. On y créa *Le Comte Ory* (1828) et *Guillaume Tell* (1829) de Rossini, *Robert le Diable* (1831), *Les Huguenots* (1836), *Le Prophète* (1849) et *L'Africaine* (1865) de Meyerbeer, *Benvenuto Cellini* de Berlioz (1838), *Les Vêpres sici-*

liennes de Verdi (1855), *Tannhäuser* de Wagner (1861)...

2. Nous recensons dans cette note tous les théâtres et cafés cités dans le livre. L'Opéra-Comique est situé place Boieldieu, précédemment appelée place des Italiens puisque sur ce terrain, ayant appartenu à l'hôtel de Choiseul-Stainville, fut inauguré le 28 avril 1783 le théâtre des Italiens pour accueillir les Comédiens italiens. Ensuite il se nomme salle Favart et devient l'Opéra-Comique jusqu'au 25 mai 1887, où il brûlera. La nouvelle salle sera inaugurée le 7 décembre 1898. On y créa *La Dame blanche* de Boieldieu (1825), *Fra Diavolo* d'Auber (1830), *La Damnation de Faust* (en concert) de Berlioz (1846), *Carmen* de Bizet (1875)...

La Comédie-Française, ou salle Richelieu, fut inaugurée à l'extrémité de la rue Richelieu et du Palais-Royal, le 30 mai 1799. A la révolution de 1848, les Comédiens du Roi devinrent les Comédiens de la République. Durant l'administration d'Arsène Houssaye et l'influence de Rachel (aussi influente sur le Prince Président que sur l'administrateur du Français), on crée des œuvres aujourd'hui oubliées de Scribe, Augier, Octave Feuillet, Jules Sandeau; on reprend *Angelo* et *Marion Delorme* de Victor Hugo; on donne de Musset *Louison, On ne saurait penser à tout, Le Chandelier* qui fait scandale, tout autant que *Le Carrosse du Saint-Sacrement* de Mérimée, qui sera sifflé de la première à la dernière réplique. Edouard Thierry arrive ensuite à la direction de la Maison pour y attacher Emile Augier. On y créera également le *Gringoire* de Banville et le *Supplice d'une femme* que Dumas fils avait écrit avec Emile de Girardin. Puis ce fut le règne d'Emile Perrin qui, arrivé en 1871, mourra à son poste, en 1885. C'est lui qui décide de monter désormais toutes les pièces de Dumas fils. Mais on lui doit également la création de *L'Ami Fritz* d'Erckmann-Chatriant et surtout *Les Corbeaux* d'Henri Bacques qui sera un four sans précédent mais demeurera pour Emile Perrin la soirée la plus glorieuse de sa carrière.

Il faut également mentionner quelques théâtres qui sont le théâtre du roman : le théâtre du Vaudeville et le théâtre des Variétés, où l'on retrouve Marguerite Gautier, le théâtre du Gymnase et celui du Palais-Royal dont parle Jules Janin à propos de Marie Duplessis. Le théâtre du Vaudeville (p. 149) connut plusieurs adresses. Il fut d'abord situé sur le boulevard de Bonne-Nouvelle, puis s'installa au n° 27, rue Vivienne jusqu'au percement, en 1868, de la rue du Quatre-Septembre. Le théâtre des Variétés (p. 83) et le théâtre du Palais-Royal (pp. 93 et 172) ont leur histoire étrangement mêlée puisque le second, élevé sur les ordres du duc d'Orléans et inauguré le 23 octobre 1784, devint très tôt la propriété de Mlle Montansier, grande ordonnatrice des fêtes de la cour, qui modifie son nom de théâtre de Beaujolais en théâtre des Variétés. En fait le théâtre du Palais-Royal changea plusieurs fois de nom, puisqu'il fut également « théâtre du Péristyle », « de la Montagne », « Montansier-Variétés » « Jeux forains », « Café de la Paix »… On y donnait les spectacles les plus divers, car si on y applaudit Mlle Déjazet et

Bouffé, deux des vedettes de cette scène, on y voit également des comiques et même des chiens savants. Le 24 juin 1807, Mlle Montansier invite le Tout-Paris à l'inauguration, entre Montmartre et Paris, du théâtre des Variétés, qui connut parmi les soirées les plus brillantes de la capitale. Il y avait alors à Paris vingt-sept salles de spectacles et Napoléon III, estimant que cela portait préjudice à la troupe officielle de la Comédie-Française, décida d'en fermer les deux tiers. Le théâtre des Variétés fut sauvé et par la suite Frédérick Lemaître y créa *Kean ou Désordre et Génie* d'Alexandre Dumas, le 31 août 1836. Enfin, en 1889, Sarah Bernhardt loue ce théâtre pour le temps de l'Exposition et y interprète avec succès *La Dame aux camélias.*

Dumas fils sera également à l'affiche du théâtre du Gymnase (p. 8), sis 38, boulevard Bonne-Nouvelle, construit en 1820 par les architectes Rougevin et Guerchy, sur l'emplacement du café Vasparo, là où jadis se trouvait le cimetière de l'église Notre-Dame-de-Bonne-Nouvelle. Le directeur Poirson s'attacha Scribe par contrat exclusif. Mais on y joua également les œuvres de Balzac, de George Sand, d'Emile Augier et de Dumas père. On y créa les pièces de Sardou et surtout les « comédies à thèse » de Dumas fils, que le théâtre du Gymnase révéla au public et à la critique.

Le théâtre du Gymnase et le théâtre des Variétés avaient leur façade sur le « Boulevard » (c'est-à-dire le boulevard des Italiens et le début du boulevard Montmartre) qui au XIXe siècle connut une vogue fabuleuse, au point qu'Alfred de Musset écrivit : « Le Parisien y vit, le provincial y accourt, l'étranger qui passe s'en souvient... c'est un des points de la terre où le plaisir est concentré. »

C'est aussi la raison pour laquelle les Comédiens italiens exigèrent que leur théâtre tournât le dos au Boulevard pour qu'on ne le confonde pas avec les autres « petites » salles et les tréteaux sur lesquels se produisaient les baladins.

En fait la réputation du Boulevard commença quand un riche financier du nom de Crozat fit édifier un fastueux hôtel particulier à l'extrémité de la rue de Richelieu, qui alors se perdait dans des jardins de banlieue. Cet hôtel devint le *café Frascati* (p. 191). Ses grands salons de style pompéien reçurent tout le gratin de l'Empire, et ses jardins imitaient ceux des jardins Frascati de Rome, en plus modeste ! Ces jardins, illuminés la nuit, étaient profonds de douze mètres et longeaient en terrasse le boulevard, depuis la rue Richelieu jusqu'à la rue Vivienne. On paie trois livres pour y accéder, afin d'y boire, manger, danser, ou même d'y trouver l'âme sœur puisque les dames galantes y étaient admises. On y tirait également des feux d'artifice et surtout on pouvait y jouer de seize heures à deux heures du matin.

Au n° 13 du boulevard des Italiens fut construite en 1783 une maison dont Paul Chevreuil allait faire le centre de toutes les élégances de la période romantique, le *Café Anglais* (p. 91), dont l'entresol et le premier étage étaient divisés en vingt-deux salons et cabinets particuliers, avec le célèbre Grand-Seize (au premier étage) où se faisaient et se défaisaient les réputations. La maison fut démolie en 1913.

Au n° 16 et au n° 20 se trouvent deux autres établissements qui voient accourir les élégants au début du siècle : le *Café Riche* et le *Café Hardy*. On disait alors : « Il faut être bien riche pour dîner chez Hardy et bien hardi pour dîner chez Riche ! » mais sous le Second Empire on appela le *Café Riche*, le *Café Anglais* du pauvre, puis sa réputation remonta quand un des frères Bignon (du *Café Foy*) en prit la direction, vers 1865, et en fit un lieu recherché. Au *Café Hardy* fut installé le premier grill anglais de Paris. La maison fut démolie en 1839 et remplacée par l'actuelle, imaginée par l'architecte Lemaire mais dont on ne connaît plus aujourd'hui que la façade aux lourds balcons de fonte surchargés de dorure, avec les bêtes fauves sur frises sculptées par Klagmann. Au premier étage se trouvait le restaurant dit *la Maison Dorée* (p. 92) (ou Maison d'Or) qui était divisé en deux parties : une en façade sur le boulevard pour les clients de passage, et l'autre pour les habitués et les personnalités, dont Nestor Roqueplan qui y dînait tous les soirs.

Entre les n°s 2 et 4 de la Chaussée-d'Antin et le n° 38 du boulevard des Italiens s'installe avec l'Empire le *Café Foy* (p. 170), un restaurant qui sera dirigé successivement par les deux frères Bignon qui le céderont, en 1880, à Paillard, à qui il devra une grande réputation. Rossini habita au-dessus du restaurant, de 1857 jusqu'en 1868 (date incertaine). Parmi les restaurants qui se distinguèrent encore à l'époque, il y a *le*

Véry (p. 171) aux n°s 83 à 86, galerie de Beaujolais au Palais-Royal. Installé dès 1808, il fut le premier à proposer un menu à prix fixe. C'est là qu'un garçon servit un café dans un pot de chambre à un officier prussien qui exigeait que son café lui soit servi « dans une tasse où un Français n'aurait jamais bu » ! En 1859, *le Véry* fut annexé au *Grand Véfour,* son voisin (n°s 79 à 82).

Sont encore célèbres à l'époque, le *Café Tortoni* et le *Café de Paris.* Le *Café Tortoni* (n° 22 du boulevard, à l'angle de la rue Taitbout) occupait le rez-de-chaussée et le premier étage de l'immeuble où en 1798, s'était établi Velloni, le premier glacier napolitain qui vint à Paris. En 1804, Tortoni — son premier garçon — lui succède et en fait le grand rendez-vous des dandys, des lions que l'on appelait, de 1830 à 1880, « les tortonistes ».

Mais le plus élégant et le plus raffiné de tous les lieux à la mode fut, du 15 juillet 1822 au 12 octobre 1856, le *Café de Paris.* Musset, Félix Arvers, le docteur Véron, Dumas fils, Balzac, Gautier, Roqueplan... en étaient les habitués et l'on disait alors que « ce temple de l'élégance donnait à qui y était admis son brevet de parisien et de boulevardier ». Les garçons étaient coiffés en toupet, vêtus de petites vestes et de pantalons à sous-pieds, le cou engoncé dans une large cravate blanche. Les salons étaient ornés de boiseries, de glaces, de médaillons, de banquettes de velours rouge. Le *Café de Paris* occupait le rez-de-chaussée d'un hôtel du XVIIIe siècle, où habita la princesse Mathilde et qui était alors la propriété de la marquise d'Herford. Elle loua l'espace 12 000 francs par an et exigea que l'établissement soit fermé chaque soir à vingt-deux heures.

P. 27

1. *Aucoc et Odiot* passent pour les plus grands orfèvres de leur temps. On doit à Odiot le berceau du Roi de Rome, entre autres pièces de collection.

P. 36

1. *Vincent Vidal* (1811-1887), élève de Paul Delaroche, portraitiste de l'aristocratie, de la haute bourgeoisie et du Tout-Paris, sous le Second Empire.

P. 37

1. Alexandre Dumas fils précisera, dans l'édition de 1872, qu'il s'agit de Bagnères-de-Bigorre, dans les Hautes-Pyrénées. On y soignait surtout les personnes anémiques. Sous le titre de « vieux duc », il faut voir le comte de Stackelberg, qui fut ambassadeur du tsar à Vienne et qui vivait désormais à Paris. C'est grâce à lui que Marie Duplessis put s'installer au n° 11 du boulevard de la Madeleine.

P. 42

1. A l'époque, marchand de chevaux, chez qui il était d'usage de se procurer les plus beaux équipages.

P. 65

1. Appelé également le Cimetière du Nord, fut en partie désaffecté en 1879 pour permettre le prolongement de la rue Joseph-de-Maistre. On y trouve les tombes de plusieurs personnages comme les Goncourt, Renan, Berlioz et surtout Alphonsine Plessis, dite Marie Duplessis. Son tombeau, qui fut offert par le comte Perrégaux (qu'elle avait épousé secrètement à Londres, quelques mois avant sa mort, en 1846) est distant d'une centaine de mètres de celui d'Alexandre Dumas fils. C'est l'écrivain qui avait émis cette ultime volonté.

P. 84

1. A l'époque romantique, rendez-vous des élégantes, boutique de mode située place de la Bourse.

P. 86

1. Alphonse Karr (1808-1890), professeur, se tourna vers le journalisme et devint directeur du *Figaro* (1839). Il s'était parallèlement fait connaître par un certain nombre d'écrits, où se mêlent l'humour le plus caustique et une grande sensibilité, ainsi *Sous les tilleuls* (1832), dans lequel il jongle avec son auto-biographie. En 1839, il publie une revue mensuelle satirique, *Les Guêpes,* dans laquelle il attaque le

monde politique, particulièrement le prince président Louis Napoléon Bonaparte, celui des arts et des lettres et n'épargne pas Dumas père. Après le coup d'Etat du 2 décembre, il se retire sur la Côte d'Azur pour s'y livrer à sa passion de l'horticulture. Il écrit *Voyage autour de mon jardin*, *Les Soirées de Sainte-Adresse* et un certain nombre de pièces de théâtre qui n'eurent guère de succès.

P. 91

1. Voir la note 2 de la page 26.

P. 92

1. Voir la note 2 de la page 26.

P. 110

1. Composition pour piano du compositeur allemand Carl Maria von Weber (1786-1826). Cette pièce, qui date de 1819, obtient aussitôt dans toute l'Europe un tel succès que Berlioz l'orchestra. Ce deviendra le ballet *Le Spectre de la rose*, d'après un poème de Théophile Gautier, sur une chorégraphie de Fokine que créera Vaslav Nijinski, le 19 avril 1911 à Monte-Carlo. (Ballets russes de Diaghilev).

P. 113

1. Il s'agit du fils aîné du duc de Gramont, le comte Antoine Agénor de Guiche (1819-1880), célèbre à la fois par son élégance, sa superbe et les femmes qu'il lançait... dans la galanterie. A la fin du Second Empire, il fut ministre des Affaires étrangères.

P. 134

1. Longue de 193 mètres, elle relie la rue du Faubourg-Montmartre et la rue de Rome. Balzac y habita au n° 22. Au n° 24, Fanny Elssler habita l'hôtel construit par Itasse et qui abrita par la suite le théâtre des Délassements-Comiques. Berlioz habita au n° 41, Halévy puis Messonnier au n° 43. Au n° 57, l'hôtel de France eut comme client, George Sand, puis Liszt et Marie d'Agoult.

P. 170

1. Voir la note 2 de la page 26.

P. 191

1. Voir la note 2 de la page 26.

P. 198

1. *Paul Scudo* (1806-1864), compositeur et critique musical français, né à Venise et élevé en Allemagne.

Il s'attaqua particulièrement à Wagner, Berlioz et Schumann.

Notes concernant le texte de Jules Janin

P. 317

1. *Jules Janin* (1804-1874), écrivain, journaliste et romancier. De 1836 à 1874, il assura la chronique dramatique du *Journal des Débats*. Il fut un des grands défenseurs du drame romantique. Il entra à l'Académie française en 1870. Il écrivit ce texte en 1851.

2. *Elleviou* (François), chanteur français d'une certaine renommée (1762-1842)

P. 321

1. *Duprez* (1806-1896), chanteur français (ténor) et compositeur.

P. 324

1. Sans doute Carlotta Grisi (1819-1899), créatrice à l'Opéra de Paris du ballet *Giselle* (1841) sur un argument de son admirateur, Théophile Gautier.

P. 326

1. L'inauguration du chemin de fer reliant Paris au nord de la France et aux pays du Nord (le Chemin de Fer du Nord) eut lieu dans la capitale belge, le 16 juin 1846.

P. 329

1. Petite ville des Ardennes belges, non loin de Liège. Station thermale réputée (avec église romane et musée) pour les maladies de la circulation et les rhumatismes. Pierre le Grand, Christine de Suède, Marguerite de Valois y séjournèrent. Au XIXᵉ siècle, la station connut une vogue particulière.

2. *Bade* pour Baden ou Baden-Baden. En réalité, Bade est le nom d'un Etat d'Allemagne qui s'étend sur la plaine rhénane, de Bâle à Mannheim, soit le versant occidental de la Forêt Noire. Baden en est le nom allemand. Et Baden-Baden en est la station thermale la plus connue. Ses eaux alcalines radioactives étaient déjà appréciées des Romains. Mais la grande vogue de la station eut lieu au XIXᵉ siècle, où l'Europe entière se retrouvait.

P. 332

1. C'est au nº 11 du boulevard de la Madeleine que mourut Marie Duplessis, dans l'appartement que lui avait installé « le vieux duc » de *La Dame aux camé-*

lias, soit le comte de Stackelberg, pour un loyer annuel de 3 200 francs.

2. Narcisse Virgile Diaz de la Peña (1808-1878), peintre et lithographe français d'origine espagnole, né à Bordeaux. Admirateur de Delacroix, il se passionna pour les sujets exotiques, puis pour les scènes mythologiques, avant de travailler sur le motif dans la forêt de Fontainebleau.

p. 333

1. Petitot Jean (1607-1691), artiste en émaux d'origine suisse. Il travailla surtout en France, où il exécuta de nombreuses transpositions de tableaux de Philippe de Champaigne, ainsi qu'à la cour d'Angleterre. La Frick Collection de New York possède une importante collection de ses œuvres. Karl-Gustav Klinstadt ou encore Klingstedt (1657-1734) : Suédois de naissance, ce miniaturiste — appelé le Raphaël des tabatières et dont les nus étaient fort recherchés — vécut à Paris où il connut une grande vogue. Enfin les « Pampines » de Boucher posent un certain problème d'interprétation, puisque le mot « pampine » n'existe dans aucun dictionnaire. Bernard Raffali opte pour une forme fantaisiste dérivée du mot pampre (latin : *pampinus*) et en tire la conséquence que Jules Janin songe aux compositions mythologiques de Boucher.

TABLE

IMPRIMÉ EN FRANCE PAR BRODARD ET TAUPIN
7, bd Romain-Rolland - Montrouge - Usine de La Flèche.
LIBRAIRIE GÉNÉRALE FRANÇAISE - 14, rue de l'Ancienne-Comédie - Paris.

ISBN : 2 - 253 - 01184 - 3   ✠ 30/2682/0